BLT
Mit der Welt
auf Buchfühlung

Der spanische Lyriker und Erzähler Rafael Arozarena wurde 1923 in Santa Cruz auf Teneriffa geboren, wo er auch heute noch lebt. Er ist Mitbegründer der kanarischen Schriftstellergruppe FETASA, die sich in den vierziger Jahren einer neuen Reinheit und Ursprünglichkeit der Literatur verschrieb. Zwischen 1946 und 1977 wurden mehrere Gedichtsammlungen des Autors veröffentlicht. »Mararía« erschien 1973 und wurde beim Publikum wie auch bei der Kritik zu einem überragenden Erfolg. Rafael Arozarena erhielt 1988 den Literaturpreis Premio Canarias.

Rafael Arozarena

Mararía

Aus dem Spanischen übersetzt
und mit einem Nachwort versehen
von Gerta Neuroth

BLT

BLT
Band 92047

1. Auflage: Mai 2000
2. Auflage: November 2002

Vollständige Taschenbuchausgabe
der in der editionLübbe erschienenen Hardcoverausgabe

BLT und editionLübbe sind Imprints der Verlagsgruppe Lübbe

Titel der spanischen Originalausgabe: MARARIA

Einbandgestaltung: Gisela Kullowatz unter Verwendung
einer Fotografie von Manfred Kriegelstein DGPh
Satz: hanseatenSatz-bremen, Bremen
Druck und Verarbeitung: Elsnerdruck, Berlin
Printed in Germany
ISBN 3-404-92047-3

Sie finden uns im Internet unter
http://www.luebbe.de

Der Preis dieses Bandes versteht sich einschließlich
der gesetzlichen Mehrwertsteuer.

Mararía

1. Kapitel

Man hatte mir den Mann beschrieben. Untersetzt, schwächlich, klein. Ein Mann mit den Augen einer Ratte, schwarzen Augen, winzig wie Stecknadelköpfe, funkelnd unter flatternden Lidern. Ein Mann mit großem, dichtem, spitz auslaufendem Schnurrbart, die Enden zum Horizont weisend wie die Zeiger der Windrose. Ein Mann in Hemdsärmeln, mit schwarz-grünlich-graubräunlicher Krawatte. Die Hose grau, verblichen, alt, verschlissen, auf den Hosenbeinen und dem Hinterteil Flikken aus unterschiedlichen Stoffen. Der Hut schwarz, staubig, mit Wasserflecken und zerfranstem Band. Ein Mann mit einem Zahn im Oberkiefer und einem im Unterkiefer. Mit rauhen, harten, schwieligen, braun-roten Händen, die Nägel schwarz, kräftig, lang. Ein Fuß mit, ein Fuß ohne Schuh, der Schuh mit aufgesprungenen Nähten, mehrere Sohlen übereinander, Sohlen aus Gummi und aus Wagenplane. Ein Witwer mit einem Sohn. Der Sohn, hochgewachsen, schmal, das Haar wirr, rötlich. Ein tatkräftiger, arbeitsamer, unruhiger, fleißiger Sohn, mit blauen Augen, langen Wimpern, mit langen Armen, langen Beinen. Ein Mann, der einen solchen Sohn hatte. Ein Mann, der in der Seitenstraße in einem kleinen, gekalkten Haus mit grüner Tür und grünem Fenster wohnte. Ein Mann, der Pedro hieß, den sie Geito, Pedro el Geito nannten. Ein Mann, der einen Laster hatte. Einen alten Laster, einen Fordlaster. Einen Laster mit Schnurrbart, wie er, wie Pedro. Ein Laster voller Schmiere, Erde, Drähte, Krach, voller Qualm, Rost, Nägel, Scherben, Schrott. Ein Laster mit einem Motor, der hustete, spuckte, keuchte. Ein erschöpfter Motor, nervenkrank, krank vor Wut, vor Durst. Ein Motor, der stets im Sterben lag.

Pedro, Pedro el Geito, ein Mann, der auf der Insel begehrt war, den man immer suchen, auf den man immer warten, den man immer bitten, dem man immer zahlen mußte. Ein Mann, der Männer, Frauen, Fässer, Ziegen, Kinder und Fisch transportierte. Ein Mann, der all das auf seinen Laster lud und inseleinwärts beförderte, zu den Dörfern, nach Tias, Yaiza, Uga, Haría. Ein Mann, der auf dem Rückweg seinen Laster mit Wassermelonen, Milch, Kichererbsen, Frauen, Männern und Kindern füllte ...

Um vier Uhr nachmittags versank die Nebenstraße in bleierner Müdigkeit. Breit, ärmlich, einsam, still. Es war eine Straße, die der Sonne, der Erde, den Hunden, den grünen Fliegen, den flachen Häusern und dem Himmel, dem großen blauen Himmel gehörte. An ihrem Ende, auf der rechten Seite, auf dem Gehweg aus glatten Steinen, dösten drei Männer. Sie hockten auf dem Boden, den Rücken gegen die Wand eines weißen Hauses gelehnt. Ein weißes Haus mit grüner Tür und grünem Fenster. Ich trat näher und fragte:

»Pedro, Pedro el Geito ...?«

Einer der Männer, der Älteste, rückte seinen Hut in den Nacken und hob den Kopf, um mich anzusehen. Die Sonne traf voll sein braungebranntes Gesicht. Er blinzelte, um sich gegen das Licht zu schützen, Krähenfüße saßen in den Augenwinkeln. Er nahm die Pfeife aus dem

Mund und wies mit dem Pfeifenhals auf einen der Männer, die mit dem Rücken gegen die Wand schliefen.

»Das ist er.«

Das war er, jawohl. Der mit dem schmutzigen Hemd, der schwarzen Krawatte, mit dem Schnurrbart und dem Hut. Er öffnete die Augen einen winzigen Spalt und betrachtete mich.

»Ich bin auf der Reise nach Femés«, sagte ich. »Ich will nach Femés.«

Er musterte meinen Koffer. Ein grober Holzkoffer, mittelgroß, ohne Hotelaufkleber.

»Sie müssen warten. Zu wenig Leute. Zuviel Zeit. Setzen Sie sich hin! Ruhen Sie sich aus!«

Wieder schloß er die Augen, döste vor sich hin.

Ich schob den Koffer an die Wand und nahm darauf Platz. Eine blaue Fliege ließ sich auf meiner Backe nieder. Ich fühlte ihre feuchten, klebrigen, unappetitlichen Beine. Ich versuchte, sie zu verscheuchen, sie setzte sich auf meine Hand. Ich wollte sie abschütteln, voller Ekel, und sie setzte sich ins Gesicht von Pedro el Geito, neben seinen Mund, wo sie geraume Zeit verweilte, ohne vertrieben zu werden. Der Mann mit der Pfeife warf mir einen gleichgültigen Blick zu, spuckte schmutzigen Schleim aus, betrachtete seine Hand und schloß langsam wieder die Augen, überließ sich der Sonne, der Glut der Erde, der Leere der Straße. Es verging eine Weile, ohne daß etwas geschah, bis sich ein Hund näherte. Ein magerer Hund mit geschecktem Fell, roten Augen, spitzer Schnauze und Zecken in den Ohren. Beim Laufen schnüffelte er im Staub und verbrannte sich fast die Nase, tänzelte federnd auf drahtigen Beinen. Als er mir gegenüberstand, hob er den Kopf, streckte den Hals, schnupperte in der Luft herum und blieb wie angewurzelt mitten auf der Straße stehen. Dann näherte er sich vorsichtig und beschnüffelte die Füße des Mannes, der neben mir saß. Er schnüffelte an seinen Kleidern und rieb ihm seinen Sabber ins Gesicht. Der Mann nahm eine Handvoll warmer Erde und zielte damit in die Augen des Hundes, der hochsprang und mit ersticktem Jaulen aufheulte.

»Verfluchter räudiger Köter!«

Wieder spuckte der Mann schmutzigen Schleim aus, fuhr sich mit dem Ärmel übers Gesicht und döste weiter.

Der Hund setzte seinen Lauf fort, diesmal schneller, ohne die Schnauze zu senken, mit eingezogenem Schwanz.

Die Lider fielen mir zu. Die Hitze und Eintönigkeit des Nachmittags überwältigten mich. Hinter mir, auf der anderen Seite der Häuser, murmelte sanft und monoton das Meer. Jetzt war ich auf Lanzarote, der östlichsten der Kanarischen Inseln, und es war mir, als ob ich auf dem Rücken dieses mageren Hundes säße, jenes Hundes aus Kalk und Sand. Mit diesen Gedanken beschäftigt, vernahm ich neben mir die Stimme einer Frau. Sie sagte nur: »Guten Tag!«

Die Frau war hoch gewachsen, schwarz verhüllt, triefäugig, die Haut von der Sonne versengt, an der Unterlippe klebte eine Virginiazigarre. Sie sagte nichts weiter und rückte eng an die Wand, um einen Rest Schatten zu erhaschen, der von den Dächern fiel. Kurz darauf setzte das Geräusch ein. Ein weit entferntes Geräusch wie das Brummen einer Hummel. Der Mann mit der Pfeife öffnete die Augen und wartete darauf, daß der Ton deutlicher in die Ohren drang. Er wandte sich Pedro el Geito zu, der neben ihm schnarchte, und rüttelte ihn an den Schultern.

»Wach werden, Pedro; er kommt schon.«

El Geito sprang auf, rückte den Hut zurecht und kreuzte gähnend die Arme. Er war sehr klein und hatte krumme Beine. Er ging auf die Tür des Hauses zu und schrie:

»Antoniooo!«

Eilig, mit zerwühltem Haar und vom Schlaf verquollenen Augen, stürmte Antonio heraus, Antonio der Lange, Antonio die Bohnenstange, Pedros Sohn. Er ging auf ein Tor zu, das aus altem Kanisterblech gefertigt war, ein Garagentor, zwei Häuser neben seinem Haus. Dort hantierte er mit einem enormen Vorhängeschloß, bis es endlich aufsprang. An der nahe gelegenen Straßenecke erschien ein klappriger, schnaubender Lastwagen mit einer Dampffontäne über dem Bug wie der Wasserstrahl eines Wals. Er hatte sich in der Kurve gerade noch auf zwei Rädern halten können und kam mit einem gewaltigen Bremsmanöver vor Pedros Haus zum Stehen. Dahinter ein Schwarm kreischender Kinder: »Der Kaffeekessel! Der Kaffeekessel!«

Am Steuer saß ein untersetzter, junger Mann mit feuerrotem Gesicht, schwitzend, mit offenem Hemd und einem olivfarbenen Hut voller Fettflecken und Löcher. Er sprang aus dem Lastauto, als ob er vom Pferd spränge, grüßte mit der Hand und begab sich zu einem der Hinterräder, vor dem er hocken blieb.

Noch lag eine Staubwolke über der Straße. Eine goldene Wolke, die die Sicht behinderte. Seltsame Gestalten begannen herauszuklettern, Gestalten wie einem Traum entstiegen: Kinder, die an Windpocken, Masern oder Quaddeln litten; Männer mit unbewegtem Gesicht, Ziegen, ein junges Kamel, ein Lahmer und drei schweigsame Alte, schwarz verhüllt, mit großen geflochtenen Strohhüten.

Zwei Burschen kamen heran und begannen mit dem Entladen des Wagens. Sie holten Wassermelonen, Säcke mit Kichererbsen und Linsen, Körbe voller Trauben, Weinfässer und eine gehörige Anzahl Milchkannen hervor. Die Kinder standen drum herum, und auch die Hunde und Fliegen hatten sich eingefunden.

Pedros Sohn Antonio, die Bohnenstange, lief zum Fahrer, um ihm beim Abmontieren des Hinterrades zu helfen. Es war eine Sache von Minuten. Sie trugen es in die Garage, gefolgt von Pedro el Geito. Kurz darauf hörte man die Explosionsgeräusche eines Motors, und aus dem großen Tor bewegte sich ein seltsames indigoblaues Gefährt. Nach Auskunft der Leute der Laster von Pedro. Und in der Tat, merkwürdig war dieses Fahrzeug mit den weit aufgefalteten Klappen der Motorhaube, die von den Kotflügeln gestützt wurden, eine Nase, deren Nüstern sich blähten, um möglichst viel Luft einzufangen. Das Führerhaus ohne Türen, mit einer Plane aus einem Stück Bootssegel als Verdeck. Ein einziger Karbidscheinwerfer, gelblich und ohne Glas. Riemen, Drähte, Blechstücke aus Konservendosen ... Hinter dem Führerhaus zwei Lattensitze für die Mitfahrer und dann die halbe Wagenfläche für die Ladung. Der Motor keuchte wie müde, durstige Hunde, denen die Zunge aus dem Hals hängt; dieser ganze Schrotthaufen stand zitternd inmitten der Fahrbahn und wartete wie ein nervöses Fohlen auf den Befehl zum Aufbruch.

Pedro el Geito verharrte unbeweglich ans Lenkrad geklammert, und da er von kleiner Statur war, reckten sich seine Arme in komischer Haltung nach oben. Er achtete aufmerksam auf die Atemgeräusche der Maschine. Zweimal drückte er den Gashebel durch, und es erzitterten die Fensterscheiben der Häuser. Auf der Straße erhob sich eine Staubwolke, und die Hunde fletschten die Zähne und begannen wütend zu bellen. Die Kinder sagten kein Wort, hatten die Augen weit geöffnet und ließen Pedro el Geito nicht aus dem Blick. Schließlich hörte man zwei heftige Detonationen, und der Motor lief vibrierend wie im Rhythmus des *tajaraste*, während der Putz von der nächsten Wand blätterte.

El Geito winkte mit dem Arm.

»Aufsteigen! Los! Wir sind spät dran.«

Die Alte mit den Triefaugen kletterte auf die Ladefläche, dann die Männer und ein Junge von zwölf Jahren, der einen leeren Korb trug. Ich war der letzte und ergatterte den Platz hinter dem Fahrer.

Der schwitzende Bursche mit dem roten Gesicht, der vorher das Rad von dem anderen Lastauto abmontiert hatte, kam lachend heran.

»Ich brauche es morgen früh um fünf.«

»Du wirst es morgen um fünf haben«, sagte Pedro.

»Ohne das Rad kann ich nicht weg.«

»Ich weiß, ich weiß.«

Das war ein Transportproblem: zwei Lastwagen und sieben Räder.

El Geito umklammerte das Lenkrad und schaute vor sich nach oben zum blauen Himmel, der die Straße überspannte. Eine Möwe flog Richtung Strand. Antonio schloß die Garage. Er sprang auf, als der Laster sich schon in Bewegung setzte. Er nahm neben seinem Vater Platz, hielt sich mit der linken Hand an der Windschutzscheibe fest und ließ ein Bein aus dem Führerhaus hängen.

Die Kinder liefen hinter dem Fahrzeug her, und steinewerfend schrien sie aus vollem Hals: »Das Flugzeug! Das Flugzeug!«

Pedro el Geito konnte wegen seiner kleinen Statur die

Fahrbahn nicht überblicken. So konnte er nicht jene drei Frauen mit großen Strohhüten sehen, die langsam vorwärts schritten, zehn Meter vor dem Wagen. Ebensowenig sah er die Ecke, wo er abbiegen mußte, aber er hatte ja seinen Sohn, der ihn warnen konnte. Rechtzeitig befahl Antonio der Lange, Antonio die Bohnenstange: »Nach rechts, Vater!«

Blindlings riß El Geito das Steuer herum. Das Schutzblech streifte die Hauswand, hinterließ eine Spur auf der gekalkten Fassade, und man hörte das Geräusch von verbeultem Blech. Der Laster bog nun in eine breite Straße ein, eine Straße voller Schlaglöcher und Lehm, von niedrigen Häusern gesäumt. Zurück blieben die Kinder, die sich wieder beruhigt hatten und sich den Staub aus den Augen rieben. Ein Mann und sein Kamel wichen zur Seite aus, und weil sie nicht lebensmüde waren, drückten sie sich so eng wie möglich an die Hauswand. Eine Frau trat aus dem Haus mit einem Milchmaß in der Hand und streckte den Arm aus wie ein Torero die *muleta* vor dem Stier. Antonio schnappte das Milchmaß ohne anzuhalten, während die Frau, um das Motorgeräusch zu übertönen, ihm laut zuschrie: »Für Juana! Sie soll mir drei Liter mitschicken!«

»Guut!«

Ein wenig weiter lehnte ein Mann im Türrahmen seiner Behausung. Ein dicker Mann mit ausladendem Bauch, rundem Gesicht und Stiernacken. Als der Laster vorbeifuhr, hob er lässig die Hand zum Gruß. Antonio die Bohnenstange streckte das Bein aus, das aus dem Wagen hing, und wollte ihn am Bauch streifen; dabei rief er mit spöttischer Stimme: »Adiós, Colás!«

»Der Teufel hol dich, du Flegel«, kreischte der Dicke.

Schnell befahl Antonio: »Links abbiegen, Vater!«

Endlich verließen wir Arrecife und fuhren auf das offene Land hinaus, auf die unendliche Ebene zu. Der Wagen fuhr im Galopp über eine gerade, steinige Straße, die sich in der Ferne eines Horizontes aus blauen und rötlichen Bergen verlor. Zu unserer Linken endete die Ebene im Meer, und rechts wurde sie durch eine wüstenartige, goldfarbene Hügelkette begrenzt, deren sanfte Linien an den Höcker eines Kamels erinnerten. Der Motor machte ein eintöniges, stetiges, einschläferndes Geräusch. Die Luft war heiß, und die Sonne, die sich dem Untergang näherte, schien uns in die Augen. Ich wandte für einen Augenblick den Kopf. Auf der hinteren Bank saßen die beiden Männer und die triefäugige Alte. Der Pfeifenraucher blickte Richtung Meer, der andere betrachtete die tote, ausgedörrte Erde. Die Alte ließ die Perlen eines Rosenkranzes durch die Finger gleiten. Ganz hinten lag der Junge mit dem leeren Korb, zusammengerollt wie eine Katze, und schien zu schlafen.

Ich richtete meine Aufmerksamkeit auf die Farbe des Himmels, die entfernten Hügel, die weiten, mit Dornbüschen bewachsenen Flächen.

Antonio wandte sein Gesicht dem Vater zu.

»Lassen Sie mich jetzt fahren?«

Pedro el Geito schien nicht zu hören.

»Ich sollte inzwischen doch auch fahren können«, drängte Antonio. »Ich weiß mit dem Lenkrad umzugehen. Die Bedienung der Pedale ist einfach. Sie könnten mir alles beibringen.«

El Geito zeigte keinerlei Reaktion. Sein Sohn wagte sich weiter vor.

»Sie sind alt, Vater. Irgendwann ...«

Pedro zuckte mit den Schultern, als ob er von Flöhen gebissen würde.

»Sie werden eines guten Tages ... Ich sollte selbst fahren können. Ich kenne die Straßen. Sie könnten zu Hause bleiben, sich ausruhen, und ich ...«

»Willst du endlich den Mund halten? Tausendmal hab ich dir schon gesagt, daß ich nicht will, daß du den Laster fährst.«

»Aber Sie ...«

»Ich weiß, was ich sage. Schweig! Erst wenn ich sterbe.«

»Wenn Sie sterben! Alles immer erst, wenn Sie sterben!«

»Halt den Mund! Guck lieber, ob es noch weit bis zur Anhöhe von Los Guirres ist.«

Widerwillig schaute Antonio nach vorn.

»Noch ungefähr dreißig Meter«, sagte er.

El Geito ließ das Steuer kreisen, und der Laster verließ holpernd die Fahrbahn. Er beschrieb einen weiten Bogen und befuhr die Piste von neuem, nun in entgegengesetzter Richtung. Pedro nahm das Gas weg und trat voll auf die Bremse. Das Fahrzeug kam in einer Staubwolke zum Stehen. El Geito spuckte in die Hände, rieb sie kräftig, klammerte sich wieder ans Lenkrad und schaute sich um.

»Es passiert nichts«, sagte er zu mir. »Der Hang ist steil, und ich habe Löcher im Tank. Ich will nicht einen Tropfen Benzin verlieren. Wir müssen verkehrt herum, im Rückwärtsgang, den Berg hinauffahren. So kann das Benzin nicht auslaufen.«

Der Lastwagen erklomm langsam den Hang.

Antonio lotste den Vater: »Rechts, rechts halten! Ein bißchen nach links. Jetzt geradeaus!«

Als der Anstieg halb geschafft war, sprang mit einem Knall der Deckel des Kühlers wie der Korken einer Sektflasche auf und schoß himmelwärts. Eine Dampffontäne ergoß sich über die Windschutzscheibe. Aber all das schien ganz natürlich zu sein, denn niemand ließ sich durch den Zwischenfall aus der Ruhe bringen. Als der Lastwagen die Anhöhe erreicht hatte, wendete er erneut und fuhr wieder geradeaus.

Die Sonne berührte jetzt den Saum der Hügel, und die Ebene leuchtete rot, lodernd wie von Feuer. Der Himmel verfärbte sich gelblich, beinfarben, und die Berge begannen schwarz zu werden. Unendlicher Frieden lag über dem Horizont; vom Meer stieg eine leichte Brise auf, lau und salzig. Die Insel starb einen sanften Tod, langsam, ähnlich einem lebenden Wesen, als ob sie sich die Venen durchtrennt hätte.

Wir durchfuhren einen kleinen Weiler mit ziegelgedeckten Lehmhütten; kurz darauf erkannte ich in der Ferne, am Fuß der Berge, so etwas wie eine große helle Stadt, etwas, das das Aussehen einer Stadt hatte.

»Es ist ein Trugbild«, sagte Antonio. »Es gibt dort keinen Ort. Ich war an dieser Stelle, es gibt nichts dort.«

El Geito schaute in dieselbe Richtung. »Es ist die Hitze. Der Hitzedunst. Es ist wie ein Spiegelbild.«

Antonio fragte mich: »Wollen Sie nach Femés?«

»Ja, genau dorthin«, sagte ich.

»Bringen wir ihn nach Femés, Vater?«

El Geito zuckte wieder mit den Schultern.

»Wir lassen ihn an der Kreuzung aussteigen. Gleich kommt sie.«

»Wie weit ist es bis zum Dorf?« wollte ich wissen.

»Ungefähr fünf Kilometer.«

»Ich zahle, wenn Sie mich hinfahren.«

»Ich fahre Sie nicht.«

»Ich gebe Ihnen das Doppelte.«

»Selbst wenn Sie mir einen neuen Laster kaufen würden. Ich fahre Sie nicht. Niemanden fahre ich dahin.«

Antonio der Lange senkte den Kopf, als ob er meine Füße betrachtete.

»Wenn ich fahren könnte, würde ich Sie befördern, und Sie, Vater, Sie könnten an der Kreuzung auf mich warten.«

»Du schweigst!«

»Sie werden verlieren, Vater. Was Sie da machen, grenzt an Wahnsinn.«

»Ich will nicht in dieses Dorf fahren. Es ist verflucht, und es geschehen dort Dinge ...«

»Was zum Beispiel?«

»Irgendwas.«

»Ich kenne jemand von dort oben. Es geschieht überhaupt nichts.«

Pedro el Geito drückte mit aller Kraft auf den Gashebel.

Der Laster machte mehrere Sprünge wie ein Pferd, dem man die Sporen gibt, und raste wild drauflos.

»Mach mich nicht wütend, Saukerl!«

»Beruhigen Sie sich, Vater. Ich sag nichts mehr. Fahren Sie langsamer, dort ist die Kreuzung.«

Wir hielten an einem Weg aus rötlicher Erde, der in Schlangenlinien in niedrige, graue Hügel hinein führte.

»Wieviel?« fragte ich.

»Fünfzehn.«

El Geito nahm den Hut vom Kopf. Sein Kopf war kahl, weiß, rot. Er war unruhig.

2. Kapitel

Fünf Kilometer im strammen Fußmarsch. Denn der Nachmittag ging dem Ende entgegen, dem endgültigen Ende, verblutend am weiten Horizont. Dürr und öde erstreckt sich das flache Land zu beiden Seiten des festgestampften Weges; nichts als Büschel trockenen Grases bietet es dem Blick. Da die Insel kahl ist, sieht sie es gern, wenn ihr Gräser, Disteln und Dornbüsche sprießen. Das Salz aus der Bucht von Ávila wehte mit dem Wind gegen Uga, wohin Pedro el Geito mit seinem Lastwagen unterwegs war, der jetzt schon in der Lavawüste des *malpaís* sein müßte. Vor mir, in einiger Ferne, tauchten unversehens zwei höhere Berge auf. Ich glaube, der Atalaya und der Tinazor. Weiß und ockerfarben stiegen sie beide, wie irrtümlich, zum Himmel empor, wo ihnen, ähnlich dem Turm zu Babel, Einhalt geboten wurde. Ihre Flanken bilden ein V, in dem Femés wie in einer Hängematte zu schlafen scheint.

Als ich näher kam, wirkte das Dorf vor dem inzwischen amethystfarbenen Himmel wie ein Fossil, das im Innern eines Bischofsringes ruht. Es war ein Himmel, der sozusagen die dunkelste Schattierung des Blutes angenommen hatte. Femés wird von einer dürren Palme angekündigt, einem verbrannten, hohen, einsam dastehenden Stamm, besser gesagt, einer Säule. Es ist, als ob dem Kapitell ein

Zweig entwüchse, der zufällig auf den ersten Stern weist. So sieht die Palme wie die Statue eines Schulmeisters aus, der den Zeigestock hebt. Ein strenger Schulmeister bei seiner ersten, dörflich bescheidenen Astronomiestunde: hier seht ihr den ersten Stern des Dorfes. Nach fünfhundert Schritten erreichte ich die ersten Häuser. Die Häuser von Femés sind seltsame Häuser; ein Architekt aus dem Orient scheint sie entworfen zu haben, genauer gesagt, ein Architekt aus Jerusalem. Zahlreich sind die Kuppeln, die Mauern und die Backöfen, die großen Innenhöfe und die Brunnen, die Stallungen und die Kamele. Hinzu kommen der Halbmond, die verhüllten Frauen, die Palmen und das Weiß der gekalkten Wände. Femés ist ein Dorf des Orients, mit den Winden aus Afrika auf die Insel gelangt, mit dem Sand der Sahara, Korn für Korn, nach und nach; es wurde befördert, niedergesetzt und wieder aufgebaut. Es kann natürlich auch eine Fata Morgana sein. Es kann die Spiegelung irgendeines biblischen Dorfes sein.

Als ich die erste Mauer erreichte, war es schon tiefschwarze Nacht. In der Ferne erklang eine *timple*, deren Töne sich zeitweise mit dem Zirpen der Grillen mischten. Das Dorf schien verlassen, die Häuser standen weit voneinander entfernt, und ich fand keine Straße im eigentlichen Sinne des Wortes. Die Kirche war hoch, mit byzantinischen Anklängen, und befand sich mitten auf einem Platz. In Richtung des Atalayaberges leuchtete ein kleines, schwaches Licht.

»He!«

Ich wandte mich erschrocken um. Von der Kirche her näherte sich eine kleine Gestalt. Es war ein schief gewachsener Mann, hager und nervös. Ich konnte nicht erkennen, ob alt oder jung. Er stand grinsend vor mir und hörte nicht auf zu grinsen.

»Ich bin Marcial, zu Ihren Diensten.«

»Gibt es hier ein Gasthaus?«

Der Bucklige nahm den Hut ab und kratzte sich am Kopf. »Ja. Das heißt, nein. Aber Isidro wird Ihnen schon ein Zimmer vermieten. Kommen Sie mit!«

Er grinste immer noch. Seine Augen waren klein und lebhaft.

»Wollen Sie hier etwas verkaufen?«

»Nein.«

»Wollen Sie Abgaben eintreiben?«

»Nein.«

»Land kaufen?«

»Nein.«

»Na gut.«

Er machte ein paar Schritte vorwärts. Wir gingen auf das Licht zu.

Isidro sah wie ein normaler Mann aus, das Gesicht von den Jahren gezeichnet, blaue Augen, graues Haar. Die aufgekrempelten Hemdsärmel gaben ein Paar kräftige, sonnenverbrannte Arme frei. Er stand in der Tür seines Gasthofs; sein Körper versperrte den Zugang. Er starrte unbeweglich in die Nacht, und nur Gott weiß, welche Gedanken er in den Flanken des Berges Tinazor begrub.

»Guten Abend.«

»Guten Abend.«

Der Bucklige ging auf Isidro zu.

»Der Herr will hierbleiben«, sagte er. »Er will bleiben.«

Er grinste über das ganze Gesicht. Isidro sah mir in die Augen. Es war kein liebenswürdiger Blick, aber auch nicht das Gegenteil.

»Treten Sie ein! Fühlen Sie sich wie zu Hause!«

Isidros Wirtshaus und das Kasino von Femés waren ein und dasselbe. Ein getünchter Raum. Mit einem Fenster. In einer Ecke standen ein Dutzend Flaschen und ein Weinfaß, das von zwei großen Kalksteinen gehalten wurde. Am Fenster ein alter wackliger Tisch, um den ein paar schmierige Kisten standen, die als Stühle dienten. Der Raum erhielt sein Licht von einem Kerzenstummel, der im Hals einer honigfarbenen Flasche steckte. Es war ein gelbliches, flackerndes Licht, das alptraumgleiche Schatten warf. Am Tisch saß ein kleiner Mann mit aufgestützten Ellenbogen, dickem Schnurrbart und Schlitzaugen. Den Hut trug er schräg auf dem Kopf, leicht zur Nase hin geneigt.

»Setzen Sie sich, amigo.«

Auch der Bucklige beeilte sich, Platz zu nehmen. Er reichte mit der Nase nur bis zur Tischkante, der Mund stand offen, die Augen fixierten eine Küchenschabe, die an der Wand hochkletterte. Isidro ging zum Faß und füllte drei Gläser mit Wein. Marcial löste seinen Blick von der Küchenschabe und beobachtete aufmerksam Isidro, wie er die Gläser auf den Tisch stellte, vor den Mann mit dem schrägen Hut, vor mich und das andere vor sich selbst. Die Augen des Buckligen wandten sich wieder der Wand zu, und sein Gesicht nahm von neuem den einfältig grinsenden Ausdruck an.

Der Wein war von angenehmer Farbe und schmeckte kräftig nach Erde, sauren Trauben und Holz. Ich schmeckte ihn weit hinten im Gaumen und fühlte ihn würzig durch die Adern rinnen.

Isidro sagte: »Spielen wir eine Runde! Nehmen Sie die Karten heraus, Señor Sebastián! Und du, Marcial, bring dem Herrn den Koffer aufs Zimmer!«

Der Bucklige krallte sich an meinen Arm.

»Geben Sie mir ein Glas Wein aus? Nicht wahr, Sie geben mir einen aus!«

Er lächelte, war aber dem Weinen nahe.

»Der Herr spendiert mir ein Glas«, flehte er. »Ein einziges, ja?«
»Bring den Koffer weg, Marcial!« fuhr ihn Isidro an.
Mühsam nahm er den Koffer und ging jammernd weg.
Señor Sebastián zog ein Kartenspiel aus der Tasche, das vor Schmutz weich geworden war; die Figuren waren abgegriffen, kaum noch erkennbar, und die Ränder beschädigt. Er begann langsam zu mischen.
»Wie hoch spielen wir?« fragte er.
»Ohne Einsatz«, erwiderte Isidro.
»Einverstanden. Ohne Einsatz.«
Ich sollte als erster abheben. Señor Sebastián wollte austeilen, hielt aber inne. In der Ferne hörte man das Bellen eines Hundes.
»Es ist Ripol«, sagte Isidro. »Besser, Sie stecken Ihre Karten wieder ein und machen sich auf den Weg.«
Señor Sebastián verfolgte aufmerksam das Bellen, das immer näher kam. Er verstaute das Kartenspiel in der Hosentasche und stieß einen Fluch aus.
»Verdammtes Vieh! Nie kommt es mal später.«
Er stand auf und verließ murrend das Lokal, ohne ein Wort des Abschieds; mit einer Hand hielt er sich die Hüfte.
Jetzt hörte man den Hund schon ganz nah. Da nahm das Bellen eine andere Tonart an, und Señor Sebastián rief: »Ja, ja, ich komm ja schon!«
Unverhohlen begann Isidro mein Gesicht zu erkunden. Nach einer Weile lächelte er unmerklich. Er lächelte in sich hinein, nur für sich. Er sagte: »Es ist jetzt neun. Um diese Zeit schickt die Frau von Señor Sebastián immer den Hund. Sie mag es nicht, wenn ihr Mann so spät nach Hause kommt. Wenn der Hund ihn hier drinnen erwischt, beißt er ihn in die Knöchel. Es ist ein gelehriger Hund.«
Die Worte wirkten unbeholfen, schwerfällig. Isidro

war kein Freund langer Reden. Man sah es seinem Gesicht und seinen Augen an, man hörte es am müden Klang seiner Stimme.

Für einen Augenblick erschien eine Frau im Türrahmen. Ihr Gesicht war von einem schwarzen Tuch verhüllt.

»Isidro«, rief sie leise.

»Ich komme.«

Lautlos entfernte sich die Frau. Isidro stand auf.

»Ich bringe Ihnen ein paar Eier, damit Sie was zum Abendessen haben«, sagte er zu mir. »Ich schicke Ihnen Marcial.« Bevor er den Raum verließ, ging er zum Faß, füllte eine Flasche und stellte sie auf den Tisch.

»Wenn sie leer ist, können Sie sie wieder auffüllen. Gleich wird Ihnen Marcial Ihr Zimmer zeigen. Angenehme Ruhe!«

Eine Weile blieb ich allein im Raum zwischen getünchten, unebenen Wänden. Ein leichter, lauer Wind strömte durchs offene Fenster und ließ die Kerze flackern. Die Küchenschabe hatte die Decke erreicht. Eine Balkendekke voller Spinnweben. Da oben war alles von Ruß geschwärzt. Es fehlten einige Dachpfannen, und man konnte Stücke des Himmels sehen. Ein seltsam wohliges Gefühl durchströmte mich.

Marcial, der Bucklige, erschien nach einer halben Stunde. Er brachte einen Teller mit einem einzigen Ei. Er nahm mir gegenüber Platz und schenkte sich ein Glas Wein ein, ohne sich auch nur die Mühe zu machen, mich um Erlaubnis zu fragen. Er leerte es auf einen Zug, und aus seinem grinsenden Mund klang es wie verhaltenes Wiehern.

»Das ist ein guter Tropfen. Aus Uga. Deren Weinstökke sind nicht zu verachten.« Er schnalzte mit der Zunge und füllte sich das Glas von neuem.

Ich ließ ihn gewähren. Nach und nach begannen seine

winzigen Augen zu funkeln; es war ein eigenartiger Glanz, ein Gemisch aus Verschlagenheit und Zufriedenheit. Seine Lippen kräuselten sich, als ob er sich anschicke, die Luft zu küssen. Wieder schnalzte er mit der Zunge.

»Aus Uga. Prima Weinstöcke da unten.«

Er trank die Flasche aus, er ganz allein. Dann betrachtete er mich unendlich traurig.

»Erzählen Sie mir etwas aus dem Dorf!« bat ich ihn.

»Was soll ich Ihnen denn erzählen?«

»Ich habe gehört, daß hier gewisse Dinge geschehen.«

Wieder vernahm ich ein Wiehern.

»Sie haben recht, es gibt schon merkwürdige Dinge. Es gibt hier nämlich eine Hexe.«

Auf seinen Lippen erschienen feine Speicheltropfen. Er sah mich starr an; plötzlich fiel er zu Boden und begann wie vom Dämon besessen zu kreischen. »Bringen Sie mich nach Hause! ... Bringen Sie mich nach Hause! ...«

Wie ein Bündel hob ich ihn auf und legte ihn mir über die Schulter. Er machte eine schnelle Bewegung und saß huckepack auf meinem Rücken. Er preßte die Beine um meine Lenden und legte die Arme um meinen Hals. Er umklammerte mich mit aller Gewalt. Er schien mir eine leichte Last, und ich trat mit ihm nach draußen. Es war mondhell; die Felder lagen unter einem hauchdünnen grauen Schleier.

Wir gingen durch eine enge Gasse, die von zwei Steinhäusern eingefaßt war.

»Gehen Sie da hinauf«, sagte er, »diesen Pfad da hinauf!« Es war ein schmaler Fußweg, der zum Berg hinaufführte. Ich lief ungefähr zweihundert Meter. Wir hatten das Dorf verlassen, und es lag jetzt unter uns wie ein heller Fleck im grauen Schleier der Nacht und des Mondes. Allmählich wurde ich müde.

»Ist es noch weit bis zu Ihrem Haus?« fragte ich ihn.

Der Bucklige preßte die Beine fester zusammen. Es schmerzte.

»Höher den Berg hinauf! Weiter, weiter!«

Ich hatte das Gefühl, als ob er erbarmungslos an meinem Körper haftete. Es ekelte mich vor ihm. Es war mir, als ob ich auf dem Rücken einen klebrigen, lebenden Polypen trüge. Seine Arme würgten mich mehr und mehr.

Er begann zu kreischen.

»Schneller! Schneller! ... Verdammt noch mal!«

Ich schaute in die Ferne. Kein Haus war zu sehen. Der Berghang aschfarben, etwas entfernt ein paar Opuntienscheiben und über uns der Sternenhimmel. Es sangen die Zikaden, und der Wind frischte auf.

»Schneller! Schneller!«

Er versetzte mir Fußtritte in die Seiten. Ich hörte sein Wiehern, dann erging er sich in einer Serie von Flüchen. Aus vollem Hals schrie er sie heraus und wartete, bis das Echo sie wiederholte; dann wieherte er vor Begeisterung. Da begriff ich, daß der Bucklige nicht krank war und daß er nicht in den Bergen wohnte.

»Hü, hü!« kreischte er.

Ich ließ mich fallen und sorgte dafür, daß er von hinten auffiel, mit dem Buckel. Er heulte vor Schmerz auf, hielt aber weiter meinen Nacken umklammert. Ich mußte ihm einen Kinnhaken versetzen. Darauf versuchte er, meine Beine zu umschlingen, aber ich hatte noch Zeit, ihm einen Fußtritt gegen die Brust zu verpassen. Er rollte einige Meter bergab, bis er in einer Gruppe Opuntien hängenblieb. Leise hörte ich ihn wimmern.

Die am nächsten singende Zikade verstummte. Unten lag das Dorf weiterhin als heller Fleck. Ich stieg langsam und müde bergab. Der Mond sah wie das Auge eines Fisches aus. Die Helligkeit war so, daß ich eine winzige Glasscherbe erkennen konnte; sie blinkte wie ein zu Boden gefallener Stern. Noch etwas tiefer war ein Steinbrocken zu sehen, der einer großen, runden Vulkanbombe glich, und dann folgte ich dem gleichbleibend weißen, schmalen Pfad bis hin zu den ersten Häusern. Zur Linken zeichnete sich das weiß gekalkte Rechteck des Friedhofs ab. Man konnte die schwarzen, windschiefen Kreuze erkennen. In der Ferne die Kirche, das größte und höchste Bauwerk des Dorfes; wie eine Riesenhenne hockte sie auf dem ebenen Platz.

Marcials Wimmern war immer noch zu hören. Einen Augenblick lang sah ich eine dunkle Gestalt, die an Isidros Haus vorüberhuschte, ein flüchtiger Schatten, der bald darauf wieder auf dem Pfad zwischen den Lehmmauern der letzten Häuser zum Vorschein kam. Die Gestalt stieg schnell bergan. Sie war hochgewachsen, schwarz verhüllt, von aufrechtem Gang. Ich fühlte eine seltsame Furcht in mir aufsteigen und verharrte unbeweglich, hilflos, wie festgenagelt auf dem Weg. Der Schatten zog an mir vorbei, als ob ich nicht existierte. Ich hörte nicht einmal ein Atemgeräusch, spürte nur einen leichten Luftzug. Auf jeden Fall war es eine Frau, und ich konnte sehen, daß sie barfuß ging. Es mußte wohl eine alte Frau sein, aber nichtsdestotrotz war sie flink, drahtig und ging kerzengerade.

Ich beobachtete sie, wie sie dem Pfad weiter bergauf folgte, bis sie da ankam, wo sich Marcial befand. Marcial, der immer noch schwach klagte. Die Frau, eine schwarze verschwommene Gestalt in der Nacht zwischen den Aschehängen des Berges. Ich sah, wie sie zwischen den Feigenkakteen niederkauerte, dort, wo sich der Bucklige befand.

Als ich an Isidros Gasthaus ankam, brannte die Kerze.

Isidro schrieb etwas in ein Heft mit schmutzigen Blättern. Ich erzählte ihm von dem Vorfall.

»Nehmen Sie sich vor ihm in acht«, sagte er zu mir. »Marcial ist ein unverschämter Kerl, ein Tunichtgut. Ich vergaß Ihnen zu sagen, daß Sie ihm keinen Wein geben sollten.« Dann überreichte er mir den Zimmerschlüssel und erklärte mir, wo das Zimmer lag.

»Wenn Sie herauskommen, links; es gibt nur die Tür.«

Wir verabschiedeten uns bis zum nächsten Tag. Bevor ich schlafen ging, machte ich noch einen kleinen Spaziergang. Ich ging bis zum Friedhof und einmal um die Kirche herum. Es war eine angenehme, ruhige, laue Nacht. Das Dorf schlief, eingehüllt in große Einsamkeit, in der sich die Hingabe an sein tödliches Schicksal erahnen ließ. Ich sah nur eine Gestalt, einen Schatten, der den offenen Platz mitten im Dorf überquerte. Es war dieselbe Silhouette, die ich zuvor auf dem Bergpfad bemerkt hatte. Vielleicht die Hexe von Femés. Jetzt trug sie ein merkwürdiges Bündel auf dem Rücken, eine Art Buckel, eine Art Tarantel, die sich an ihre Schultern krallte. Es war die Vision eines Augenblicks. Die Gestalt verschwand hinter einer weißen Mauer, einer jener weißen Mauern, an denen das Dorf so reich ist, Mauern, hinter denen sich Häuser verbergen, Mauern, die große Innenhöfe umfrieden, Mauern, die als Grenze zwischen Leben und Traum, zwischen Schatten und Tod errichtet wurden.

Mein Zimmer war ein enger Raum mit einem hohen, alten Eisenbett. Eine Kiste diente mir als Nachttisch. Auf der Kiste befand sich ein Stück Lava mit einer Kerze darauf. Ich zog mir die Schuhe aus und streckte mich aufs Bett. Bei der Tür begann eine Grille zu singen. Gott sei Dank hat mir das Zirpen der Grillen schon immer gefallen.

3. Kapitel

In Femés gibt es keine Hähne, um den anbrechenden Morgen zu begrüßen, in Femés ist dies Sache der Hunde, denn Hunde gibt es dort, oh ja, ausgemergelte, schreckhafte Hunde, Hunde mit spitzen Ohren und mehr als vier Zecken am Hals. In Femés sind die Hunde die Herren, denn sie befinden selbst über ihr Leben, sie sind die Herren ihrer Herren, obwohl sie mehr als genug Fußtritte, Steinwürfe und Hiebe einstecken müssen. Die Hunde von Femés sind Freunde der Fliegen, die sie niemals verscheuchen, auch wenn sie noch so grün sind. Im Dorf sind die Hunde die Herren, denn wenn es wahr ist, daß sie nicht fressen, ist es ebenso wahr, daß sie nicht arbeiten. Wenn Männer und Hunde sich über den Weg laufen, grüßen sie einander innerlich mit einer Reverenz, denn beide wissen, daß sie besondere Geheimnisse hüten. Die Hunde von Femés bellen nachts den Mond nicht an, denn der Mond ist kein Fremder im Dorf, er ist aus Femés und nahm seinen Ursprung hoch oben auf dem Berg Tinazor, zur selben Zeit wie sie entstanden. Aber bei der Morgendämmerung verhält es sich anders. In Femés beginnt die Morgendämmerung mit einem hellen Ton am Horizont und einem Blau, kalt wie Stahl. Es ist, als ob ein Schwert erscheine oder ein großer leuchtender Fisch. Dann verlassen die Hunde die Häuser und die großen

Innenhöfe, wo sie die Nacht verbracht haben, und kommen auf dem Dorfplatz zusammen, wenn man den gestampften Boden gegenüber der Kirche Platz nennen kann. Dort bellen sie wütend den Kirchturm an, der zu dieser Stunde schwarz wird und höher zu sein scheint als sonst. Die Hunde bellen und äugen nach oben, Richtung Kirchturm. Die Leute im Dorf erzählen, daß die Hunde zu dieser Stunde den Kirchturm mit Mararía, der Hexe, verwechseln, denn auch sie ist von hoher, dunkler Gestalt, und ihre Augen leuchten wie die Bronze der kleinen Glocken. Danach verfällt alles wieder in Schweigen. Die Bergkuppe ist das erste, was sich rosa färbt. Die Umrisse der Häuser zeichnen sich klarer ab, und der Kirchturm verliert schließlich sein düsteres Aussehen. Dann laufen die Hunde aus dem Dorf, machen sich auf den Weg und verlieren sich in der weiten, trostlosen, dürren Ebene, die schnüffelnde Schnauze knapp über dem Boden.

Isidro öffnet die Schenke, als die Sonne sich gerade am Horizont ankündigt. Die Männer im Dorf stehen gleichzeitig auf, und ausnahmslos begeben sie sich an den Ort, den sie ihr Kasino nennen; es verlangt sie nach dem ersten Schluck am Morgen, vielleicht um jene ausgedörrte, menschenfeindliche Ebene zu benetzen, die in ihren Träumen ersteht und in der ein jeder unweigerlich sein eigenes Grab gräbt.

An jenem Morgen machte ich in Isidros Haus die Bekanntschaft aller Männer von Femés. So gering erscheint die Zahl der Einwohner, daß, wollten wir sie an den Händen abzählen, noch Finger übrigblieben. Señor Sebastián ist die Hauptperson, weil er der Bürgermeister ist. Dann kommt Isidro, der Besitzer der Schenke. Señor Alfonso, der lesen kann, und Marcial, der Bucklige. Die übrigen bedeuten nichts im Dorf. Die Frauen sind alle gleich. Alle außer einer: Mararía. Mararía ist groß und dürr wie die Insel Lanzarote. Sie ist nicht stumm, hat aber seit langem kein einziges Wort mehr hervorgebracht. Sie lebt in einer Welt für sich, einer Welt, die ihr den Namen Hexe eingebracht hat. Tagsüber bleibt sie in ihrem Haus, eingesperrt zwischen Stein und Kalk, und man weiß nicht, was eine einsame alte, von Geheimnissen umwitterte Frau dort drinnen macht. Einige Klatschweiber folgten ihrem unseligen Hang zu Neugier und übler Nachrede und wagten einen Blick durch die Ritzen der wurmzerfressenen Tür, und sie versichern, daß sie sie beim Säugen gesehen haben, von Eidechsen, sagen die einen, von Fledermäusen die andern. Sie erzählen, daß sie ihre Zeit damit verbringt, ausgestreckt auf den Fliesen eines völlig leeren Raumes zu liegen. Aber was die Weiber angeht – wir wissen, wie Weiber sind. Sie sind schuld an dem, was im Dorf geschieht. Das ist nichts für junge Männer, und sobald die Burschen das Alter von vierzehn Jahren erreicht haben, treibt es sie nach Playa Blanca, um auf den Segelschiffen anzuheuern, die Kalkstein in Fuerteventura laden, oder auf den dickbäuchigen Schonern, die vor den Salinen von María Peralta vor Anker liegen. Einige verfallen schließlich dem Meer und verbringen ihr Leben auf See, aber die meisten gehen auf den größeren Inseln an Land und siedeln sich im Innern unter dem Schatten von Bäumen an, wovon sie schon als Kinder träumten. Deshalb sind die männlichen Wesen in Femés entweder Knaben oder älter als sechzig.

In Isidros Gasthaus machte ich die Bekanntschaft von Señor Alfonso, dem Briefträger des Dorfes. Er nahm neben mir Platz; wir plauderten und tranken vom guten Wein aus Uga. Er war ein hochgewachsener Mensch mit großen, schwarzen und immer hellwachen Augen. Mit seiner Hakennase und dem tief in die Stirn gezogenen Hut ähnelte er einem Steinkauz. Er erzählte mir Geschichten aus seinem Leben, aus seiner Jugend in Kuba, vom Zuckerrohr, den Zuckerrohrpflanzungen, von Reisen auf Antillen-Seglern und von Taifunen im Golf von Mexiko; Geschichten von schwarzen Frauen, von Hunger und Durst, von Händen voller Goldmünzen, von toten Kameraden und solchen, die ihre Schäfchen dort ins Trockene gebracht hatten; von giftigem Gebräu, Fieber und Magie, von Messerstechereien und Dingen, die schlimm endeten. Anschließend sprach er vom Heimweh, von seiner Rückkehr auf die Insel, von Begebenheiten, die sich – in immer kürzeren Abständen zu diesem Morgen – in Isidros Haus ereignet hatten. Dann begann er nach jedem Satz auf den Boden zu spucken. Sein Gesicht verfinsterte sich, er wurde mürrisch und verschlossen. Darauf sagte er nichts mehr. Als er den Mund wieder öffnete, erzählte er mir von einer Frau, der schönsten und begehrtesten Frau, die es je auf der Insel gegeben hatte. Aber viel sprach er nicht. Unvermittelt stand er auf und verließ, weit ausschreitend, den Raum, um, wie er sagte, die Post auszutragen. Später erfuhr ich von Isidro, daß ein solches Austragen gar nicht stattgefunden habe, daß er weggegangen sei, weil er sich im Garten seines Hauses im Schatten der Mauer ausstrecken wollte; es war eine lange, weißgetünchte Mauer, auf der in blauen Buchstaben gemalt stand: Señor Alfonso, der Briefträger.

Bei den nächsten drei Gläsern leistete mir Señor Sebastián Gesellschaft, der Bürgermeister des Dorfes. Er war von eher kleiner Statur und erinnerte mich an Pedro el Geito, den Lastwagenbesitzer. Er erzählte mir von Ripol, einem äußerst klugen Hündchen mit Zähnen, die so spitz waren wie die Gräten eines Fisches. Er sprach von einem

Sohn, der auf Fischerbooten angeheuert hatte, und von einem anderen, der irgendwo in Frankreich geblieben war. Er sprach von Politik, der Küste Afrikas und Dingen, die mit dem Meer zusammenhingen, von guten Fischfängen, von unfruchtbarem Land, dem spanischen Bürgerkrieg und einem in Spanien lebenden Enkelkind. Dann sagte er, daß er nicht Bürgermeister sei, sondern Verwalter. Auch sprach er vom Friedhof, von Kindern, die mit einem Fuß im Grab stünden, von grünen Fliegen, von Erscheinungen, vom Krieg mit den Mauren, von der Dorfkirche, von Kamelen, vom Pflügen, von seiner Jugend und der schönsten Frau der Insel. Aber er erzählte nicht viel. Er zündete seine Pfeife an, verweilte ein paar Augenblicke in Gedanken versunken, leerte sein Glas und brach auf, um sein Land zu bearbeiten.

In Femés ist Marcial derjenige, der am spätesten aufsteht, aber sicherlich ist er auch der, der am wenigsten schläft. Auch ist er der, der am meisten trinkt und am wenigsten dafür zahlt, der, der am meisten lacht und am meisten Grund zum Weinen hat, der, der am meisten Bescheid weiß und am wenigsten schweigt, und der, der die meisten Steine wirft und die meisten Schläge einstecken muß. An jenem Morgen waren Marcials Augen verklebt, als er Isidros Haus betrat; die Sonne hatte bereits die Hälfte des Berges Tinazor zum Flammen gebracht. Er näherte sich dem Tisch, rieb sich die Augen, blieb stehen und betrachtete mich mit dem eigenartigen Lächeln des Dorftrottels. Ich nahm an, daß er mich für das, was in der vergangenen Nacht vorgefallen war, um Verzeihung bitten, oder daß er sich darüber beklagen wollte, daß ich ihn allein gelassen hatte, aber er sah mich weder traurig noch böse an, sondern vielsagend lächelnd, wie es typisch ist für einen, der über den Dingen steht. Er bat mich, ihn auf ein Glas Wein einzuladen, und setzte sich neben mich. Ich bemerkte den Kratzer auf seiner Nase und den blauen Fleck auf dem rechten Backenknochen. In diesem Augenblick trat Isidro ein und kam auf uns zu.

»Morgen ist Samstag, Marcial, und ich habe keinen Wein mehr.«

Der Bucklige hob den Kopf und grinste.

»Ich geh ihn holen«, sagte er.

»Morgen kommen die von Playa Blanca hoch und wollen was zu trinken haben.«

Marcial nickte zustimmend.

»Dann weißt du ja, was du zu tun hast. Geh das Kamel holen.«

Widerwillig erhob sich Marcial und verabschiedete sich brummend.

Isidro blieb in der Tür stehen, den rechten Daumen hinter dem Gürtel, eine halb gerauchte Zigarette im Mundwinkel, mit den Augen dem Buckligen folgend, der auf das Haus der Hexe zuging. Kurz darauf erschien Marcial mit einem hageren Kamel, das von Wunden bedeckt und von Fliegen umschwirrt war. Isidro half ihm beim Aufladen zweier leerer Fässer. Dann entfernten sich Marcial und das Kamel Richtung Uga. Die beiden bildeten ein schönes Gespann, beide voller Gleichmut, beider Rücken vom Mißgeschick gezeichnet.

Es war mir angenehm, daß Isidro zu tun hatte und mich nicht mit Fragen aufhalten oder mir aus seinem Leben erzählen konnte. Das würde er schon bei anderer Gelegenheit tun. So konnte ich die Schenke verlassen und nach Lust und Laune durchs Dorf schlendern. Schnell hatte ich alles durchlaufen, schnell kannte ich die äußeren Gegebenheiten. Was sich innen abspielt, ist in Femés nur schwer zu erkennen, da die Häuser sich nach außen verschließen, damit die Sonne keinen Zugang hat, denn die Sonne schadet den Frauen. Jene Einsamkeit mitten am Morgen erzeugte in mir das Gefühl, mich in einem Geisterdorf zu befinden, das aus meinem Unterbewußtsein erwachsen war. Die Sonne schien mit aller Kraft und brannte erbarmungslos auf die Erde, auf den Kalk der Mauern und mir auf den Kopf. Die geblendeten Augen konnten den Schleier aus Sand und Licht nicht durchdringen, und der Kirchturm erschien mir in seiner Höhe unwirklich. Richtung Süden endeten die Häuser am Rand einer Schlucht. Unten konnte man das Meer sehen, sehr silbrig, sehr glänzend. In der Ferne die Insel Lobos in der Form eines Koteletts und dann die Küste von Fuerteventura. An jenem Tag lag die Landschaft im Dunst, und ich konnte nicht klar erkennen, wo Playa Blanca war, aber ich vermutete den Ort unten zu meinen Füßen, am Ufer des Meeres. Von dort kamen Samstag für Samstag einige Seeleute herauf, Männer, die auf den Schonern angeheuert hatten und nun nach Femés eilten; sie kamen wegen ihrer Familien und wegen des guten Weines aus Uga.

Den Rest des Tages verbrachte ich in eine Art Alptraum versunken, als ob es der Sonne schließlich doch gelungen wäre, mein Gehirn zu durchdringen, und als ob sie begänne, in meinem Innern einen seltsamen, unwirklichen Widerschein des kleinen Dorfes Femés und seiner Bewohner zu entfachen.

Als ich zu Isidros Gasthaus zurückkehrte, war es im Westen noch ein wenig hell. In der Schenke hatten sich einige Personen eingefunden, wieder hatten sie ein Glas Wein vor sich, wieder spielten sie Karten. Der Bürgermeister, der Briefträger, Isidro und Marcial schienen in eine wichtige Partie versunken. Sie zwinkerten sich zu, befragten und belogen einander, prahlten und redeten dummes Zeug, bis Señor Sebastián die Karten hinwarf und Marcial mit Karobube aus allen Wolken zu fallen schien. Sie hatten gewonnen und veranstalteten einen Höllenlärm. Ripol, der Hund des Bürgermeisters, kam aus seiner Ecke hervor, wo er friedlich geschlafen hatte, und sein Bellen mischte sich unter die Stimmen der Spieler. Auf einmal hörte der Hund zu bellen auf, spitzte die Ohren, schnupperte und stürmte wie besessen nach draußen. Plötzlich nahm der Bucklige einen völlig anderen Gesichtsausdruck an, und fast hätte er den Tisch umgestoßen, so heftig sprang er auf und schrie wie ein Wahnsinniger: »Da kommt sie! Da kommt sie!« Er lief hinter dem Hund her. Der ruhigere Señor Alfonso, wie immer aufmerksam und leicht erstaunt, erklärte mir: »Es ist María, die Hexe, die Räbin. Gehen Sie raus und sehen Sie sie sich an. Ich hab genug davon!«

Er trank ein Glas Wein und sammelte die Karten ein. Isidro lächelte und ging zu den Fässern. Es schien mir, als ob Señor Sebastián zittere. Ich kämpfte einen Augenblick damit, mich nicht vom Platz zu rühren, aber letzten Endes war meine verdammte Neugier stärker als ich, und ich stieß auf den Buckligen, der in der Nähe an einer Ecke lauerte. Als er mich erblickte, winkte er mir näher zu kommen.

»Sehen Sie dort!« sagte er, zapplig wie ein kleiner Junge. Ich schaute ihm über die Schulter und sah eine Frau, die aufrechten Ganges und eiligen Schrittes den Platz überquerte; sie war von hagerer Gestalt und trug einen schwarzen Umhang, der nur die Augen freiließ, große erschrockene Augen wie die des Señor Alfonso; sie ging barfuß, die Füße waren voll Sand und voller Falten wie der Boden in einer Lavawüste. Ein paar Jungen liefen hinter ihr her und schrien wütend:

»Lauf, Mararía, lauf,
die Nacht, sie zieht herauf!«

Marcial schaute mich wie immer einfältig grinsend an, während in seinen Rattenaugen kleine Feuerfunken sprühten. Plötzlich sprang er bis zur Straßenmitte vor, legte die Hände an den Mund und schrie wild: »Hexe! Hexe!«

Aber die Hexe drehte nicht einmal den Kopf. Aufrechten Schrittes setzte sie ihren Weg fort und tauchte in violetten Schatten unter, schon weit entfernt vom Dorf und den Versen der Jungen, die immer noch riefen:

»Lauf, Mararía, lauf,
die Nacht, sie zieht herauf!«

4. Kapitel

Am folgenden Nachmittag kamen die Leute von Playa Blanca. Eine Gruppe Seeleute, kräftige Männer, junge und alte. Zusammen waren es sechs, und sie gehörten zur Besatzung eines Seglers mit dem Namen ›Guanchinerfe‹. Gewöhnlich kam er alle zwei Wochen freitags an und ankerte vor den Salinen. Die Besatzungsmitglieder, die aus Femés waren, nutzten die Samstage und Sonntage, um ihre Verwandten zu besuchen; sie brachten ihnen Fisch mit, wofür sie einen guten Tropfen zu trinken bekamen, spielten die *timple* und trugen den einen oder andern Streit aus. Unter den Älteren erinnere ich mich an Manuel Quintero, muskulös, sonnengebräunt und mit einem Gesicht wie aus Holz geschnitten. Er trug immer ein hochgeschlossenes blaues Hemd und dunkle Hosen voller Flicken und Fischschuppen. Die andern nannten ihn *patrón,* und er war der einzige, der, als er im Dorf eintraf, nicht Isidros Gasthaus betrat. Ich sah, wie er auf die Kirche zuging, dann strich er um das Haus von Mararía, der Räbin, und zu guter Letzt begab er sich an den Rand der Schlucht, wo er eine gute Weile unbeweglich verharrte und verloren aufs Meer blickte. Die Kameraden becherten gehörig, berichteten von anderen Inseln und spielten Karten. Ich verbrachte den Nachmittag vor der Tür des Wirtshauses auf einem großen, flachen Stein, der als Bank diente. Von dort aus hörte ich die Schimpfworte und die Faustschläge auf den Tisch. Zweimal sah ich Marcial hinausstürzen; er fiel hin und blieb wie ein Knäuel vor meinen Füßen liegen. Das war keineswegs erschreckend. Marcial selbst lächelte dümmlich, als ob dies alles ihm Vergnügen bereite, und dann ging er wieder nach drinnen, einige Kratzer mehr im Gesicht und auf den Armen. Ein junger Bursche kam schwankend heraus. Er lehnte sich gegen die Mauer und schloß die Augen. Dann erreichte er mit sichtbarer Anstrengung die nächste Ecke, wo er sich über Opuntiensträuchern erbrach. Danach entdeckte er mich. Er war sehr blaß, und auf seiner Stirn glänzten Schweißtropfen. Er hatte Mühe, die Augen offenzuhalten, und um mich besser zu sehen, beugte er den Kopf nach hinten. Er setzte sich neben mich. Er wollte den Kopf gegen die Wand stützen, rutschte aber langsam nach unten und fiel schließlich zu Boden. In diesem Augenblick trat Manuel Quintero vor mich.

»Das ist der Sohn von Señor Sebastián«, erklärte er.

Und er packte ihn, warf ihn wie ein Bündel über die Schulter und trug ihn heim, ins Haus des Bürgermeisters; es befand sich hinter der Kirche, neben dem des Señor Alfonso, des Briefträgers. Es dauerte nicht lange, bis der *patrón* zurückkam.

»Es ist besser, er schläft den Rausch im Bett aus, wo er nicht von Hunden und Fliegen belästigt wird. Von der Küste Afrikas hat der Junge Durst mitgebracht.«

Dann nahm er Platz und bat mich um Feuer.

»Nicht wahr, Sie sind nicht von hier«, sagte er und zündete sich eine Zigarette an.

»Nein, nein, ich bin nicht von hier«, entgegnete ich.

»Aber vielleicht haben Sie die Alte schon gesehen.«

»Welche Alte?«

»Mararía.«

»Ich habe sie schon mal gesehen«, sagte ich.

»Heute?«

»Nein, heute nicht.«

Gemächlich qualmte er vor sich hin.

»Nur Gott weiß, wo sie sich aufhält.«

»Sie geht meist bei Sonnenuntergang aus dem Haus.«

»Ja, ja, ich weiß. Aber heute ist sie nicht zu Hause.«

Einige Augenblicke verharrte er schweigend und sog in kurzen Zügen an seiner Zigarette.

»Es heißt, sie sei eine Hexe«, sagte ich vorsichtig. »Sogar die Hunde bellen sie an.«

Auf Manuel Quinteros Gesicht zeichnete sich ein trauriges Lächeln ab.

»Das dürfen Sie nicht glauben! Sie ist eine gute Frau.«

Aus dem Innern des Gasthauses ertönte das über dem Reizen beim Kartenspiel immer lauter werdende Geschrei; Lärm und Gelächter drangen nach draußen. Der Abend begann zu verdämmern und legte eine Schicht blutroter Asche über Dorf und Ebene. Manuel Quintero sagte, daß Meer und Land um diese Stunde zu heiligen Dingen würden und daß diese Hornochsen da drinnen vor nichts Respekt hätten. Er wies auf den Friedhof:

»Sie stören die Toten«, sagte er.

Er stand auf und bat mich, ein wenig mit ihm durch die Ebene zu streifen. Am Weg brach er einen Zweig von einem Granatapfelbaum; damit schlug er sich leicht gegen das Bein, während er die Fäden der folgenden Geschichte zu spinnen begann.

An dieses Dorf habe ich einige Jugenderinnerungen, die mich mein ganzes Leben hindurch verfolgt haben. Viele Jahre war ich nicht mehr in Femés. Hier gibt es Dinge, die einmal eine wichtige Rolle in meinem Leben spielten. Dinge und Menschen, die es noch gibt, und andere, die verschwunden sind. Aber alles hat seine Spuren in meinem Herzen hinterlassen, wo sie wie die Überreste eines Schiffbruchs treiben. Was ich Ihnen jetzt erzähle, liegt viele Jahre zurück. Damals war ich ein stattlicher junger Bursche. Das kann man wohl sagen! Und ein guter Ringkämpfer. Nur einmal hat meine Schulter den Boden berührt, und das nur, weil dieser Teufel aus Maspalomas, den sie Rojitas nannten und der dann Meister der Kanaren wurde, mich unfair umklammert hielt. Sie kennen die Insel Gran Canaria? Ich bin nämlich von dort, aus dem Dorf San Nicolás. Seit meinem fünfzehnten Lebensjahr schufte ich auf Segelbooten, denn das Meer ist etwas, das ich im Blut habe. Und die Einsamkeit auch. Deshalb ist mir die Insel Lanzarote ans Herz gewachsen. Es ist eine einsame Insel, schutzlos wie ich selbst, wie ein verlassenes Schiff. Hier hätte ich mich gerne niedergelassen. Ja, mein Herr, hier in Femés wäre ich gerne vor Anker gegangen, wenn jener Frau, die sie heute Hexe und Räbin nennen, nicht diese böse Geschichte widerfahren wäre. Damals nannten sie sie nicht Mararía, sondern María von Femés, und ihr Name war auf der ganzen Insel in aller Munde, denn ein schöneres Mädchen als sie gab es nicht. Zu jener Zeit gehörte ich zur Besatzung der ›Sabina‹. Ein schmukkes Boot und alles andere als langsam, jawohl, mein Herr. Die Besatzung bestand aus sechs Männern und dem Kapitän, einem richtigen Seebären, bärtig und schielend wie ein echter Pirat. Unter den Matrosen befand sich ein Bursche, mit dem ich Freundschaft schloß. Er hieß Pedro, war von kleiner Statur, braungebrannt und ein wenig breitbeinig. Er gab kaum einen Céntimo aus, denn der Mann war besessen von dem Gedanken, sich ein feuerrotes Auto zu kaufen, das Nacht für Nacht durch seine Träume geisterte. Als echter Sohn der Insel schlug er geschickt die *timple* und verstand es, den Gesang mit vielsagenden Anspielungen zu versehen. Er war in Femés geboren, und dort lebten damals auch seine Eltern. Als wir eines Tages in Playa Blanca anlegten, lud er mich ein, mit ihm in sein Dorf zu kommen. Wir stiegen aus der Ebene hoch und machten halt bei Seña Carmen, um unseren Durst zu löschen. Seña Carmen – der Herr habe sie selig – war die Mutter von Isidro, den Sie ja schon kennen, dem Besitzer des Gasthauses, der damals ein Bursche so stark wie ein Stier war. Mein Freund Pedro stellte mich den Leuten aus Femés vor, und an jenem Nachmittag, es war ein Samstag, gossen wir dann ordentlich einen hinter die Binde, denn von dem langen Marsch waren unsere Kehlen so trocken wie Pergament. Wir setzten uns ans Fenster, und Seña Carmen, wohlbeleibt und strotzend vor Gesundheit, als ob sie die Welt aus den Angeln heben könnte, stellte uns eine Flasche auf den Tisch, als Gruß des Hauses.

»Und María?« fragte Pedro.

Isidros Mutter zuckte die Achseln.

»Wie immer in ihren eigenen vier Wänden. Draußen läßt sie sich nicht blicken.«

»Wohl nicht, weil es an Burschen mangelt, die ihr gern einen Blick zuwerfen würden.«

»Nein, nein, daran liegt es nicht«, sagte sie. »Denn junge Burschen gibt es im Überfluß im Dorf, und alle sind wegen ihr aufeinander eifersüchtig. Mein eigener Sohn ist wie wild auf diese Frau, deren Augen nicht nur scheinbar, sondern tatsächlich verhexen.«

»Sie ist ja auch wirklich sehr schön.«

Seña Carmen seufzte resigniert und bestätigte mit

Nachdruck: »Ja, das ist sie, das verfluchte Weibsbild! Und ich sage, diese Frau verdreht den Männern den Kopf und bringt Unglück.«

»So schlimm wird es wohl nicht sein, Seña Carmen.«

An den Samstagabenden wurde getanzt. Man feierte in Pedros Haus; der hatte einen großen, leerstehenden Saal, der sich gut dafür eignete. Der Fußboden bestand aus festgestampfter Erde, die nachmittags besprengt wurde, damit der Boden später hart wie Stein war. Die Mädchen schmückten den Raum. Sie stellten Stühle und Kisten im Kreis auf und hängten Karbidlampen und Girlanden aus Papierfähnchen an die Wände; die Fähnchen waren verblichen, und sie gaben dem Saal kein fröhliches, sondern eher ein trauriges Aussehen. Im hinteren Teil standen einige leere Fässer, auf die sich die Musiker schwangen, und es sah aus, als ob sie zu Pferde säßen. Damals lebte im Dorf ein Bursche namens Justo – er möge in Frieden ruhen –; ich kenne niemanden, der wie er Gitarre spielte. An jenem Nachmittag bei Seña Carmen gesellte er sich zu uns, und als wir Männer alle zusammen auf dem Tanzboden erschienen, war es schon Nacht; wir waren betrunken und nicht mehr klar im Kopf. Pedros Hemd war voller Flecken und hing hinten aus der Hose heraus, und in diesem Aufzug kam er in den Festsaal. Justo betrat den Saal und stimmte die Gitarre; ich als Fremder hielt mich im Hintergrund nahe der Tür und versuchte, mich an die Atmosphäre zu gewöhnen. Viele Menschen drängten sich im Saal, und der Geruch nach Schweiß war so stark, daß man fast umfiel. Die Frauen in ihren bunten Kleidern waren die reine Augenweide, und das um so mehr, je greller die Farben waren, rot, blau oder gelb, dieses kräftige Gelb, das nach dem des Kanarienvogels benannt ist. Justo wurde mit großem Jubel empfangen, und vier Männer hoben ihn auf die Fässer, neben die Musiker.

»Justo, spiel einen flotten Pasodoble auf!« rief jemand.

»Welchen wollt ihr?« fragte er.

»Den von neulich: Der kleine spanische Soldat!«

»Ja, den!« schrien die Frauen.

»Nun denn, also los! Du da, leih mir die *bandurria*, und die Gitarren und *timples* sollen mich begleiten, und ich will aufspielen wie noch nie!«

Die Musik begann; die Paare taten sich zusammen, die ersten Schritte schleiften über den Boden und alle sangen:

»Kleiner spanischer Solda-at ...
Tapferer Solda-a-at ...!«

Links von mir saßen auf Kisten einige schwarz gekleidete Alte, denen nichts entging. Im Takt der Musik stampften sie den Boden. Ich sah, wie Sebastián sich eng an eine üppige Tänzerin drängte, die ein glänzendes lachsfarbenes Kleid trug, das unter den Achseln fleckig war. Er hatte sein spitzbübisches Festtagsgesicht aufgesetzt und zwinkerte mir im Vorbeitanzen zu. Auch Alfonso sah ich, der damals ebenso kränklich wie heute wirkte. Er hatte sich mit einem spindeldürren Mädchen zusammengetan, das einen langen Hals und knochige, vorspringende Schulterblätter hatte. Die beiden sahen über alle Maßen komisch aus, so ernst wie sie waren und wie sie da herumhüpften. Vor den Fässern hockte Marcial, der Bucklige, und der Speichel tropfte wie üblich aus seinem Mund, und er stieß an den unpassendsten Stellen seine wiehernden Laute aus. Ich weiß nicht, wie lange ich dort regungslos verharrte; vor Langeweile fielen mir schon die Augen zu. Und wundern Sie sich nicht! Obwohl ich in meiner Jugend ein stattlicher Bursche war und immer viel Spaß zusammen mit meinen Freunden hatte, zogen mich Feste mit Frauen niemals besonders an, denn Röcke waren etwas, was mich kalt ließ, genau wie das sturmgepeitschte Meer. In jener Nacht war mir der Alkohol tüchtig zu Kopfe gestiegen, und eine Art bleierne Müdigkeit ließ mich, wie ich schon sagte, kaum die Augen offenhalten. Ich stand immer noch in der Tür und sah mißmutig den Tanzenden zu, als María erschien. Was für eine Frau, mein Freund! Sie hätte einen Toten munter machen können. Sie betrat den Tanzsaal in Begleitung einer Alten, die ihre Tante war und die, nach dem, was im Dorf erzählt wurde, dabei war, das Mädchen auf die schiefe Bahn zu bringen, da sie ihr von Kind auf viel zuviel erlaubt hatte. Sie nahmen links neben mir Platz, im Anschluß an eine Gruppe lauernder alter Hexen, die einer Schar Raben glichen. María hatte einen herausfordernden Blick; ihre runden, tiefschwarzen Augen brachten jedem das Blut zum Wallen. Von den Männern, die nicht tanzten, ließ keiner sie aus den Augen, und ich dachte sofort an die unheilverkündende Seña Carmen, ob Sie's glauben oder nicht. Als das nächste Stück begann, das auch ein Pasodoble war, sah ich, wie Pedro sich María näherte und sie zum Tanzen aufforderte. Sie blickte ihn nur voller Verachtung an und runzelte die Stirn, als ob sie die Nähe dieses Mannes nicht ertragen könne, und sichtlich gereizt ging mein Freund zur Tür, wobei er sich das Hemd in die Hose steckte. Isidro, der in der Nähe stand, sagte: »Du weißt doch, daß María nicht tanzt.«

»Ich weiß wirklich nicht, warum in aller Welt sie dann herkommt.«

»Um den andern Mädchen beim Tanzen zuzusehen«, sagte Isidro.

»Und um die Glut zu schüren. Darum kommt sie.«

So sprach Pedro und spuckte wütend aus. Dann fügte er hinzu: »Sie ist eine Dirne!«

Isidro sah ihn mit zusammengekniffenen Augen starr an. »Hüte deine Zunge!« sagte er drohend.

»Sie ist eine Dirne!« wiederholte Pedro.

Und ohne allzu große Eile verließ er den Tanzsaal und ging Richtung Dorfplatz. Isidro lachte schallend und legte mir den Arm um die Schultern.

»Hast du gesehen, Fremder?« sagte er zu mir. »Dein Freund hat seinen Stolz.«

Wieder stampften die alten Frauen den Boden im Takt der Musik. Ich war kein Maulheld, das versichere ich Ihnen, obwohl es mir damals nicht an Kraft und Aussehen mangelte. Wenn ich tat, was ich Ihnen jetzt erzählen will, dann erfolgte es aus einem tiefer liegenden Grund, als den Angeber zu spielen. So geschah es, daß María einmal, als ich sie ansah, den Blick hob und die Augen so zärtlich auf mir ruhen ließ, daß ich eine seltsame Glut durch meinen Körper strömen fühlte. Als ich mir dessen gewahr wurde, stand ich schon neben ihr und forderte sie zum Tanz auf. Sie sagte nichts. Sie überließ der Alten einen kleinen Beutel, den sie in der Hand hielt, stand auf, stellte sich vor mich und wartete, daß ich sie um die Taille nahm. Was für eine Taille! Meine rechte Hand erstarrte, kaum daß sie den Körper unter dem Stoff des Kleides fühlte. Ich war kein großer Tänzer, nein, mein Herr, das war ich nie, aber die Füße über den Boden ziehen, das ist so einfach, daß man das nicht erst lernen muß. Wir tanzten, ohne jemand anderen wahrzunehmen, wir hatten nur Augen füreinander, in wenigen Augenblicken erzählten wir uns das, was uns wichtig erschien. Marías Haut war so zart und weiß, daß sie mich an die Madonna erinnerte, die in der Kirche meines Heimatdorfes stand. Als wir an den Fässern vorbeitanzten, stieß Marcial, der Bucklige, einen seiner Schreie aus, aber diesmal so gellend und anhaltend, daß man ihn schütteln mußte, damit er aufhörte. Mir ging der Schrei zu Herzen, weil er für mich eher der Klage eines verwundeten Tieres glich als einem Ausdruck der Freude, das Mädchen tanzen zu sehen. Als das Stück zu Ende war, brachten die Männer die Frauen an ihren Platz zurück, und dann standen sie gruppenweise in den Ecken des Tanzsaals zusammen. Ich blieb wie benommen vor María stehen und wußte nicht, was ich tun oder sagen sollte. Ich wartete darauf, daß die Gitarren und *timples* von neuem zu spielen begännen, aber es entstand eine so tiefe und andauernde Stille, daß es mir war, als ob ich einen unheilverkündenden Hauch spürte. Sie wissen, wie so etwas ist, nicht wahr? Es ist, als ob ein Schwarm Raben mit schwarzem, lautlosem Flügelschlag in den Kopf eindränge. Jetzt hatten die Alten neben María die Augen weit aufgerissen, und eine von ihnen zog einen Rosenkranz aus der Tasche und ließ ihn unruhig durch die Finger gleiten. Ich warf dem Hexenverein ein scheues Lächeln zu und ging nach draußen, um ein wenig Luft zu schöpfen. Die Nacht war klar, und es bereitete mir Vergnügen, den sternenübersäten Himmel zu betrachten. Da dachte ich, daß es nicht schlecht wäre, verheiratet zu sein, in Frieden zu leben und mit dieser schönen Frau Kinder zu haben und alt zu werden und zu sterben und in Femés begraben zu werden. All das unter jenen Sternen, in den stillen Nächten an Bord dieser Insel, die mir immer wie ein gestrandetes Schiff vorgekommen war, wie ich selbst, wie mein eigenes Leben ... verflucht soll es sein! Ich stand gegen die gekalkte Hauswand gelehnt und wartete und wartete, ohne genau zu wissen worauf, aber ich war sicher, daß ich im Begriff stand, den Regeln eines Spiels zu folgen, das mein Blut nicht zur Ruhe kommen ließ. Einige Minuten später erklangen die Gitarren von neuem, und in der Tür erschien Isidro. Er kam auf mich zu.

»Gibst du mir Feuer, Fremder?«

Ich streckte ihm das Feuerzeug entgegen und zündete seine Zigarette an.

»Da drinnen ist es heiß«, sagte er.

»Ja.«

»Hier draußen ist es angenehm, in solch einer Nacht.«

»Ja«, erwiderte ich.

Eine ganze Weile sagten wir nichts. Ruhig rauchte er. Ein Uhu strich über uns hinweg, und er zeigte ihn mir, als ob dieser Vogel irgendeine Bedeutung hätte.

»Es ist ein Uhu«, bemerkte er.

Er rauchte die Zigarette zu Ende und zertrat den Rest mit dem Fuß.

»Gehen wir zu mir nach Hause!« sagte er plötzlich. »Ich lade dich auf ein Glas ein.«

Wir gingen zum Wirtshaus.

»Mutter!« rief er, als wir das Haus betraten.

Seña Carmen war dabei, einen Tisch zu scheuern, und begrüßte mich mit einem Lächeln.

»Mutter, bring uns eine Flasche!« bat Isidro.

Seña Carmen sah ihren Sohn an, und ein Schatten schien über ihr Gesicht zu laufen. Während sie uns bediente, warf sie Isidro einen flehentlichen Blick zu. Wir leerten die Flasche ein wenig hastig, wie mir schien. Dann gingen wir wieder ins Freie.

»Hast du den Friedhof schon mal bei Nacht gesehen, Fremder?« fragte Isidro.

»Nein.«

»Als Kind machte es mir Spaß, über die Mauer zu springen und zwischen den Kreuzen zu schlafen. Da ist absolute Stille. Da ist niemand.«

»Gern würde ich mir das ansehen«, sagte ich, um bei den Spielregeln zu bleiben.

»Dann machen wir uns auf den Weg!«

»Gut, brechen wir auf!«

Wir gingen den Weg sehr langsam und ohne miteinander zu reden. Wir durchschritten das Tor des Friedhofs. Niemand war zu sehen. Alle waren tot. Dies war der beste Ort.

»Hat dir das Mädchen gefallen?« fragte Isidro.

»Sehr«, antwortete ich.

»Sie hat mit dir getanzt.«

»Manchmal hat man Glück«, sagte ich.

»Oder auch Pech, wirst du bald sagen.«

Fast zur gleichen Zeit zogen wir die Messer. Ich stach ein wenig früher zu, und er griff sich mit der linken Hand an den Bauch und fiel zu Boden. Dort ließ ich den vermeintlich Toten liegen, zwischen zwei Kreuzen. Ich hatte nur einen kleinen Kratzer an der Schulter, und da die Schmerzen nicht stark waren, kehrte ich zum Tanzsaal zurück.

In jener Nacht begleitete ich María nach Hause. Die Tante, die ihre einzige Verwandte war, spielte die perfekte Kupplerin. Im ersten Morgenlicht verließ ich das Dorf, und die Sonne stand schon ziemlich hoch, als ich Playa Blanca erreichte und an Bord der ›Sabina‹ ging. Am frühen Montagmorgen war die Besatzung komplett. Pedro riet mir, einige Zeit verstreichen zu lassen, ehe ich nach Femés zurückkehrte.

Er sah mich von der Seite an und meinte: »Isidro hat man den Bauch aufgeschlitzt.«

Ich verriet nicht, wer ihm das angetan hatte. Ich erzählte Pedro nichts. Ich erzählte ihm nichts von María. Wir halfen, die Anker zu lichten.

5. Kapitel

Gemächlichen Schrittes erreichten wir Uga, ein kleines Dorf mit niedrigen, von Steinmauern umgebenen Häusern, Mauern aus schwarzen Steinen, altem Vulkangestein aus den Lavafeldern. Einige Feigenbäume erinnerten mit ihren gewundenen, weißen Stämmen an seltsame Skelette oder Riesenspinnen. Stille herrschte im Dorf, das unter dem bösen Zauber des Mondes litt, dem es unerbittlich ausgesetzt war. Wie es schien, hatte Señor Manuel Quintero, ehemals *el patrón*, seine Geschichte beendet. Ich stellte ihm keine Fragen, und schweigend, wie zwei Schatten, betraten wir gemeinsam die Ortschaft und suchten ein Wirtshaus, wo wir ein wenig ausruhen konnten. Wir wählten das erste, an dem wir vorbeikamen; es lag am Rande der Straße. Die Schenke war geräumig, im Hintergrund ein Schanktisch aus Holz, ein leeres Gestell und eine Vitrine, in der ein Rest Käse lag. Von der Wand her verbreitete eine Karbidlampe ausreichend Licht, und an der Decke hingen einige Fliegenfänger. Um zwei große Tische herum hatte man Fässer und Kisten aufgestellt, die als Sitze benutzt wurden. Es bediente uns die Besitzerin, eine dicke, weißhäutige Frau mit Augen vom hellen Grün der Trauben. Die bloßen Arme waren füllig und rosig. In ihrer Jugend mußte sie ein schönes Mädchen gewesen sein. Jetzt waren ihre Haare unordentlich, die Nägel schmutzig und abgenagt, und sie roch nach dem Rauch kanarischen Kiefernholzes und nach Kinderurin. Schweigend tranken Señor Manuel Quintero und ich das erste Glas.

Die Frau ließ uns mit einer gutgefüllten Flasche allein. Aus dem Innern des Hauses ertönte das Weinen eines wenige Monate alten Säuglings. Draußen auf der Straße gingen einige Männer, die Saiteninstrumente spielten und die Insel besangen. Sie machten vor dem Wirtshaus halt und stimmten eine Volksweise an. Das Kind da drinnen weinte immer noch, und die Mutter sang ihm das kanarische Wiegenlied vom bösen Mann.

Unsere Flasche war halb leer getrunken, als ein Mann von kleiner Statur erschien, mit schwarzem Hut und Schnurrbart. »Einen schönen guten Abend!« sagte er und schritt zur Theke.

El patrón, der in diesem Augenblick gerade das Glas zum Munde führte, runzelte die Stirn und betrachtete eingehend den Ankömmling.

»Na, so was!« rief er aus. »Das ist ja mein Freund Pedro, der alte Gauner!«

Pedro wandte sich uns mit mißtrauischem Gesicht zu, öffnete dann so weit er konnte seine kleinen Augen, trat an den Tisch und klopfte Señor Manuel Quintero auf den Rücken.

»Was für ein Zufall!« sagte er.

Lachenden Gesichts sahen sie einander an. »Setz dich und trink einen Schluck!« lud ihn der *patrón* ein.

»Deshalb bin ich gekommen.«

Eine ganze Weile musterten sie sich. Nach all den Jahren suchten sie die Erinnerung zurückzuholen.

Señor Manuel fragte als erster: »Was machst du jetzt?«

»Ich bin hier in der Gegend beschäftigt, mit dem Lastwagen. Ich hab ihn immer noch. Er hält mich am Leben.«

»Du hast Glück gehabt mit dem Karren!«

»Und du?« fragte Pedro.

»Immer auf See. Ich bin der Chef auf der ›Guanchinerfe‹. Dasselbe Leben wie schon immer. Zwischen den Inseln und der afrikanischen Küste, die wohlbekannte Strecke, immer in Erwartung der letzten Krängung.«

»Bei mir dasselbe, nur zu Lande.«

Die Wirtsfrau erschien hinter dem Schanktisch, in den Armen einen schlafenden Säugling.

»Evelina, bring noch ein Glas und eine zweite Flasche!« bat Pedro.

Wieder klopfte er dem Freund auf den Rücken, und immer noch lächelte er unter dem dichten Schnurrbart.

»Nein, Manuel! Was für eine Überraschung! Wir müssen unser Wiedersehen feiern!«

Sie ließen mich mit ihnen anstoßen.

Pedro hob das Glas: »Auf die ›Sabina‹!«

»Auf die ›Sabina‹!« wiederholte der *patrón* und fuhr fort:

»Daß sie ihre Ruhe auf dem Boden des Meeres finde!«

»Und was für ein braves Schiff sie war!«

»Und so schnell wie der Wind!«

Sie machten eine Pause, um zu trinken.

»Hast du geheiratet?« fragte Señor Manuel.

»Ja, aber ich bin Witwer und habe einen Sohn um die Zwanzig.«

»Was du nicht sagst!«

»Und du?« fragte Pedro.

»Ich nicht.«

»Ach was!«

»Wo wohnst du?« wollte der *patrón* wissen.

»In Arrecife.«

»Fährst du schon mal nach Femés?«

»Nein; schon viele Jahre bin ich nicht mehr dort gewesen. Seit jener Sache damals.«

»Was meinst du?«

»Das halt.«

Pedro el Geito sah mich verstohlen an.

»Das von damals«, wiederholte Manuel Quintero.

Und er leerte sein Glas auf einen Zug.

Er wischte sich mit dem Ärmel über seinen Schnurrbart und schob den Hut ein wenig in den Nacken. Dabei versuchte er, dem Gespräch eine andere Wendung zu geben, und klopfte seinem Freund wieder leicht auf den Rücken.

»Nein, so was, Manuel!«

Da betrat Pedros Sohn das Wirtshaus. Er kam allein, spielte Gitarre, sein Gang war schwankend, die Augen gerötet. Er schien mir noch dünner als beim ersten Mal, daß ich ihn sah. Auch schienen mir seine Schritte noch staksiger.

»Hier stell ich dir meinen Sohn vor, Manuel!« sagte Pedro el Geito.

Der *patrón* betrachtete den Burschen und lächelte.

»Auf dich kommt er aber nicht!« rief er.

»Nein, auf mich nicht. Er schlägt der Mutter nach, die hoch aufragte wie eine Rauchsäule, die zum Himmel steigt.«

Pedros Sohn grüßte nicht einmal.

Er hielt seine Gitarre umklammert und tat, als ob er uns nicht gesehen hätte. Er setzte sich an unseren Tisch und begann zu singen. Evelina brachte ein weiteres Glas und eine weitere Flasche. Dann sang Pedro el Geito. Er hatte eine klare Stimme.

»Du hörst dich noch gut an!« meinte Manuel.

Pedros Sohn betrank sich maßlos; am Ende fiel ihm die Gitarre zu Boden.

»Vater, ich geh zum Laster.«

Señor Manuel Quintero legte seinem Freund den Arm um die Schultern, und die beiden stimmten ein Seemannslied an.

Als wir ins Freie traten, war der Himmel vor Sternen kaum noch zu sehen.

»Du könntest uns im Auto mitnehmen«, sagte Señor Manuel.

»Wohin?«

»Nach Femés.«

»Nein, niemals werde ich nach Femés fahren. Dort ist die verdammte Hexe.«

»Das glaubst du also auch?«

»Ja, die Frau ist verflucht.«

»Die María?«

»Die María. Vielleicht hält sie sich auch hier herum auf.« Seine Stimme klang ganz ängstlich, und er sah auf die schwarze Ebene hinaus, die vor uns lag.

»Und was, wenn sie wirklich hier ist?«

»Dann ist sie auf Männersuche. Sie lockt sie heran, läßt sie sich nähern und dann ...«

Der *patrón* brach in Gelächter aus.

»Das sind Geschichten für Kinder! So was sollte ein Mann nicht sagen!«

»Ich hab Angst vor ihr, Manuel. Ich war damals dabei, als es geschah.«

»Als was geschah?«

»Das mit dem Araber. Und das mit dem Kind. Es war ein Unglück, Manuel.«

»Mensch, ich weiß nicht, wovon du sprichst!«

Pedro sah ihm in die Augen.

»Setzen wir uns hier hin! Ich will dir erzählen, was geschah.«

Wir ließen uns alle drei am Wegrand nieder, neben einem kleinen Wall aus Steinen. Señor Manuel Quintero zog Papier und Tabak hervor, und wir drehten uns ein paar Zigaretten.

»Erinnerst du dich an die Nacht, in der du die Messerstecherei mit Isidro hattest?« fragte Pedro.

»Und ob!«

»Danach warst du nicht mehr in Femés.«

»Nein. Wir legten nicht mehr in Playa Blanca an.«

»Bald darauf hab ich abgeheuert. Weißt du noch? Ich lebte damals mit meinen Eltern in Femés. Du weißt, daß auch ich hinter der María her war, so wie alle im Dorf. Erinnerst du dich noch gut an sie, Manuel?«

Er machte eine Pause und betrachtete eine Weile die Sterne.

»Was sie für Augen hatte! Und was für Hüften! Sie wußte, daß sie schön und begehrenswert war. Wie diese Dirne uns aufreizte!« El Geito seufzte tief und fuhr fort: »Isidro war der Eifersüchtigste. Wegen ihr wurde er zum Raufbold. Alle hatte er uns eingeschüchtert. Er war stark, er war der Stärkste und wachte Tag und Nacht über sie, und uns überwachte er auch. Aber sie scherte sich um niemanden aus dem Dorf. Eines Tages kam ein Araber nach Femés; einer jener Männer, die die Inseln bereisen, von hier nach dort, durch Dörfer und Weiler, auf der Schulter einen Koffer voller Verkaufsartikel: Laken, Stoffe, Ketten, Bänder, Nadeln, von allem etwas. Er war ein Bursche von schwächlichem Körperbau, hatte die Züge eines feinen Herrn und einen Goldzahn. Er kam in Marías Haus, sie kaufte ihm ein paar Kleinigkeiten ab, und sie sprachen ein wenig zuviel miteinander. Einige Tage später kehrte er zurück und dann noch einmal und noch einmal. Das Glück des Fremden war ihm hold, und mit seinen Scharlatanerien gewann er sie für sich. Marías Tante, jene Alte, die ihr wie ein Schatten folgte, beeilte sich, unter den Gevatterinnen des Dorfes zu verbreiten: ›Meine Nichte wird bald heiraten, einen reichen Mann, den Araber‹, sagte sie. ›Er wird sie nach Las Palmas auf Gran Canaria mitnehmen, um dort mit ihr zu leben, wie es sich gehört.‹

Und die Hochzeit wurde vorbereitet. Die Hauswände wurden weiß getüncht und Stühle gekauft und das alles mit dem Geld des Arabers. Die ganze Angelegenheit machte mich und Isidro und Alfonso und alle Männer von Femés furchtbar wütend. Und wenn wir von ihr sprachen, zogen wir sie durch den Schmutz und hingen ihr dies und jenes an. Die Hure! Wir erfuhren, daß sie schwanger war, im vierten Monat.«

»Was passierte dann?« fragte Señor Manuel.

El Geito warf die Zigarette weg, zog ein wenig die Beine an und spuckte wütend auf den Boden.

Es kam der Tag der Hochzeit, begann er. Sie hatten dem Pfarrer Bescheid gesagt, der sonntags in Femés die Messe las und in Yaiza lebte und der inzwischen hoffnungslos den Verstand verloren hat. Am späten Nachmittag kam er im Dorf an und schmückte die Kirche mit Grünzeug, Opuntienblüten und Palmblättern, die ihm die Kinder besorgt hatten. Die Hochzeit war für acht Uhr angesagt, und der Patio von Marías Haus war mit Papierfähnchen geschmückt wie zu einem Tanzabend. Ein sehr langer Tisch war aufgestellt mit Tischtuch und allem und vielen Flaschen und Tabletts voller Datteln, Kaktusfeigen, kleinen Fischen, Eierbrot und Melone. An den Wänden hingen mehrere Karbidlampen und bildeten zusammen mit

Palmwedeln ein Dach. Die Frauen des Dorfes kamen und gingen; einige brachten etwas mit, andere steckten nur die Nase herein, um sich von der Schwangerschaft der Braut zu überzeugen. Die Kinder drängten sich an den Türen und betrachteten fast ängstlich diesen Überfluß an Eßbarem. Aber wir Männer blickten finster drein; wir saßen im Wirtshaus, tranken und sangen, und unsere selbstgemachten Strophen hatten einen drohenden, beleidigenden Unterton. In der Schenke von Seña Carmen befanden sich Sebastián, Alfonso, Isidro, Marcial und ich. Und auch Justo, der Gitarrenspieler, war dabei, und offensichtlich ritt ihn der Teufel. Er war es auch, dem der Gedanke kam, daß unser Trupp dem Araber einen würdigen Empfang bereiten müsse. Wir leerten die Gläser, gingen hinaus und grölten Lieder, María sollte in ihren vier Wänden vor Scham erröten, weil sie uns Burschen aus dem Dorf verschmäht hatte. An der Kirchtür stand Don Abel, der Pfarrer. Er sah uns vorbeiziehen und sagte nichts, aber ich erinnere mich an seine traurigen Augen, als ob unser Anblick ihn krank machte. Er blieb dort in der Tür stehen, die Arme hingen herunter, der Kopf war gesenkt, und so hat sich sein Bild meinem Gedächtnis eingeprägt. Und da er María mit dem Araber trauen würde, widmeten wir ihm eine Strophe, das heißt Isidro, der sie gerade gereimt hatte, trug sie vor. Es war ein Liedchen, das von Marcial handelte, dem Heiligen, der die Mauren von der Insel vertrieben hatte, und von Don Abel, der ihnen erlaubte zurückzukehren. Als wir Marías Haus erreichten, machten die Kinder vor der Tür Platz, denn sie glaubten, wir wollten hinein, aber wir blieben stehen, sangen weiter und verlangten vehement nach der Braut. Wir mußten einen schlechten Ruf haben, denn alle Frauen versteckten sich im hinteren Teil des Patio, und die einzige, die sich blicken ließ, war die Alte, die, als sie unser wüstes Gejohle hörte, wütend die Augen zusammenkniff und uns Saukerle nannte. Über die Worte der Alten lachten wir aus vollem Hals und setzten unser Vorhaben fort, das ja darin bestand, vor das Dorf zu ziehen, um dem Araber einen gebührenden Empfang zu bereiten. Nahe der Palme, die sich an dem Weg befindet, trafen wir auf den Mann. Der Maurensohn, wie sie ihn nannten, kam allein und zu Fuß von der Hauptstraße her. Er trug einen blauen Anzug mit zarten weißen Streifen und ein Hemd aus Wildseide. Er sah fast wie ein Junge aus, so glatt rasiert war sein Gesicht, so fein der Oberlippenbart. Lächelnd kam er auf uns zu, als ob er sich freue, uns zu sehen. Aber ich spürte seine Angst, denn er bemühte sich sehr, ruhig zu atmen und keine Nervosität zu zeigen. Plötzlich schrie Justo, der Gitarrenspieler, wild drauflos: »Der da nimmt mir die María nicht weg!«

Und er hob die Gitarre mit beiden Händen und schlug mit aller Kraft auf den Kopf des Arabers ein, der keinen Ton mehr von sich gab. Das war das Zeichen, und alle stürzten wir uns gleichzeitig auf den Mann und ließen unserer Wut freien Lauf. Marcial stieß vor lauter Vergnügen Schreie aus, und immer wenn der Maurensohn auf dem Bauch lag, gab er ihm fürchterliche Fußtritte in den Hintern. Justo hatte die Idee, seinen Kopf mit einem faustgroßen Stein zu bearbeiten. Er gab keinen Muckser mehr von sich. Als wir das Prügeln leid waren, bückte sich Sebastián, hob den Kopf des Mauren an, sah in seine Augen und sagte: »Dieser Mann ist tot.«

Wir waren betrunken, total betrunken. Und ich selbst erinnere mich, wie ich zu lachen anfing und sagte: »Um so besser, wenn er tot ist; um so besser, wenn wir ihn erledigt haben; so kann er die María nicht mehr mit sich nehmen.« Darauf meinte Alfonso, daß wir doch etwas tun könnten, nämlich ihn an Ort und Stelle begraben, daß wir dann zum Dorf zurückgehen sollten, als ob nichts geschehen sei, so als ob der Maure die María versetzt und sitzen gelassen habe. Damit waren wir einverstanden, und auch dichthalten wollten wir. Marcial ging ins Dorf zurück, und ohne daß ihn jemand bemerkte, gelangte er zum Friedhof, wo er einen Spaten fand. Neben der Palme hob er ein Loch von zwei, drei Metern aus, und so begruben wir den Maurensohn. Offensichtlich gefiel Marcial sein Beruf, und so sollte es bleiben.

Als Pedro el Geito seine Erzählung beendet hatte, klopfte er den Staub von der Hose und stand auf. Er sah mich etwas ängstlich an.

»Ihre Stimme hat mir eben sehr gefallen, Pedro«, sagte ich. »Geben Sie doch eine Zugabe!«

»Dafür bin ich auch«, meinte der *patrón.*

Und Pedro sang hingebungsvoll, die Hände im Gürtel, die Augen geschlossen, den Mund den Sternen zugewandt.

6. Kapitel

Kommen Sie her, guter Mann, die Sonne wird Ihnen sonst noch schaden.«

Señor Sebastiáns Frau lud mich ein, mich zu ihr in den Patio zu setzen, auf eine niedrige Mauer im Schatten des Hauses.

»Danke, Señora; ich will nur ein wenig ausruhen.«

»Es macht mich ganz verrückt, wie Sie hier ständig ohne Hut in der Sonne herumlaufen.«

Señor Sebastiáns Frau besserte verschlissene Hosen aus. Sie trug eine alte, abgenutzte Nickelbrille, die in der Mitte mit einem Nähfaden zusammengehalten wurde.

»Mein Mann ist nach Yaiza. Dort haben wir ein paar Felder. Vielleicht bringt er Melonen mit, und wenn Sie heute nachmittag vorbeikommen, können Sie ein paar Stücke davon kosten.« Señor Sebastiáns Frau steckte die Nadel in die Hose und band sich das Kopftuch neu.

»Diese Klamotten sind von meinem Sohn. So was trägt er bei der Arbeit an Bord. Durch den Salpeter werden sie steif, und die Flicken gehen ab. Ach«, seufzte sie müde, »hier bei uns hätte er es viel besser! Aber der Vater bestand darauf, daß er zur See fuhr, daß er auf Schiffen arbeitete, denn, sagt mein Sebastián, das Meer stählt die Männer für die Arbeit und macht sie widerstandsfähig in allen Lebenslagen. Es kühlt ihren Mut.«

»So ist es, Señora.«

»Und nur die heilige Jungfrau vom Karmel und der heilige Telmo wissen, wieviel ich bete, damit sie ihn mir vor allen Gefahren behüten!«

»Das machen Sie richtig, Señora; Sie haben ihn in gute Hände gegeben.«

»Ach, Señor! Um eines nur bitte ich die Heiligen: daß ich niemals zur Bucht von Ávila muß, um dort meinen Sohn zu sehen!«

»Was gibt es denn in der Bucht von Ávila?« fragte ich.

Señor Sebastiáns Frau sah mich über den Brillenrand an. »Wissen Sie das nicht? Es ist die Bucht der Ertrunkenen.« Sie legte ein Pause ein und fuhr mit leiser, geheimnisvoller Stimme fort: »Es ist wirklich die Bucht der Ertrunkenen, Señor. Die Bucht, wohin sie kommen, damit ihre Verwandten sie dort wiedersehen können. Einmal, als ich dort war, um meinen Vater zu treffen, zeigte sich auch Seña Carmens Mann, der Vater von Isidro, der auf dem Meer zu Tode kam.«

»Und Sie haben beide gesehen, Señora?«

»Ach! Und ob ich sie sah! Mit meinen eigenen Augen und so deutlich, wie ich Sie jetzt sehe!«

»Und an welchem Tag erscheinen sie?«

»An jedem beliebigen nachts. Immer wenn man mit ihnen Kontakt aufnehmen will. An jenem Tag kam mich Seña Carmen abholen und fragte, ob ich sie zur Küste begleiten wolle, um ihren Mann zu sehen. Ich wollte die Gelegenheit nutzen, meinen Vater wiederzusehen, und wir nahmen Fackeln und gingen zur Bucht hinunter. Man braucht nichts weiter zu tun, als sich ans Ufer zu setzen und zu warten, bis es tiefe Nacht ist; dann zündet man seine Fackel an, setzt sich auf eine Klippe und wartet ab.«

»Und was sagt er?«

»Wer?«

»Der Ertrunkene?«

»Oh, die Geister sprechen nicht, nein, das nicht, Señor! Sie kommen von sehr weit her, von tief unten aus dem Meer, und wenn sie nahe bei uns sind, bleiben sie ruhig, wie von der Luft getragen. Und dann spricht man ganz leise zu ihnen, als ob man betet, damit sie nicht zu schnell wieder verschwinden.«

»Und waren Sie noch einmal in der Bucht von Ávila?«

»Nein, ich wollte nicht noch mal dort hin. Damals habe ich mich gefürchtet, und die heilige Jungfrau vom Karmel weiß sehr wohl, daß ich nicht wieder dahin will.«

Plötzlich zeichnete sich im Patio ein langer Schatten wie von einer Zypresse ab, und im Türrahmen erschien die Silhouette der Zypresse selbst, die Silhouette einer großen schwarz gekleideten Frau, die Silhouette Mararías. Sie legte ein Reisigbündel und eine Handvoll Kräuter auf den Boden. Señor Sebastiáns Frau ging ins Haus und kam mit einer Kelle Milch zurück, die sie der Hexe übergab, und diese verschwand ohne ein einziges Wort.

Señor Sebastiáns Frau nahm wieder im Schatten Platz und fuhr fort, die Hosen des Bürgermeistersohns auszubessern.

»Señora, diese Frau macht mir angst. Meinen Sie nicht, sie ist eine Hexe?« fragte ich.

»María? María eine Hexe? Oh je, Señor! Wie die Zeit vergeht, und was sie nicht alles unter sich begräbt! Sie hätten diese Frau erleben müssen, als sie jung war! Sie war eine wunderschöne Frau, mein Lieber. Die Männer rissen sich um sie, und das war das Schlimme, sie ließ das zu und hielt sich für eine Königin und verachtete sie alle. Sie wurde sehr unglücklich, die Arme. Sie verliebte sich in einen Fremden, einen Araber oder Türken, wie wir hier sagen: in einen fliegenden Händler, der viel Geld haben sollte. Die Hochzeit stand vor der Tür, aber der Halunke machte sich über sie lustig und ließ sie am Tag der Hochzeit sitzen. Und das, obwohl sie im vierten Monat schwanger war. Nein, mir hat dieser Mann nie gefallen, denn er hatte kleine Augen, die immer irgendwie spöttisch wirkten. Und außerdem war er ein Maure, und alle Mauren sind Lumpen; denn es muß ja wohl einen Grund gegeben haben, weswegen sie unser heiliger Schutzpatron von hier vertrieben hat.«

Als ob sie eine Feder im Hals hätte, nickte Señor Sebastiáns Frau unablässig mit dem Kopf, wie jemand, der nicht aufhören kann, ja zu sagen.

»Ich war eine gute Freundin von María«, fuhr sie fort, »und ich hatte ihr geholfen, das Brautkleid zu nähen. Ein sehr schönes Kleid aus glänzendem Stoff, den ihr der Maure geschenkt hatte. Als sie es an jenem Abend anzog, sah sie wie eine leibhaftige Königin aus. Bei ihr im Zimmer waren einige Freundinnen, und wir bewunderten das prächtige Kleid, das im Schein der Kerzen schimmerte. María war ein einziges Lächeln; so glücklich war sie, so schön dünkte sie sich, so beneidet wurde sie von den Frauen, so bewundert von den Männern! Ach, wie nahe war das Glück und wie nahe das Verhängnis! Der Tisch wurde im Patio gedeckt, und es war von allem reichlich da. Schon seit nachmittags hatten die jungen Männer über den Durst getrunken; sie zogen zu Marías Haus und benahmen sich aufdringlich, denn sie sangen endlose Lieder und verlangten mit lauten Rufen, daß die Braut sich zeige. Aber María kümmerte sich nicht im geringsten um sie, und die Tante, eine alte Tante, die bei ihr wohnte, scheuchte sie wie lästige Fliegen fort, und so zogen sie vor das Dorf, wobei sie ständig sangen und unflätige Worte von sich gaben. Unter den Frauen, die sich im Patio aufhielten, war eine, die Delfina hieß; sie war sehr dick und wütend auf María. Dauernd ließ sie sich laut keifend vernehmen, daß es allmählich spät würde, daß der Bräutigam immer noch nicht da wäre und daß er vielleicht ja überhaupt nicht käme. María machte sich keine Sorgen, denn sie war sicher, daß der Bräutigam sie nicht versetzen würde. Aber um neun kam Don Abel, der Pfarrer, zu María, zog seine Uhr aus der Tasche und sagte, daß es schon neun sei, und daß er schon seit acht Uhr in der Kirche warte; der Bräutigam habe die Hochzeit wohl vergessen. Darauf brach Delfina in schallendes Gelächter aus und meinte, es sei gut, daß der Maure María versetzt habe. Es war so um halb elf, als wir die Horde Männer zurückkehren hörten. Sie kamen bis zur Tür und sangen Lieder auf die Braut. Sie sangen, daß der Bräutigam sie verlassen habe und daß er in seine Heimat zurückgegangen sei, denn für die Mauren gibt es Maurenmädchen und für die Christen Dirnen. Genau das sang dieser wilde betrunkene Haufen! Diese ekelhaften Schurken! Ach! Wir Mädchen waren voller Angst, aber die María blieb die ganze Zeit guten Mutes, oh ja, Señor! Ich glaubte, daß sie in Tränen ausbrechen würde oder einen Nervenzusammenbruch bekäme, wie es jeder anderen Frau in solch einem Augenblick ergangen wäre, aber es geschah etwas ganz anderes. Wie ich schon sagte, war die María immer eine sehr beherrschte Person. Sie bewahrte ihre ernste Miene, betrachtete sich lange im Spiegel, hörte die Männer singen und ging dann auf den Patio hinaus, wo sie am Tischende Platz nahm. Als Delfina sah, wie sie sich hinsetzte, stieß sie mich mit dem Ellbogen an und begann Beifall zu klatschen und bösartig zu rufen: Die Braut lebe hoch! Die

Männer, die an der Tür standen, fielen in den Ruf der Dikken ein, und alle drängten in den Patio und setzten sich an den Tisch, wie ein Schwarm Raben, der in ein Maisfeld einfällt. Ach! Was für ein Durcheinander entstand jetzt! Die Kinder, um die sich niemand mehr kümmerte, rauften sich um die Fische, Kaktusfeigen und Datteln. Von den Frauen war Delfina die erste, die sich niederließ. Sie besaß die Unverfrorenheit, sich neben María zu setzen, begann, den Männern Wein auszuschenken, und stieß ständig auf die Braut an. Marcial, der Bucklige, goß sich eine Flasche hinter die Binde, und dann stieß er einen jener Schreie aus, die nur ein Verrückter nachmachen kann. Haben Sie den Buckligen jemals schreien hören? Dann wolle Gott, daß Sie ihn niemals zu hören bekommen, denn dieser Schrei geht unter die Haut und man kann ihn nicht vergessen. Von Justos Gitarre (mein Vetter möge in Frieden ruhen) waren nur noch Stücke übrig, und mit dem Gitarrenhals, der als einziges Teil noch erhalten war, begann er mit heftigen Taktschlägen auf den Tisch die Lieder der andern zu begleiten. Marías Tante konnte die Gesellschaft nur noch mit glänzenden Augen betrachten, und es schien mir, daß sie gar ihren Spaß daran hatte. Dann begann sie wie Marcial eine Flasche ganz allein zu leeren. Ach, Señor! Was für eine abscheuliche Nacht! Glauben Sie mir, ich habe gelitten, denn niemals hätte ich mir vorstellen können, daß die Leute so gemein waren, und daß sie nicht ein bißchen Mitleid mit einer Frau im Unglück hatten. Die ganze Nacht über öffnete María nicht ein einziges Mal den Mund, weder um zu essen noch um zu trinken, noch um ein Wort zu sagen. Sie war ganz ruhig, die Augen starr geradeaus gerichtet, sie war sehr bleich, sehr schön. So schön wie nie zuvor. Und sie schien eine Statue, ohne eine Träne, ohne eine Bewegung.

Und so blieb sie die ganze Zeit, die der böse Spuk dauerte. Als der Morgen dämmerte, waren die Männer ganz heiser und lallten nur noch vom vielen Schreien und vom vielen Wein. Justo sah wie ein Dämon aus, so rot war er, und es kam ihm der Einfall, María zu küssen. Er war schon ganz in ihrer Nähe, aber Isidro machte ihm einen Strich durch die Rechnung und versetzte ihm einen so heftigen Stoß, daß er gegen ein paar Fässer flog. Der Kampf begann, sie zückten die Messer, und wir Frauen kreischten. Aber weil Alfonso und Sebastián Isidro festhielten, passierte nichts, und Justo verließ den Patio. Die María befand sich immer noch in einer andern Welt, und als ich mich von ihr verabschieden wollte, sah sie nicht einmal auf. Das zog mir das Herz zusammen und machte mir angst, und ich ging heim; es war dieses Gebäude hier, wo ich damals mit meiner Mutter lebte. Nach der Schlägerei zwischen Justo und Isidro kehrten alle in ihre Häuser zurück. Als ich fortging, wurde es schon Tag. María verharrte weiterhin bewegungslos. Die Alte lag ausgestreckt unter dem Tisch und schnarchte in ihrem Rausch. Ich betete auf dem Heimweg viele Vaterunser, und es war mir, als ob mich die Beine nicht länger trügen, eine solche Angst lastete auf mir. Als ich an der Kirche vorbeikam, stolperte ich fast über Marcial, der dort zusammengerollt wie ein Hund auf dem Boden lag. Ach, Señor! Was für eine grauenvolle Nacht!«

7. Kapitel

Als Don Miguel auf den Inseln hier war – ich spreche jetzt von *dem* Don Miguel Spaniens, nämlich von Don Miguel de Unamuno –, sagte er, daß Fuerteventura ein Skelett sei. Von Lanzarote können wir dasselbe sagen. Und wenn Señor Manuel Quintero, der *patrón,* sich Lanzarote wie ein verlassenes Schiff vorstellte, so wird er wohl seine Gründe dafür gehabt haben, genau wie ich, wenn ich mir die Insel als Meer vorstelle. Oder besser gesagt, als zwei Meere: das schwarze Meer der Lavawüste und das goldene Meer der Sandfelder. Beide zogen mich gleich stark an, und selten verstrich ein Nachmittag, an dem ich nicht in diese toten Ebenen eingedrungen wäre, die sich zur Stunde des Sonnenuntergangs blutigrot färbten. Gewöhnlich zog es mich zu einer Stelle, die mir besonders gefiel, denn größere Einsamkeit als dort konnte man nirgendwo finden. Aus dem Sand ragte das weiße Gerippe eines Kamels, das mir als surrealistisches Sofa diente, auf dem ich völlig entspannt ruhen konnte. Dann hatte ich das Gefühl, mich auf einem erstarrten Meer zu befinden und in einem imaginären Boot Kurs auf die Unendlichkeit zu nehmen. So fand mich eines Abends – die Augen waren wach, die Gedanken aber schliefen – Marcial, der Bucklige.

»Ruhen Sie sich aus?« fragte er mich.

»Hallo, Marcial! Setzen Sie sich zu mir!« sagte ich.

»Gern. Hihi! Ich will mich setzen.«

»Haben Sie mich gesucht?«

»Nein, Señor, das nicht, hihi! Manchmal komme ich zum Ausruhen hierher. Hihi!« Er lachte ununterbrochen und zeigte sein gelbes Eselsgebiß.

Er legte sich neben mich und verbrachte eine ganze Weile damit, mit dem Finger Linien in den Sand zu ziehen. Ab und zu schaute er mit blöder Miene in Richtung Femés. Hinter dem Atalayaberg ging die Sonne in einem roten Streifen unter.

»Ich kannte es«, sagte der Bucklige plötzlich.

»Was?« fragte ich.

»Das da, hihi!« Er zeigte auf das Gerippe, an dem ich lehnte. »Es war ein männliches Kamel, und María, die Hexe, hat es umgebracht. Es war ihr eigenes, hihi!«

»Und warum hat sie es umgebracht?«

»Weil es ein Hengst war, hihi! Sie haßt alles Männliche.«

Er sah zum Dorf hinauf. Seine Lippen zitterten, und ich hatte den Eindruck, daß er aus Angst verstummte.

»Wovor haben Sie Angst, Marcial?«

»Vor ihr. Um diese Zeit geht sie aus dem Haus. Wenn sie mich sieht, wird sie mir vielleicht das Gesicht zerkratzen, wegen der Sache mit dem Kind.«

»Was für einem Kind?«

»Ihr Sohn. Die Hexe hatte einen Sohn, hihi!«

»Von wem?«

»Manuel Quintero machte ihr ein Kind, beim ersten Mal, als er nach Femés hochkam. Gleich beim ersten Mal, hihi! Die Leute glaubten, daß der Araber der Vater sei. Das glaubten die Leute, aber ich kenne die Wahrheit, hihi! Sie selbst hat es mir erzählt. Es war in der gleichen

Nacht, als Isidro und Manuel die Messerstecherei auf dem Friedhof hatten. Vom Festsaal aus bin ich ihnen gefolgt. Ich spähte über die Friedhofsmauer und hatte meinen Spaß an dem Streit. Als Manuel den Kirchhof verließ, warf ich einen Stein nach ihm, hihi! Er war ein Fremder, und ich wollte nicht, daß er der María den Hof machte. Später sah ich, wie er noch einmal den Tanzsaal verließ und María nach Hause begleitete, zusammen mit der Tante, die damals schon eine Hexe war. Ich schlich hinter ihnen her, ohne daß sie es merkten, und ich sah, wie der *patrón* mit María ins Haus ging. Die Alte blieb vor der Tür sitzen, und es sah aus, als ob sie betete. Manuel verließ das Haus genau bei Tagesanbruch und nahm den Weg durch die Schlucht nach Playa Blanca. Danach wurde er hier nicht mehr gesehen. Er glaubte wahrscheinlich, daß er Isidro getötet hätte, hihi! Aber er hat ihn nicht getötet, hihi, nein, das hat er nicht! Als Marías Bauch dick wurde, war das mit dem Araber schon vorbei.« Mit Absicht legte er eine Pause ein und sah sich verstohlen um. »Also, hihi, sie bekam einen Jungen!« Marcials Stimme nahm einen anderen Ton an. Er wurde ernster.

»Es war wirklich ein prächtiges Kerlchen, Señor. Ich liebte ihn heiß und innig und war ganz verrückt nach ihm. Ich kümmerte mich um ihn. Ich wiegte ihn in den Schlaf, so oft die Mutter es erlaubte, was fast immer der Fall war. Als er zwei Jahre alt war, lief er wie ein Hündchen hinter mir her. Oft kletterte er mir auf den Buckel, und ich machte mit ihm einen Spaziergang hier durch die Ebene. Ich war das Pferd und galoppierte und alles, hihi! Er lachte viel und war so glücklich bei mir, daß er mir Tag und Nacht nicht von der Seite wich. Wenn ich mit dem Kamel unterwegs sein mußte, trug ich ihn auf dem Arm, und manchmal setzte ich ihn auf den Rücken des Kamels.

Was für einen Spaß hatte der Kleine, hihi! Zu jener Zeit faßte die Mutter Zuneigung zu mir, und stets wollte sie sich mir erkenntlich zeigen und sagte, daß ich für Jesusito wie ein Vater wäre. Wie ein Vater wäre ich für Jesusito, hihi! Wer mich nicht ausstehen konnte, war diese Betschwester von Tante, die ständig in der Tür des Patio hockte und ununterbrochen zu María sagte, ich sei zu viel um den Jungen herum und er würde am Ende noch bucklig wie ich. Gott sei Dank starb die Alte eines Tages an einer Art Herzanfall. Sie starb, wie alle schlimmen Menschen sterben, mit Schaum vor dem Mund. Ich begrub sie in einer Ecke des Friedhofs in einem sehr tiefen Loch, so nahe wie möglich bei der Hölle, hihi!«

Marcial nahm den Hut ab und klopfte ihn an einer Rippe des Kamels aus. Er fuhr sich mit der Hand über den Kopf und setzte den Hut wieder auf. Dann nahm er ein Taschentuch und schneuzte sich laut. Er betrachtete den Himmel, danach mich, lächelte und erzählte weiter.

»Die Leute aus dem Dorf sprachen nicht mit der María. Die Frauen, sage ich, aus Neid, die Männer aus Angst. Es wurden Gerüchte laut, die besagten, daß sie die Alte getötet hätte, um an das Geld zu kommen, das diese gespart hatte. Aber all das waren Gerüchte, denn so viel wir auch suchen mochten, María und ich, wir fanden nur einen Rosenkranz aus Knochen und ein Kästchen mit Briefen von einem Sohn, den die Alte irgendwo in Amerika hatte. Nachdem María nun allein war, beschloß sie, sich in Yaiza, Mácher oder sonst einem Dorf Arbeit zu suchen. Ich hatte mir vorgestellt, daß Jesusito mit seiner Mutter gehen würde, und konnte einige Nächte nicht schlafen, denn ich fürchtete, ohne ihn sehr einsam zu sein. Aber alles regelte sich von selbst, ohne daß ich mich von ihm trennen mußte, hihi! Es war August, und die María ging nach Uga, wo sie Arbeit in der Weinlese fand. Da es hier in der Nähe war und sie nur nachmittags arbeitete, brauchte sie sich keine Unterkunft in einem andern Dorf zu suchen, und ich übernahm es, auf das Kind zu achten, solange sie in Uga war, hihi! Jesusito war mein Freund. Jeden Nachmittag ging ich mit ihm spazieren und zeigte ihm schöne Dinge. Manchmal stiegen wir zum Atalayaberg hoch, und dort oben waren wir glücklich und zufrieden, wir schauten dem Flug der Aasgeier zu oder fingen Heuschrecken. Andere Male profitierten wir von Pedros Laster, den er sich gekauft hatte, als er endgültig abheuerte. Mit dem Auto fuhren wir zur Küste, um das Meer zu sehen, und wir sammelten Muscheln und Schnecken und untersuchten die Wasserlachen am Strand. Jesusito badete im Meer, aber immer ganz nahe am Ufer, und ich paßte gut auf und hielt ihn fest, wenn eine Welle bis an seine Oberschenkel kam. Nach dem Baden legte er sich in den Sand, und Sonne und Wind trockneten ihn; seine Haut nahm eine goldbraune Farbe an, und es war eine Lust, ihn anzusehen. Erst in der Dämmerung kehrten wir ins Dorf zurück, und im Galopp mußte ich mit dem Schlingel auf dem Rücken einmal um die Kirche laufen. Danach brachte ich ihn zu Bett, das ich für ihn aus einigen Kisten gebaut hatte, und da blieb er ausgestreckt liegen, erschöpft, weil er den ganzen Tag soviel gespielt hatte, hihi! Ich wärmte ihm einen Napf Milch, die von der Jirita sein mußte. Die Jirita war eine Ziege, die ich für ihn gekauft und die mich einiges gekostet hatte. Damals hatte ich ein paar Ersparnisse, und ich gab sie mit Freuden her, denn die Jirita war eine sehr schöne Ziege mit schwarzen und weißen Flecken, wie Nacht und Mond, und außerdem war all das ja für Jesusito. Nachdem er den Napf Milch getrunken hatte, schlief er wie ein Engel ein, und seine Händchen lagen zwischen meinen Händen und er nannte mich Onkel Marcial, hihi, Onkel Marcial!«

Wieder machte der Bucklige eine Pause, um sich zu schneuzen.

»Wenn die Mutter zurückkam«, fuhr er fort, »und sah, wie gesund und zufrieden ihr Sohn war, lächelte sie mir dankbar zu. Glücklich ging ich dann zum Schlafen auf den Friedhof, der vor geraumer Zeit mein Zuhause geworden war.«

»Sie schlafen auf dem Friedhof?«

»Ja, Señor. Glauben Sie mir, es gibt keinen besseren Ort. Das paßt zu mir, denn ich bin der Totengräber, hihi!«

Und er setzte seine Geschichte fort: »Was ich noch sagen wollte. Das Glück währt nie lange, Señor. Scheiße, Verzeihung, immer gibt es etwas, das jedes Glück kaputt macht ... Einmal wurde Jesusito krank, und sechs Tage lang hatte er einen so starken und scheußlichen Husten, daß man meinte, der Brustkorb würde ihm zerspringen. Am Nachmittag bekam er Fieber, wurde ganz still und hatte kaum Kraft, nach meinen Fingern zu greifen. An diesen Tagen ging die Mutter nicht arbeiten, und sie verbrachte ganze Stunden neben dem Bettchen, mit verweinten Augen, stumm und mit einem solch harten Gesichtsausdruck, daß ich nicht wagte, sie anzusehen. In jener Nacht blieb ich im Stall bei dem Kamel, diesem Kamel hier« – Marcial berührte die Knochen – »und von dort hörte ich Jesusito husten, daß es mir fast das Herz brach. Es waren schlimme Nächte, aber ich überstand sie, indem ich ein Avemaria nach dem andern betete, denn ein anderes Gebet habe ich nie mit Verstand gelernt. So machte ich mich eines Tages auf den Weg nach Sóo, um ein altes Kräuterweib zu befragen, das mit viel Geschick allerlei Übel zu heilen wußte, und sie verkaufte mir ein paar Kräuter und sagte, ich sollte sie aufbrühen und das Kind sollte zwei Tassen von dem Aufguß zu sich nehmen und es würde wieder gesund. Und so geschah es. Das Kind wurde wieder gesund, und drei Tage später ging es auf den Patio hinaus, und ich setzte es mir auf den Buckel und mußte mit ihm galoppieren. Hihi! Aber ... ich sagte Ihnen schon vorhin, daß der Friede hier drinnen« – Marcial zeigte auf seine Brust – »nichts ist, was lange währt, nein, Señor. Einmal arbeitete ich auf dem Friedhof, als Jesusito mich abholen wollte. Er setzte sich in meine Nähe und sah ruhig zu, wie ich ein Loch für Seña Agustina aushob, eine gute Frau – Gott hab sie selig –, die man am selben Nachmittag begraben wollte. Am Himmel kreisten einige Raben, und das Unglück wollte es, daß der Schatten dieser Vögel auf Jesusitos Körper fiel. Ich bin abergläublich ... oder wie heißt das?«

»Abergläubisch«, sagte ich langsam.

»Richtig. Also ich bin ... was Sie eben sagten, hihi! Ich konnte meinen Schrecken nicht loswerden, denn der Schatten eines Raben ist ein schlimmes Omen und bringt der Person, auf die der Schatten fällt, Unheil. So geschah es mit meiner Mutter am Tag vor meiner Geburt, und am Tag darauf war sie schon unter der Erde. Und schwer mußte der Schatten des Vogels gelastet haben, weil sogar ich betroffen war, denn meine Gestalt war nicht gerade. Jenen Tag verbrachte ich voller Sorgen. Ich dachte an die verfluchten Vögel, ihr Schatten machte mir angst, und ich wollte Jesusito nicht auf den Rücken nehmen, weil ich dachte, daß er mir hinfallen und böse aufschlagen könnte. Am Nachmittag nach der Beerdigung von Seña Agustina nahm ich ihn mit in den Patio, und da blieben wir sitzen, und ich erzählte ihm selbsterfundene Geschichten, die ihm sehr gefielen. Ich gab mir Mühe, ihn abzulenken und ihn zum Lachen zu bringen, denn sein Lachen machte mich glücklich, und ich ahnte, daß ich ihn verlieren würde, und es tat mir sehr weh, wenn ich daran dachte, daß dieses schöne Kindergesicht vielleicht nie mehr lachen würde und von der Strenge gezeichnet werden könnte, die die Menschen prägt, wenn sie sterben, wenn man sie mit Erde bedeckt. Ich versuchte, mir nichts anmerken zu lassen, war in Wirklichkeit aber voller Furcht, und ständig stand mir jener böse Schatten vor Augen, der auf das Kind gefallen war, genau auf den Kopf. In der Nacht ging ich zum Friedhof, nahm die Decke, die ich dort in einer Ecke versteckt hielt, und begab mich zu Marías Haus. Ich wollte im Stall schlafen, um näher bei dem Kind zu sein, falls das Unheil in Form von Fieber oder einem Anfall oder weiß Gott was sonst sich nähern würde. Ich verbrachte die Nacht mit weit offenen Augen, damit mir kein Schatten, keine Klage entging. Und als der Mond sich zeigte und ich sah, wie das Dorf so weiß, so schweigsam und kalt dalag, da dachte ich, daß dieses Licht nicht gut für Jesusitos Körper sei, und ohne Lärm zu machen, schlich ich über den Patio und näherte mich dem Fenster des Schlafzimmers, und ich reckte mich so weit es ging, um etwas sehen zu können, um den Kleinen zu erspähen und zu wissen, ob er atme. Die María lag auf dem Rücken, ein Oberschenkel entblößt, ein schneeweißer Oberschenkel, wohl geformt, einfach herrlich, nie hatte ich Schöneres gesehen. Sie hielt Jesusito im Arm, als ob sie ihn vor dem Mond, den bösen Winden und Schatten schützen wollte, und ihrer beider Gesichter waren so heiter im Schlaf, daß ich von großem Frieden erfüllt wurde. So kehrte ich zum Stall zurück und verbrachte den Rest der Nacht gegen das Kamel gelehnt, dieses hier ...«

Marcial streichelte das Gerippe.

8. Kapitel

Señor Alfonso, der Briefträger, streckte sich gern hinter der Mauer seines Hauses aus, auf dem weichen, schattigen Teppich aus trockenen Gräsern, um dort die bleiernen Stunden des Nachmittags zu verbringen; dabei kaute er das nach Anis schmeckende Grün des Fenchel. Señor Alfonso lag meist auf dem Rücken, die Hände im Nacken verschränkt, die Augen zusammengekniffen, um den Himmel von Femés besser im Blick zu haben. In Femés bezieht sich der Himmel um drei Uhr nachmittags mit winzigen Wolken, die wie goldene Schuppen glänzen.

Auch Señor Alfonso, der Briefträger, war einmal jung gewesen und hatte etwas mit María zu tun gehabt. Davon wollte er mir erzählen.

Ich war gerade aus Kuba zurückgekehrt und in meinen besten Jahren. Ich hatte es satt, Zuckerrohr zu schneiden und hinter dem Geld herzulaufen. Als einzige Errungenschaft brachte ich einen Goldzahn mit. Und leider auch eine Lunge, der die Luft ausgegangen war. Sie können sich nicht vorstellen, wie glücklich ich war, als ich bei meiner Heimkehr wieder den Weg nach Femés unter den Fußsohlen spürte. Es war an einem Sonntagmorgen, und schon von weitem hörte ich die Kirchenglocken. Das bewegte mich sehr, denn es erinnerte mich daran, daß ich als Kind zusammen mit dem kleinen Marcial, dem Buckligen, die Glocken geläutet hatte. Mit Wehmut dachte ich an Marcial, und ich vermutete, daß er schon tot sei, denn von ihm hatte es immer geheißen, daß er nicht lange zu leben hätte und daß er beim Heranwachsen Probleme bekäme. Sie können sich die Freude vorstellen, nach zwölf Jahren wieder zu Hause zu sein. Doch plötzlich fiel mir ein, wie arm ich zurückkehrte, und das Herz zog sich mir zusammen. Mein einziges Mitbringsel war ein Bündel schmutziger Wäsche mit einem Paar alter Hosen und einem leichten, losen Hemd, wie man es in Kuba trägt. Sehen Sie! Und das, obwohl ich Jahr für Jahr und Tag für Tag gearbeitet hatte, bis zur völligen Erschöpfung. Für nichts und wieder nichts. Um krank und kaputt zurückzukommen. Groß war mein Kummer, und als das Dorf in der Ferne erschien, wischte ich ihn zusammen mit ein paar Tränen weg. Ich bemühte mich, mein Unglück zu vergessen, ging weiter meines Weges und suchte nach den freudigen Gefühlen, die mir sonst beim Anblick des Kirchturms und des Bergs Tinazor gekommen waren. So erreichte ich mein Elternhaus, und ich stellte mir vor, wie überrascht meine Eltern sein würden. Vor der Tür blieb ich einen Augenblick stehen, um mein Bündel aufzuschnüren und ein paar Havannazigarren für meinen Alten und ein Goldmedaillon für meine Mutter hervorzukramen. Mit den Geschenken in der Hand entschloß ich mich, über die Türschwelle zu treten. Die Tür zum Patio war angelehnt, und als ich sie aufstieß, quietschte sie in den Angeln. Zwischen den Steinplatten wuchs trockenes, hohes Unkraut. Die Holztür, die ins Innere führte, war zerbrochen, und neben dem Backofen stand ein zersprungener Nachttopf, aus dem Brennesseln wuchsen und der im Laufe der Zeit Rost angesetzt hatte. Da wurde mir plötzlich angst und bange, denn mit so etwas hatte ich nicht gerechnet. Diese Verlassenheit konnte viel bedeuten, und ich versuchte, eine Erklärung zu finden. Sie ließ sich nur auf eine Art deuten. Ich weiß nicht, welch unsinnige Hoffnung mich dazu trieb, weiterzugehen und auf der Türschwelle nach meiner Mutter zu rufen ...

Señor Alfonso, der Briefträger, machte eine lange Pause. Die Pfeife war ihm ausgegangen; er schlug sie gegen die Mauer und fuhr in seiner Geschichte fort.

Ich kam bis zum Friedhof, ohne jemandem zu begegnen. Die Frauen waren in der Messe, und die Männer hockten wie immer im Wirtshaus. Ich freute mich, als ich den Friedhof sah, seltsam, finden Sie nicht auch? Die weißen Mauern und die kleinen windschiefen Kreuze und all die wilde Kamille und der starke Duft nach Fenchel und Thymian. Und dann der tiefblau leuchtende Himmel. Im Schatten der Mauern wehte eine sanfte, frische Brise. Dort ließ ich mich nieder, neben blühenden Disteln, und ich schlief ein, ich weiß nicht, ob aus Müdigkeit oder aus Traurigkeit, ich war ja plötzlich so allein! Ich muß lange geschlafen haben, denn als ich die Augen öffnete, berührte die Sonne schon den Gipfel des Atalayabergs, und die Kreuze warfen lange Schatten. Ganz in meiner Nähe war eine Frau damit beschäftigt, einen Strauß Feldblumen zu pflücken. Sie war jung und hatte große schwarze Augen. Auf dem Kopf trug sie einen Strohhut, und lange, dunkle Haare fielen ihr auf die Schultern. Sie merkte, daß ich sie ansah, kam lächelnd auf mich zu und sagte: »Hallo, Alfonso!«

»Alfonso? Ja, der bin ich. Und wer bist du?« fragte ich.

»Erinnerst du dich nicht mehr? Guck genau hin, Mann!« Da begann ich, sie nach Herzenslust zu betrachten. Sie war hochgewachsen, hatte lange Beine, einen vollen Busen und das schönste Gesicht, das ich je gesehen hatte.

»Erkennst du mich jetzt?«

»Ja«, sagte ich, »du bist María.«

Sie lächelte mir von neuem zu und sagte, daß sie mich sofort wiedererkannt habe und daß ich ein stattlicher Bursche geworden sei.

»... und viel Geld wirst du mitgebracht haben, nach so langen Jahren in Amerika.«

»Da irrst du, Frau. Ich hatte kein Glück.«

»Und wann bist du angekommen?« fragte sie.

»Heute morgen. Ich war zu Hause und bin dann hierher gekommen ...«

»Wolltest du deine Eltern sehen?«

Als ich ihre Worte hörte, legte sich mir ein Stein auf die Brust und die Kehle zog sich mir zusammen. Ich senkte den Blick.

»Ja, ich bin gekommen, weil ich meine Eltern wiedersehen wollte, aber ich weiß nicht, wo sie sind. Ich hatte keine Ahnung, daß sie vielleicht schon tot sein könnten.«

»Das wußtest du nicht?« fragte sie und sah mich erstaunt an.

»Nein.«

»Wer hat es dir gesagt?«

»Niemand. Ich fand das Haus verlassen vor und habe es mir gedacht.«

»Armer Alfonso!« sagte sie mit aufrichtiger Anteilnahme. Sie nahm mich bei der Hand, führte mich in einen Winkel des Friedhofs und zeigte mir ein kleines Kreuz, das aus Kistenbrettern gemacht war, auf denen die eingebrannten Buchstaben einer Apfelweinmarke zu lesen waren.

»Hier liegt deine Mutter«, sagte sie. »Und das grüne Kreuz da gehört zu deinem Vater. Er ist vor fünf Jahren gestorben. Bei ihr weiß ich nicht mehr genau, wann es war. Ich glaube, zwei Jahre, nachdem du weggegangen bist.«

Dann tat María etwas, das mich sehr bewegte. Sie hockte sich neben das Grab meiner Mutter und befestigte an dem Kreuz ihren Strauß aus Mohn und Roggenähren.

»Die Blumen waren für die Kirche, weißt du? Ich kann neue pflücken.«

Und ohne sich zu verabschieden, verließ sie den Friedhof und ging bergab zum Dorf. Den Rest des Abends verbrachte ich auf dem Kirchhof und beschäftigte mich damit, die Namen meiner Eltern in die Kreuze zu ritzen. Auf eins schrieb ich Alfonso und auf das andere Eulalia. Als es dann immer dunkler wurde, kehrte ich in mein Haus zurück, und mit wehem Herzen schritt ich durch die Tür. Eine Schar aufgeschreckter Fledermäuse flüchtete über die Mauer, und wieder wurde mir mein bitteres Elend bewußt, und mir brannten die Augen. Im Innern des Hauses zündete ich einen Kerzenstummel an, den ich zufällig gefunden hatte, und ich versank in den Anblick des großen Eisenbettes und einiger Andachtsbilder der heiligen Jungfrau vom Karmel, die am Kopfende hingen. Auf einer kleinen Konsole sah ich ein kleines unfertiges Holzschiff und ein Kamel stehen. Und diese ärmlichen Holzspielzeuge riefen mir die Hände meines Vaters ins Gedächtnis, schwielige, harte Hände und doch weich und wunderbar genug, um die Träume eines Kindes nicht versiegen zu lassen. Sie werden verstehen! Nachdem ich wie ein Mann solch schwere Schläge ertragen hatte, konnte ich mich beim Anblick dieser schlichten Gegenstände nicht mehr halten, warf mich aufs Bett und ließ meinen Tränen freien Lauf.

Señor Alfonso mußte seine Eltern in guter Erinnerung

haben, denn beim bloßen Gedanken an sie füllten sich seine Augen mit Tränen, obwohl bereits Jahre verflossen waren. Er riß ein Grasbüschel aus und verscheuchte die Fliegen. Erst nach einer Weile konnte er wieder sprechen und setzte seine Erzählung fort.

Ich nutzte die ersten Tage nach meiner Ankunft, um die Wohnung ein wenig herzurichten. Mit Marcials Hilfe, der zu meiner Überraschung noch unter den Lebenden weilte, säuberte ich den Patio von Unkraut, glättete die abgeblätterten Hauswände und brachte die Türen wieder in Ordnung. So vergingen einige arbeitsreiche Tage. Danach fiel ich krank ins Bett; nachmittags hatte ich Schüttelfrost und Fieberanfälle. Marcial verhielt sich wie ein guter Freund, und er sann auf Mittel und Wege, mir etwas Wasser, Milch und das ein oder andere Eßbare zu beschaffen. Ihm gefiel es, wenn ich von Kuba erzählte, und er ließ sich nicht davon abbringen, daß ich Geld mitgebracht hätte, das ich irgendwo versteckt hielt. Und ich bin mir so gut wie sicher, daß er mir mehr als einmal das Haus auf den Kopf gestellt hat, wobei es ihm von Nutzen war, daß ich viel schlief. Eines Tages verschlimmerte sich die Krankheit, und ich spuckte Blut. Marcial betrat gerade in diesem Augenblick das Zimmer und erschrak dermaßen, als er mich sah, daß er im Laufschritt zu Marías Tante eilte, die im Ruf einer Wunderheilerin stand. Die Alte kam sofort, sprach ein paar Gebete über mich und ließ mich einen Kräutersud trinken, der mir sehr gut tat, denn das Erbrechen kam nicht wieder. Nach vier Tagen war das Fieber verschwunden. Die Alte, die im Dorf die Räbin hieß, war eine unsympathische Frau, die mir nicht ganz geheuer war, denn sie sah genau wie eine Hexe aus. Solange ich bettlägerig war, besuchte sie mich nur allzu gern; sie benahm sich aalglatt und schmeichelte mir und nannte mich Alfonso-Bübchen, ließ mir jede erdenkliche Pflege zukommen und entlockte mir Einzelheiten aus meinem Leben in Amerika. Diese Schlange! Auch sie glaubte wie Marcial, ich sei reich zurückgekehrt, und ständig suchte sie nach einer Möglichkeit, dahinterzukommen, und stellte tausend Fragen, und wie die Hühner nach Körnern scharren, so stocherte sie in meinen Antworten herum. Und da mich diese ewige Leier und ihr dummes Geschwätz wütend machten, kam mir der Einfall, sie hinters Licht zu führen, damit ihr diese widerliche Neugier verging und sie mich in Ruhe ließ. So sagte ich ihr, daß es mir drüben trotz mancher Mißgeschicke gelungen sei, einige Ersparnisse zu machen, und daß ich mir etwas Land kaufen wollte. Während ich sie so anlog, ließ ich sie nicht aus den Augen, und ich konnte sehen, wie sich ihre Züge aufhellten, die Falten sich glätteten. Sie preßte die Lippen zusammen, die Augen wurden kleiner, und ihre Hände begannen leicht zu zittern, als ob sie tief im Innern eine große Freude empfände, als ob die Worte, die sie von mir hörte, sie persönlich beträfen und von großer Bedeutung wären. An jenem Tag dauerte ihr Besuch länger als sonst, und sie erzählte mir von meinen Eltern, wieviel sie immer an mich gedacht hätten, wie sie gelebt hatten und wie sie gestorben waren. Es war schon ziemlich spät, als sie mir sagte, daß sie sehr froh sei, daß es mir besser ginge, und sie bot sich an, mir so viel Milch zu bringen, wie ich wollte, und Fische und getrocknete Früchte.

»Hab keine Angst, Alfonso« sagte sie, »daß ich von dir Geld verlange. Deine Mutter war eine gute Freundin von mir, und ich tue das in Erinnerung an sie. Und, mein Sohn, ständig bete ich zum heiligen Marcial und der heiligen Jungfrau vom Karmel, daß du wieder gesund wirst und dein Land bearbeiten kannst.« Die falsche Schlange!

Am nächsten Morgen kurz nach Sonnenaufgang wurde ich angenehm überrascht: María besuchte mich.

»Guten Morgen, Alfonso«, grüßte sie.

»Hallo, junge Frau.«

»Meine Tante schickt mich mit ein wenig Milch.«

»Vielen Dank. Du kannst sie dahin stellen«, sagte ich.

»Heute will ich ein bißchen aufstehen.«

»Dann geht es dir also besser.«

»Ja, ich fühle mich wirklich besser.«

»Na also. Wie freue ich mich! Aber du darfst noch nicht aufstehen. Du siehst sehr schwach aus.«

Und sie ging auf den Patio hinaus, und mit ein paar Steinen und einigen Holzscheiten machte sie Feuer und setzte den Topf auf. Ich sah ihr bei der Arbeit zu, und es kam mir zustatten, daß sie mit ihrem Hut das Feuer anfachte; denn so war sie abgelenkt, und ich konnte sie in Muße betrachten.

Die María war eine sehr schöne Frau, das schwöre ich Ihnen. Das tiefschwarze Haar, das ihr damals bis auf den Rücken fiel, erweckte in mir den heftigen Wunsch, sie an meiner Seite zu haben.

Zuweilen drehte sie sich lächelnd nach mir um, und ich bemerkte, wie sie leicht errötete.

»María!« rief ich.

»Was möchtest du?«

»Komm her, Mädchen.«

Immer noch lächelnd kam sie auf mich zu und strich mir mit der Hand über die Stirn, was wie eine Liebkosung war.

»Was soll ich?«

»Ich will, daß du bei mir bleibst und nicht weggehst«, sagte ich.

Ich nahm ihre Hände zwischen meine Hände, und sie setzte sich auf den Rand des Bettes.

»Vor meiner Reise nach Kuba waren wir so gut wie verlobt. Erinnerst du dich?«

»Natürlich erinnere ich mich. Aber das waren Kindereien.«

»Und jetzt?« fragte ich.

»Du wirst es schon richtig machen, Alfonso«, sagte sie. Ich zog sie an mich, und sie ließ sich küssen.

Ich sage Ihnen: Wenn eins im Leben der Mühe wert ist, sich daran mit Vergnügen zu erinnern, dann sind es die Jahre der Jugend, wenn man verliebt ist. Von jenem Kuß an, den ich der María gab, wurde die Welt, die mir bisher groß und bedrohlich erschienen war, klein und war nur für mich da. Außerhalb meiner vier Wände gab es nichts, was mich hätte interessieren können. Kuba war so etwas wie ein böser Traum, der schon in Vergessenheit geriet. Femés war etwas, das jenseits der Tür lag und mich herzlich wenig interessierte. Die Freunde, die mich manchmal besuchen kamen, waren fremde, ungelegene Schattenbilder, die sich durch die halboffene Tür einschlichen und den Nachmittag damit verbrachten, über Dinge zu reden, die in meinem Leben nicht existierten. Sogar der Himmel – und Sie sehen, wie groß er ist – schrumpfte auf die Ausmaße meines Patio, und damit war ich zufrieden, und ich fühlte mich so glücklich wie nie wieder in meinem Leben. Die María besuchte mich jeden Tag, aber nie war ich so glücklich, wie wenn sie kurz vor Beginn der Dämmerung erschien, wenn die Sonne hinter dem Atalayaberg verschwand, der Himmel aber noch leuchtete, gelblich und weiß, wie gewaschenes Gebein. Dann trug María ein leichtes, rosafarbenes, einfaches Kleid mit runden Glasknöpfen, die ich immer noch – ich weiß nicht warum – vor Augen habe. Sie brachte mir das Essen, und danach half sie mir, für kurze Zeit aufzustehen. Sie führte mich in den Patio, und dort setzten wir uns und sahen zu, wie es Nacht wurde, und wir sprachen von dem, was uns bewegte, manchmal bis spät in die Nacht hinein. Eines Tages erschien der Teufel in meinem Haus, in der harmlosen Gestalt von Marcial. In jenen Tagen fühlte ich mich schon sehr viel besser, und ich verbrachte die Zeit auf einem Stuhl vor der Tür und baute zur Unterhaltung Vogelfallen. Marcial begrüßte mich mit einer Flasche in der Hand, einer Flasche Wein, die er sich weiß Gott wo besorgt hatte. Der Bucklige schwor Stein und Bein, daß er sie in Uga geschenkt bekommen habe, und zwar als Entgelt für eine kleine Arbeit, die er dort erledigt hatte. Wissen Sie, ein Weinchen aus Uga ist nicht zu verachten, und die Flasche war im Nu leer. Ich erinnere mich, daß ich nicht mehr als drei Schluck trank, und zwar in kleinen Zügen, denn der Bucklige läßt sich nicht so leicht unter den Tisch trinken. Sie können mir glauben: Ich setzte nur dreimal an, und in kürzester Zeit stieg mir der Wein zu Kopf, und da wurde mir klar, wie schwach ich doch immer noch war. Marcial, der schon tüchtig in Uga gebechert hatte, war sehr aufgeräumt und gesprächig, und während er mir beim Bau der Vogelfallen half, löste sich auf unverschämte Weise seine Zunge, und er kam auf das Thema María zu sprechen.

»Du kannst dich nicht beklagen, Alfonso«, sagte er zu mir. »Du hast sie fast den ganzen Tag hier und einen Teil der Nacht.«

»Na und?«

»Nichts. Aber wenn ich sie so hätte ...«

»Wie was?«

»Wie du sie hast, zu jeder Tages- und Nachtzeit.«

»Marcial, paß auf, was du sagst!« warnte ich.

»Nicht ich sage es, oh nein. Alle sagen es im Dorf.«

»Was sagen sie?« fragte ich ihn.

»Das halt! Was Alfonso wohl für einer wäre!«

»Und du, Marcial, was meinst du?«

»Daß sie ein Weibsbild ist, und daß du ein Idiot bist.«

»Wieso, Marcial?«

»Weil du wirklich ein Idiot bist. Du bist ganze Stunden mit ihr zusammen und rührst sie nicht an. Du hältst höchstens Händchen.«

»Und woher willst du das wissen?«

Marcial wies auf das Dach des Hauses.

»Jede Nacht steige ich von hinten da hinauf, hocke dort oben und will sehen, wie du sie verführst.«

Ich tat so, als ob ich gemächlich aufstünde; dann versetzte ich dem Buckligen mit aller Kraft und jetzt nicht mehr gezügelter Wut einen solchen Faustschlag, daß ich schwören könnte, der Mann habe sich dreimal in der Luft überschlagen, ohne den Boden zu berühren. Zusammengekrümmt blieb er winselnd am Boden liegen, Blut floß ihm aus der Nase, und voller Angst sah er mich an.

»Hau ab, Marcial!« schrie ich ihn an.

Er erhob sich, machte ein paar Schritte rückwärts und entfernte sich langsam. Dann bückte er sich, hob einen Stein auf und wollte ihn nach mir werfen.

»Hau ab, Marcial!« schrie ich noch einmal. »Ich spalte dir den Schädel, wenn du nicht verschwindest!«

»Warmer Bruder! Hurensohn!« kreischte er.

Und er rannte im Laufschritt auf die Kirche zu.

Wie ich den Rest des Nachmittags verbrachte, brauche ich Ihnen nicht zu beschreiben. Hin und her lief ich im Patio und kämpfte mit dem Dämon, den Marcial mir in den Körper gesetzt hatte. In meinem Kopf kreiste ein Wirbelsturm, und so groß war meine Wut, daß ich drauf und dran war, den Buckligen aufzusuchen, um ihm die Zunge aus dem Leib zu reißen. Verdammt! Das trifft einen Mann, wenn man ihn warmen Bruder nennt! Drüben in Kuba hörte sich meine Geschichte ganz anders an. Derjenige, der sie hören wollte, konnte sie in Camagüey aus dem Mund von Dulcita Pastrana oder von Asunción la Chona hören, zwei Mulattinnen, die ich nach Lust und Laune haben konnte und bei denen meine Männlichkeit unbestritten war. Ich ein warmer Bruder! Also, was ich Ihnen erzählen wollte, ich verbrachte den Nachmittag Gift und Galle speiend und fiel schließlich ins Bett und grübelte über die Rolle nach, die ich unter den Männern des Dorfes spielte. Als ich mich etwas beruhigt hatte, überlegte ich hin und her, und es kam mir der Gedanke, ob Marcial nicht grundsätzlich recht hätte und ob womöglich sogar María mich für einen Dummkopf hielt. Der Teufel wollte, daß das Fieber wieder stieg, und ließ vor meinem inneren Auge die braunen, graziösen Körper der Mulattinnen erstehen. Es war schon Nacht geworden, als María erschien.

»Alfonso ...«, rief sie leise.

»Komm herein!« sagte ich.

»Liegst du im Bett?«

»Ja.«

»Was ist los?«

»Nichts, Mädchen.«

»Ich zünde die Kerze an.«

»Tu das nicht«, unterbrach ich sie, »ich möchte im Dunklen bleiben. Komm, setz dich zu mir!«

»Du sprichst so heiser.«

»Das hat nichts zu sagen.«

»Du hast Fieber«, sagte sie, als ich ihre Hände in meine nahm.

»Ja, ein bißchen.«

»Alfonso, du machst mir angst.«

»Sei nicht dumm, María. Warum mache ich dir angst?«

»Ich weiß nicht. Du bist so ...«

»Sei doch nicht dumm, María!«

»Alfonso, du tust mir weh ...«

Ich hielt sie in meinen Armen. Ich hatte sie auf das Bett gezogen. Plötzlich schreckten mich Schreie auf.

»Was macht ihr da, ihr Halunken! Was treibst du da im Dunklen!«

Die Räbin, Marías Tante, schrie sich fast die Seele aus dem Leib. Sie stürzte sich auf ihre Nichte und schlug auf sie ein. María konnte sich aus ihren knorrigen Krallen befreien, sprang aus dem Bett und lief schluchzend zur Tür.

»Ich werde dir schon zeigen, wo's langgeht! Warte, wenn wir erst zu Hause sind!«

Dann brach die Alte in Gelächter aus. Sie lachte schrill, anhaltend, abstoßend, so daß sich mir die Haare sträubten. Drohend wandte sie sich mir zu.

»Und du, lieber Alfonso, was meinst du?«

Ich saß aufrecht im Bett, halb nackt. Die Zähne klapperten mir.

»Ich habe nichts zu sagen.«

»Und ob du was zu sagen hast, du Schurke!« Die Alte drohte mir mit der geballten Faust. »Und ob! Wenn du meiner Nichte ein Kind machst, dann mußt du sie heiraten, Alfonso, du mußt sie heiraten!«

»Daran habe ich schon gedacht«, sagte ich arglos.

Ihr Gesicht nahm wieder freundlichere Züge an.

»So handeln richtige Männer, lieber Alfonso. Du heiratest sie und Schwamm drüber.«

Wie die Alte so neben dem Bett stand, erschien sie mir wie ein riesiger Raubvogel. Sie ekelte mich an.

»Zuerst suche ich Arbeit«, sagte ich. »Dann werden wir sehen. Ich will nicht weiter von Almosen leben.«

»Mach dir keine Sorgen, Junge. Hör zu, lieber Alfonso, du kannst dir Land kaufen und es bearbeiten, und es wird schon so viel dabei herauskommen, daß es zum Leben reicht.«

Ich wußte, worauf sie hinauswollte. Sie roch Geld.

»Ich hab keinen roten Heller«, gestand ich. »Ich bin so arm wie eine Kirchenmaus.«

»Das glaub ich nicht. Etwas wirst du wohl von Kuba mitgebracht haben.«

»Ich schwöre. Ich kann es beschwören. Ich habe nichts, aber ich werde arbeiten und ...«

Das Verhalten der Alten änderte sich plötzlich. Sie begann wieder zu kreischen und hob die Faust gegen mich.

»Mach dich nicht über mich lustig, Scheißkerl! Und daß du dich nicht noch mal an meine Nichte heranmachst! Du bist nichts als ein Faulenzer, ein Hurensohn und dazu schwach auf der Lunge. Die Schwindsucht hast du!«

Es schien, als ob ihr die Augen aus dem Kopf treten wollten. Sie spie mir ins Gesicht. Sie ging bis zur Tür, dann drehte sie sich um und zeterte von neuem.

»Hier sollst du verrecken!«

Ich blieb ruhig. Der Nichte war ich nicht zu nahe getreten. Dann fiel mir ein, daß die Alte doch im denkbar günstigsten Augenblick gekommen war und daß es sehr wohl eine Falle hätte sein können, die mir von ihr und Marcial und vielleicht auch von María gestellt worden war. Wie dem auch sei, um meinen Stolz zu retten – und den hatte ich mir sehr wohl von Kuba mitgebracht –, schwor ich: Ich will nichts mehr mit Frauen zu tun haben und nur noch mit Gott und mir selbst leben. So kann man das Leben am besten ertragen, meinen Sie nicht auch, mein Lieber?

9. Kapitel

Zahlreich sind die stillen Nächte in Femés. Wenn es nicht gerade Samstag ist, kann man in Femés ungestört schlafen. Pardon – wenn nicht Samstag ist und wenn der Mond nicht scheint! Der Mond ist schuld an den schlimmen Nächten in Femés, denn die Schatten sind für die Hunde voller Geheimnisse, und die Hunde sind von einer Angst erfüllt, gegen die sie anbellen müssen. Wenn der Mond scheint, bellt als erster ein Hund aus der Ebene. Dem durchdringenden, verzweifelten, nervösen Gebell nach zu urteilen, muß es ein junger Hund sein. Er bellt die Palme an, die am Weg steht. Die Palme wirft einen Schatten, schmal wie ein Griffel, einen schwarzen und langen Schatten, der durch die Ebene läuft und genau zwischen den Pfoten des Hundes endet. In Femés hört man das Klagen des jungen Hundes wie einen Widerhall aus weiter Ferne. Die Hunde des Dorfes haben ein feines Gehör und spitzen die Ohren. Anschließend genügt das geringste Geräusch. Es genügt, daß der Wind einen Ziegel vom Dach wirft, eine Eule sich auf dem Kirchturm niederläßt oder eine Wolke über den Atalayaberg zieht. Die Hunde von Femés bellen wie Dämonen, sie bellen gegen die Schatten und ihre eigenen Ängste an. Aber manchmal geraten die Hunde wegen anderer Dinge in Aufregung. Wenn sie zum Beispiel um Mitternacht Mararía und Marcial entdecken, wie sie Femés verlassen; dann verraten die Hunde ihre Schritte. Und einige von ihnen bellen den Schatten an, den die Hexe wirft, und andere den gekrümmten Schatten, der wie ein schwarzer Hund die Fersen des Buckligen leckt.

Eines Nachts hatte ich den Einfall, Marcial und der Alten auf einem ihrer Gänge zu folgen. Der Bucklige trug zwei kurze Stöcke in den Händen, und ich wurde neugierig und wollte wissen, wohin die beiden seltsamen Gestalten zu so fortgeschrittener Stunde eilten. Obwohl es eine Mondnacht war, verdunkelte sich der Himmel zuweilen mit dichten Wolken, die in schnellem Flug über die Insel zogen, eine Herde von Geisterrappen, schwarz und schweigend. Ab und zu riß der Himmel auf, und ein weißer Lichtfleck glitt den Berghang hinunter. Dorthin bewegten sich in aller Eile auch Mararía und Marcial, die der Mitte der Schlucht zustrebten. Ich folgte ihnen aus sicherer Entfernung über einen schmalen Pfad, der sich zwischen Feigenkakteen hindurchschlängelte. Am dunklen Horizont funkelten die Lichter eines Leuchtturms. Der Leuchtturm der Insel Lobos. Die Grillen klangen wie kleine *timples*, die unermüdlich und heftig gespielt wurden. Von Femés oben konnte man nur noch das Haus von Isidro erkennen, das direkt am Rand oberhalb der Schlucht hing. Es war nicht mehr als ein weißer, kaum noch sichtbarer Fleck. Ich hatte wohl eine Stunde Wegs hinter mir, seit ich das Dorf verlassen hatte, als das Gelände eben wurde und mir der Wind den salzigen, frischen, unverwechselbaren Duft des Meeres zutrug. Näher an der Küste hörte ich dann das Rauschen der Wellen, die sich am Ufer brachen. Ich mußte um einen großen Felsen herumgehen und betrat dann die weite Fläche eines weißen, schimmernden Sandstrands. Ganz in der Nähe blinkte auf dem dunklen Meer ein rotes Licht vom Bug eines Schoners. Marcial und die Hexe waren am Strand stehengeblieben. Ich sah ihre Silhouetten direkt vor mir. Ich glaubte, daß ich endlich das Geheimnis der nächtlichen Ausflüge entdeckt hätte. Ich dachte, sie kämen wegen irgendeiner Schmuggelsache zum Strand hinunter, aber so war es nicht. Mararía und Marcial betrachteten lange das Schiff und gingen dann links am Strand entlang, wo sie hinter hohen, runden Felsbrocken verschwanden. Darauf wuchs meine Neugier, und ich wollte wissen, was diese beiden einsamen Wesen vorhatten; ich folgte ihnen und durchquerte die Ansammlung der mächtigen Steine. Dann bot sich meinen Augen ein außergewöhnliches Schauspiel. Ich befand mich in einer Bucht, ungefähr dreihundert Schritte breit; sie hatte die Form eines Halbmonds; über dem Sand flackerten Fackeln, die von schwarz gekleideten Gestalten gehalten wurden; diese lagen auf den Knien und blickten wie in Ekstase auf die dunkle Oberfläche des Meeres. Ich befand mich in der Bucht der Ertrunkenen, dem Ort, an dem die Toten erschienen, um mit ihren Verwandten zu sprechen. Ich konnte einen Schauder nicht unterdrücken, als ich die Szene betrachtete. Die Gestalten waren über den ganzen Strand verteilt. Die meisten waren Frauen, und sie verharrten jede für sich, unbeweglich, und hielten die Fakkeln in die Höhe, um die Seelen ihrer ertrunkenen Verwandten leiten zu können. Die Stille war beeindruckend. Im Schein der Lichter konnte ich gespannte Gesichter erkennen, ihr Blick war starr. Ich stand hinter Marcial und Mararía. Ich setzte mich hin, um auszuruhen, und versank in der Betrachtung der seltsamen Zeremonie. Ich nahm nur das einschläfernde Geräusch des Meeres wahr, doch nach einiger Zeit wurde ich hellhörig. War das wirklich das Meer, was ich hörte? Waren in weiter Ferne nicht auch Stimmen zu vernehmen, wehklagende Stimmen? Über das Wasser legte sich ein feiner Nebelschleier. Für einen Augenblick entstand zusammen mit dem Rauch der Fackeln ein leichter Wirbel. Marcial begann, eine seltsame Litanei zu zischeln: »Bisdubisdubisdu ...«

Eine Frau seufzte, stand auf und ging schluchzend weg. Mararía und der Bucklige taten es ihr nach. Ich blieb sitzen, wo ich war. Die frische Brise, die vom Meer kam, und jenes murmelnde Geräusch aus der Tiefe taten mir gut; im Wispern der Steine und des Sandes konnte ich wie aus weiter Ferne fremdartige Stimmen hören – ein jammernder Singsang.

Ich war tief in Gedanken versunken. Da spürte ich, wie sich eine Hand auf meine Schulter legte. Señor Manuel Quintero setzte sich neben mich. Er war dem Weinen nahe, hielt die Tränen aber zurück. Er sah geradeaus in Richtung des Nebelschleiers, der über der Bucht hing.

»Ich würde mein Leben geben, wenn ich ihn jetzt hier bei mir haben könnte«, flüsterte er.

»Wen?« fragte ich.

»Einen Sohn. Meinen Sohn.«

Er preßte die Zähne zusammen, nahm einen Stein und schleuderte ihn aufs Meer.

»Verflucht sollst du sein!« schrie er.

10. Kapitel

Isidro, der mächtige Mann im Dorf, hat Wein. Isidro hat gesalzenen Fisch und getrocknete Früchte. Isidro hat Ländereien und überläßt sie anderen zur Bearbeitung. Isidro hat Kichererbsen und Linsen. Isidro gibt alles, borgt alles und gewährt großzügig Kredit. Isidro, so erzählt man im Dorf, hat Vermögen. Isidro lächelt. Marcial versichert, daß Isidros Gelder in einem Brunnen versteckt seien. Wenn dem nicht so wäre, meint Marcial, warum würde Isidro dann wohl den Brunnen seines Hauses zuschütten.

Isidro lächelt. Immerhin ist der Bucklige witzig.

»In Wahrheit ist der Brunnen voller Schutt«, sagt Isidro zu mir, während er sich mit dem Stachel eines Feigenkaktus in den Zähnen stochert, »aber es ist schon richtig, daß ich ihn mit Goldmünzen hätte füllen können, oh ja, Señor.«

»Wie dumm warst du doch, hihi«, spottet Marcial.

»Du hältst den Mund, Idiot! Hau schon ab, sonst gibt es Hiebe!«

»Entschuldige, Mann, entschuldige!«

Marcial hebt das Glas, trinkt aus, wischt sich den Mund mit dem Ärmel ab und steht auf, indem er vor sich hin murmelt: »Schon gut, Mann, schon gut!«

Er verläßt das Wirtshaus und geht zur Kirche. Er setzt sich in den Schatten und lehnt den Buckel gegen die Wand. Von weitem schneidet er Grimassen und lächelt blöde.

Isidro füllt die Gläser wieder mit Wein.

»Wie ich vorhin sagte, mein Freund, mit Goldmünzen.« Und nachdenklich schaut er eine Weile aus dem Fenster. Marcial vergnügt sich damit, Striche mit den Fingern auf den Boden zu ziehen.

»Sind Sie schon in Uga gewesen?« fragt mich Isidro plötzlich.

»Ja«, antworte ich.

»Nun, alle Gehöfte dort unten wären heute mein. Aller Wein, der dort unten im *malpaís* wächst, und außerdem die Salinen des Don Lázaro. Sehen Sie, so reich könnte ich sein! Und obendrein wäre ich der Besitzer der Cantarrana, der schönsten Finca der Insel, mit einem zweistökkigen Haus, das wie ein Palast aussieht. Ein Vermögen«, sagt er mit Nachdruck.

So wahr ich Isidro heiße, alles könnte mein sein, wenn nicht die María dazwischengekommen wäre. Jene Ländereien gehörten Don Lázaro, einem dickbäuchigen und stinkreichen Insulaner, der in Frieden ruhen möge, denn er war immer ein guter Mensch. Meine Mutter sprach viel von ihm und nannte ihn einen entfernten Verwandten, den sie hoch schätzte. Ich erinnere mich, wie meine Mutter mich als Kind mit zur Cantarrana nahm, und während sie dort ihren Besuch abstattete, spielte ich an einem großen Teich und verbrachte die Zeit damit, Stöckchen ins Wasser zu werfen und mir vorzustellen, daß es Schiffe wären, solche, wie mein Vater sie steuerte, der, wie die Leute sagten, Kapitän war. Eines Tages – als junger Bursche war ich gerade von Gran Canaria zurück, wo ich meinen Militärdienst geleistet hatte – stellte mich meine Mutter zur Rede. Sie verlangte von mir Rechenschaft über das Leben, das ich damals im Dorf führte, ich trank nämlich gern einen über den Durst, wußte aber nicht, was eine Hacke war.

»Isidro«, sagte sie zu mir, »du bist jetzt ein Mann und tätest gut daran, Vernunft anzunehmen. Ich bin schon alt, und die Zeiten werden immer schlechter.«

»Jawohl, Mutter«, stimmte ich ihr zu.

»Du bist jung, gesund und stark. Hier im Dorf liegst du auf der faulen Haut.«

»Und was wünschen Sie, das ich tue, Mutter?«

»Daß du dir eine Arbeit suchst und ein bißchen mit anpackst. Das Wirtshaus ernährt uns nur mit Mühe, und wenn es so weitergeht wie im Augenblick, müssen wir es aufgeben.«

»Gut, Mutter, Sie haben das Sagen.«

»Ich habe gedacht, du kannst nach Uga gehen, und dort stellst du dich Don Lázaro vor und sagst, daß ich dich schicke, daß du mein Sohn bist, und vielleicht findet er ja was für dich, damit du endlich dein Brot selber verdienst.«

Ich weiß nicht warum, aber in diesem Augenblick spürte ich einen Kloß im Hals und hätte losheulen können. Es gelang mir aber, mich zu beherrschen.

»Wie Sie sagen, Mutter«, entgegnete ich gehorsam, »gleich morgen früh.«

Drei Tage noch mußte ich meinen Weggang vom Dorf verschieben, weil meine Mutter meinte, Hemden und Hosen flicken zu müssen, denn ich könnte mich nicht bei Don Lázaro so abgerissen wie ein Bettler vorstellen. Am Morgen des Abschieds war ich bedrückt und konnte mich nicht entschließen. Mit Sebastián und Marcial spielte ich eine Partie Karten und schüttete ein paar Glas Wein hinunter. Dann rief mich meine Mutter in ihr Zimmer und händigte mir zehn Silbermünzen aus, die sie in einem Strumpf verwahrt hatte.

»Mach dich auf den Weg, Junge, mal sehen, wie es dir ergeht!«

Ich gab ihr einen Kuß und ließ sie weinend zurück. Was Mütter nur immer haben – als ob es nach Havanna ginge! Ich brach auf, ließ die Münzen in meiner Tasche klingeln und pfiff einen *sorondongo*. Als ich die Straßenkreuzung erreichte, erlaubte ich mir eine kleine Rast, und ich kam ins Grübeln und wurde traurig. Ich dachte an meine Mutter und die Gründe, warum ich weggehen sollte. Es stimmte, daß sie schon alt und müde war und das Wirtshaus nicht viel einbrachte. Doch daneben gab es noch einen anderen Grund, den sie nicht genannt hatte, der mir aber jetzt einfiel. Der Hauptgrund war María. Je mehr ich darüber nachdachte, desto sicherer wurde ich mir. Schon lange war ich in das Mädchen vernarrt und so von Eifersucht verzehrt, daß ich alle Augenblicke ihretwegen in eine Prügelei verwickelt war. Meine Mutter ermahnte mich unablässig und warnte mich, daß mir diese Frau eines Tages, wenn ich es am wenigsten erwartete, großes Unglück bringen würde. Und wie recht sie hatte! An Unglück hat es mir nicht gefehlt, und einmal hätte ich fast das Zeitliche gesegnet, und zwar nach einer Messerstecherei mit Manuel Quintero nachts auf dem Friedhof. Aber man kann aus seiner Haut nicht heraus, und wenn einer halsstarrig ist und sich etwas in den Kopf gesetzt hat, kann keine Macht der Welt ihn von seiner fixen Idee und seinen bösen Träumen abbringen. Denn Sie sollen wissen, mein Freund, diese Frau, von der ich besessen war, ist immer ein Alptraum für mich gewesen, da sie mit mir so lieblos umging wie mit keinem anderen. Ich war in Gedanken mit dem Mädchen beschäftigt und versuchte die Glut zu löschen, die in meinen Adern brannte. Dabei setzte ich meinen Weg nach Uga fort, um den Wunsch meiner Mutter zu erfüllen und um zu sehen, ob Zeit und Arbeit diese jugendliche Leidenschaft besänftigen und ob ein für allemal die Skorpione, die in meiner Brust nisteten, getötet werden könnten.

Das Haus von Don Lázaro – fuhr Isidro nach einer kurzen Pause, in der er etwas trank, fort – lag hinter dem Dorf, ein wenig außerhalb, schon auf dem schwarzen Boden des *malpaís*. Man gelangte über einen von Bäumen gesäumten Weg dorthin; der Weg endete in einer Art Platz, auf dem das große, zweigeschossige Gebäude stand; es hatte eine blaue Fassade, ein rotes Dach und große Fenster. Über der Tür befand sich eine runde Öffnung, wie ein riesiges Ochsenauge, mit buntem Glas. Ich war dabei, mir dies anzusehen, als plötzlich eine Frau in der Tür erschien. Sie mußte damals etwas über zwanzig gewesen sein. Schlank wie ein Weizenhalm. Sie war erstaunt, als sie mich erblickte.

»Wünschen Sie etwas?« fragte sie mich.

»Ich möchte Don Lázaro sprechen.«

»Dann kommen Sie herein, ich melde Sie an.«

Es war ein schönes Haus. Ich erinnere mich sehr gut an den Duft nach trockenen Feigen, der ständig das Haus erfüllte. Ich stand in einem großen Raum mit wertvollen Möbeln, Möbeln aus edlen Hölzern, Mahagoni und Zedernholz, und Tischen mit Marmorplatten. Ich weiß auch noch, daß mich ein Bild mit goldenem Rahmen stark beeindruckte, die große Photographie eines Soldaten mit typischer Kopfbedeckung, Säbel und riesigem Schnurrbart. Don Lázaro ließ mich nicht lange warten. Ich hatte sein Bild noch klar vor Augen, das Bild eines fülligen, wohlbeleibten, blondhaarigen Mannes mit blauen Augen und roten, glänzenden Pausbacken. Trotz der Jahre hatte er sich kaum verändert.

»Was kann ich für dich tun, mein Junge?« fragte er, als er mich erblickte.

»Ich möchte mich vorstellen. Ich bin der Sohn von Carmen.«

Don Lázaro betrachtete mich aufmerksam. Er wies auf einen Schaukelstuhl und setzte sich selbst auf ein großes Sofa.

»Dann bist du also der Sohn von Carmen aus Femés?«

»Ja, mein Herr«, sagte ich respektvoll.

»Schön. Und wie geht es deiner Mutter?«

»Danke gut, aber sie fühlt sich ein bißchen müde, und bald wird sie nicht mehr die Kraft für die tägliche Plackerei aufbringen.«

»Und du? Hilfst du ihr denn nicht?« fragte er.

»Deshalb bin ich hier. In Femés findet man keine Arbeit, und meine Mutter hat sich Ihrer erinnert und dachte, daß Sie vielleicht in Ihrer Finca etwas hätten, womit ich mir ein wenig verdienen könnte.«

Don Lázaro sagte eine Weile nichts, und ich hatte den Eindruck, daß ihm etwas Angenehmes durch den Sinn ging, aber dann wurde er traurig und ließ seine Augen auf mir ruhen.

»Einverstanden, Junge!« sagte er schließlich. »Du kannst auf der Cantarrana arbeiten.«

Die Zeit, die ich im Hause des Don Lázaro verbracht habe, gehört zu den schönsten meines Lebens. Zunächst erschien mir die Arbeit ziemlich hart, da für mich das Bücken auf dem Feld völlig neu war. Aber bald schon muß ich mich daran gewöhnt haben und war ein solch guter Arbeiter geworden, daß mich Don Lázaro drei Monate nach meiner Einstellung zu sich rief und mir sagte, daß er sehr zufrieden mit mir sei und daß er mir in Anbetracht der Freundschaft zu meiner Mutter etwas Besseres als die eigentliche Feldarbeit anbieten wolle.

»Kannst du lesen und schreiben?« fragte er mich.

»Jawohl, mein Herr, ich kann beides«, antwortete ich.
»Und rechnen?«
»Auch das.«
Er lächelte und legte mir eine Hand auf die Schulter.
»In Ordnung, mein Junge«, sagte er. »Das ist gut.«
Und so begann mein Paradies. Er ernannte mich zum Verwalter der Cantarrana.

Isidro stand auf und rückte sich den Gürtel zurecht. Er trat ans Fenster und sah zum Berg Tinazor hinüber.
»Heute wird das Wetter gut«, meinte er.
Er griff nach einer neuen Flasche und stellte sie auf den Tisch.
»Oder hätten Sie lieber etwas Rum?«
»Nein, danke«, antwortete ich. »Der Wein ist wirklich sehr gut.«
Isidro nahm wieder Platz.
»Ich gehe Ihnen sicher mit meinen Geschichten auf die Nerven.«
»Aber nein! Ich finde Ihre Worte sehr unterhaltsam. Ich habe es gern, wenn man mir Dinge aus dem Leben erzählt.«
»So kann man es nennen: Dinge aus dem Leben.«
Isidro nahm sein Glas und stieß mit mir an.
»Zum Wohl!«
Dann setzte er seine Erzählung fort.

Ich begann gut zu verdienen. Neben dem Gehalt, das Don Lázaro für mich festgesetzt hatte, schenkte er mir ab und zu Geld, das ich meiner Mutter schicken sollte, wofür ich – Gott ist mein Zeuge – sehr dankbar war. Alles, was ich verdiente, ließ ich meiner Mutter zukommen, denn um ehrlich zu sein, ich brauchte es nicht, da ich mir angewöhnte, auf der Finca zu bleiben, und darum keine Ausgaben hatte. Nach Don Lázaro war ich auf der Cantarrana der Herr. Das heißt, nach Don Lázaro und seiner Nichte. Die Nichte war das Mädchen, das mich am Tag meiner Ankunft im Haus empfangen hatte. Ich sagte Ihnen schon, daß sie einem Strohhalm glich, so dünn war sie. Sie war sehr zielstrebig, und bei jeder Kleinigkeit meinte sie, die Zügel der Finca in die Hand nehmen und hart mit den Arbeitern umspringen zu müssen, und dann sah man sie überall zugleich, und man hörte sie hysterisch herumschreien. Mit rotem Kopf prangerte sie Fehler an, die keine waren, erteilte unsinnige Befehle und drängte die Leute zur Eile. Die Leute lachten über Señorita Lucía, denn sie schielte, wenn sie zornig wurde. Da sie nach Don Lázaro die Herrin war, blieb ihnen jedoch nichts anderes übrig, als ihren Anordnungen zu folgen, obwohl diese in den meisten Fällen weder Hand noch Fuß hatten und die Arbeit eher verzögerten als beschleunigten. Wenn Señorita Lucía ihre Launen hatte, zog ich mich wohlweislich zurück und ging, mich im Schatten eines Feigenbaums auszuruhen, oder ließ mir irgendeine Beschäftigung in einem entfernten Winkel einfallen. Nach Meinung der Leute war Señorita Lucía verrückt, was ihr Onkel aber nicht wahrhaben wollte. Trotz allem mochte man sie ganz gern, und sie erregte eher ein wenig Mitleid. Mich behelligte die Señorita nicht. Genau das Gegenteil war der Fall, stets suchte sie mir einen Gefallen zu erweisen. Nur selten kam es zwischen uns wegen ihrer Dickköpfigkeit zu Auseinandersetzungen, die meist nur durch nichtige Anlässe ausgelöst wurden. Am Ende gab sie mir immer recht, und es herrschte Ruhe. Sonntags half sie mir bei der Auszahlung des Lohns. Die Auszahlung fand in meinem Zimmer statt, das eher ein Geräteschuppen war. Dort wurden alle für die Feldarbeit nötigen Werkzeuge aufbewahrt und ebenso alte, nicht mehr gebrauchte Möbel. Die einzige Öffnung im Zimmer war die Tür, und deshalb war es auch ziemlich dunkel darin. An den Wänden hingen Körbe, Sicheln, Röster für den Mais und Forken. Auch Spinnweben. Viele Spinnweben. Ich schlief auf einem Klappbett; daneben stand ein kleiner Kiefernholztisch, den ich samstags neben der Tür aufstellte und der mir als Zahltisch diente, wenn die Arbeiter ihren Lohn erhielten. Señorita Lucía nahm neben mir Platz, und die Arbeiter stellten sich in einer doppelten Reihe auf und traten jeweils zu zweit vor, um den Wochenlohn in Empfang zu nehmen. Ich war der Señorita für die Hilfe dankbar, denn auf diese Art war ich schnell mit meiner Arbeit fertig, und danach hatte ich einen freien Nachmittag, an dem ich nach Lust und Laune faulenzen konnte. Einmal geschah es, daß Señorita Lucía mit mir plauderte, und wir sprachen über die Finca, und plötzlich, als ihr Blick über die schmutzigen Wände des Zimmers glitt, fragte sie mich: »Isidro, fühlen Sie sich hier wohl?«

Ich glaubte, sie meine das Landgut und meine Beschäftigung, und bejahte die Frage und sagte, daß ich mich sehr wohl fühle, daß mir die Stelle, die Arbeit und die Aufmerksamkeit, die Don Lázaro und sie mir entgegenbrächten, sehr gefalle und daß ich für alles sehr dankbar sei.

»Ich weiß schon, daß Sie sich nicht beklagen können«, sagte sie, »aber im Augenblick spreche ich nur von diesem Zimmer hier.«

Sie zeigte auf die Wände und das Dach.

»Hier schlafe ich ja nur«, sagte ich. »Tagsüber bin ich draußen, an der frischen Luft.«

»Aber Sie sind der Verwalter und es schickt sich nicht, daß Sie bei den Ratten schlafen.«

»Ach was!« rief ich, um das Ganze nicht so wichtig erscheinen zu lassen. »Ich versichere Ihnen, ich schlafe gut.«

Dann fiel ihr etwas ein.

»Ich werde veranlassen, daß der Raum mit den Sämereien leergemacht wird, und das wird dann Ihr Zimmer sein.« Ich dankte ihr, aber in Wirklichkeit war ich mit jedem Raum zufrieden.

Der Raum mit dem Saatgut war ziemlich groß und lag in einem Winkel des Hauses. Als einzigen Vorteil für mich hatte er eine Fensteröffnung, die allerdings, weil das Glas fehlte, mit Papier ausgefüllt war. Hier wurden die Sämereien aufbewahrt. Der Raum war voller Maiskolben, die an gekreuzten Stöcken von Wand zu Wand hingen. Dort standen auch zwei große Petroleumkanister, eine Leiter und Säcke mit Kalk und Schwefel. Ich nahm an, daß der Wunsch der Señorita, mich von einem Zimmer ins andere zu verlegen, nur auf einer ihrer üblichen Launen beruhte und im Vergessen enden würde, und daß alles bloß leeres Gerede war. Aber als ich zwei Tage später von meiner Arbeit in den Weinfeldern zurückkam, begegnete ich ihr in der Nähe des Hauses, und sie befahl: »Kommen Sie mit, Isidro! Ich muß Ihnen etwas zeigen.«

Ich folgte ihr bis zu dem Raum mit dem Saatgut. Sie ging sehr aufrecht, die Hände in den Taschen der Schürze, die sie immer trug, die Arme angewinkelt und erhobenen Hauptes. Mit einem Fußtritt öffnete sie die Tür.

»Von nun an ist dies Ihr Zimmer«, sagte sie herrisch. Sie drehte sich um und ging weg.

Die Maiskolben waren fortgeräumt worden. Auch fehlten die Kanister und die Säcke mit Kalk und Schwefel. Nur die Leiter war geblieben und die Hälfte der Spinngewebe. Man hatte ein großes Eisenbett hingestellt, mit einer strohgefüllten Matratze, sauberen Laken und einer kaffeebraunen Decke. Einen Wasserkrug und einen Nachttisch. Das Fenster hatte jetzt neues Papier. Eigentlich war mir das alles ziemlich egal, aber es entging mir nicht, daß Entgegenkommen dahintersteckte, für das ich dankbar sein mußte.

Wenige Abende später lehnte ich an der Mauer der Zisterne. Ich wollte nach dem Abendessen ein wenig frische Luft schnappen. Um die Zisterne herum standen vier alte, dichte Korkeichen. Ich hatte mir angewöhnt, vor dem Schlafengehen eine Zigarette zu rauchen, und der Ort rief mir ins Gedächtnis zurück, wie ich als Kind von den Bäumen einmal ein Stück Rinde abgerissen hatte, an die ich dann einen Stock mit einem Fetzen Papier nagelte, und dann war ich zum Teich geeilt und warf das Schiff hinein. Es war das schönste Spielzeug meines Lebens, und ich erinnere mich so lebhaft daran, als ob ich es vor mir sähe, wie es das stille Wasser durchfurcht, den Wind im Rükken, so wie jener Schoner, der – befehligt von meinem Vater – in meinen Träumen erschien. Die Zisterne und die Korkeichen waren für mich der richtige Ort zum Entspannen. Ich rauchte die Zigarette zu Ende und zog mich mit der Absicht zurück, ins Bett zu gehen. Im Zimmer war es heiß, und ich riß ein Stück Papier vom Fenster, damit frische Luft hereinkam. Ich ließ mich aufs Bett fallen und fand es so weich, als ob es aus Federn wäre, und so überließ ich mich dem Schlaf, während ich dem Quaken eines Frosches lauschte, der alle Nächte im Teich sang, und ich könnte mir vorstellen, daß Don Lázaro nach ihm seine Finca benannt hat: Cantarrana – Froschgesang. Ich wurde von einer Stimme geweckt, die mehrmals meinen Namen rief. Ich schlug die Augen auf und war überrascht von der Helligkeit, die in meinem Zimmer herrschte. Im hinteren Teil in der Zimmerdecke befand sich eine Öffnung von der Größe eines Faßdeckels, und dort war Señorita Lucía zu sehen, mit einer Kerze in der Hand.

»Isidro, sind Sie da?«

»Hier bin ich, Señorita«, antwortete ich. »Was gibt es denn?«

»Psst! Sprechen Sie nicht so laut«, sagte sie. »Kommen Sie näher! Stellen Sie sich hier unten hin. Sehen Sie dieses Loch? Das Holz ist faul und verrottet. Wir brauchen neue Bretter.«

»Jawohl, Señorita!«

»Das Loch ist schlimm«, ereiferte sie sich. »Ich fürchte immer, daß ich hindurchfalle. Ich will, daß Sie es jetzt in Ordnung bringen!«

»Jetzt?« fragte ich erstaunt.

»Jetzt sofort, jawohl! Das Loch macht mich nervös.«

»Ich muß ein paar passende Bretter suchen«, sagte ich.

»Worauf warten Sie? Da muß eins stehen.«

In der Tat standen, gut sichtbar, einige Bretter an der Wand. Ich nahm sie unter den Arm, und ohne an die Schuhe zu denken, ging ich barfuß wie ich war auf die Tür zu.

»Isidro!« rief sie. »Wo wollen Sie denn hin?«

»Zu Ihrem Zimmer«, entgegnete ich.

»Dafür brauchen Sie nicht hinauszugehen, Mann. Da steht eine Leiter.«

»Sie haben recht, Señorita.«

»Stellen Sie sie hier an die Wand und kommen Sie herauf!« erklärte sie.

So tat ich, und als ich mich in Höhe ihres Gesichts befand, lächelte sie und stand auf.

»Kommen Sie, treten Sie ein!« sagte sie. Sie reichte mir die Hand, um mir aus dem Loch zu helfen. Sie trug ein sehr dünnes Nachthemd, und durch den Stoff konnte man die Umrisse ihres jungen, schlanken Körpers erkennen. Wohlweislich wandte ich den Blick ab. Das Schlafzimmer der Señorita Lucía war ziemlich weiträumig und schön möbliert. Das große Mahagonibett füllte eine ganze Ecke aus; es befand sich unter einem Fenster mit Gazevorhängen. Der große Spiegel hatte einen Goldrahmen, der im Schein der beiden Kerzen, die an den Seiten standen, leuchtete. Neben dem Loch im Boden gab es einen Schrank, der den Eindruck erweckte, von der Stelle gerückt worden zu sein.

»Ich brauche ein paar Nägel«, sagte ich mit Blick auf das Loch.

»Nägel?«

»Ja. Und einen Hammer.«

»Nein, jetzt können wir keinen Lärm machen!« rief sie. »Mein Onkel schläft im Zimmer nebenan. Es reicht, wenn Sie die Bretter darüberlegen und so die Öffnung zudecken.«

Plötzlich verstummten wir und sahen uns an. Die Señorita brach in Lachen aus, ging zum Spiegel und begann sich grundlos die Haare zu glätten. Ich war sehr verwirrt, und einen Augenblick lang war ich in die Betrachtung ihres Körpers versunken, der sich unablässig bewegte und den ich deutlich unter dem Nachthemd erkennen konnte. Ich mußte an die Schlange Satans denken, und da ich, was Frauen angeht, mich nie lange bitten ließ, fürchtete ich plötzlich um meine Stelle auf der Cantarrana, wo ich jetzt schon wie ein König lebte. Ich darf Ihnen sagen, daß es mich im Augenblick nicht viel kostete, mich vom Satan abzuwenden. Vielleicht bemerkte ich, daß die Beine der Señorita Lucía zu dünn waren, und so groß war die Versuchung nicht, als daß sie in meinem Kopf ein Erdbeben ausgelöst hätte. Mit diesen Gedanken beschäftigt, machte ich Anstalten, mich wieder über die Leiter hinwegzuschleichen, bestrebt, so schnell wie möglich zu entkommen. Aber Señorita Lucía lief hinter mir her, mit vor Ärger gerötetem Gesicht und erschrockenen Augen, und krallte sich an meiner Schulter fest.

»Isidro, warten Sie! Gehen Sie nicht weg!«

»Was wollen Sie von mir, Señorita?« fragte ich ruhig.

Sie ließ von mir ab. Sie biß sich heftig auf die Lippen. Ihre Brust wogte wie ein Blasebalg. Schließlich schrie sie außer sich: »Gehen Sie! Weg!«

Sie rannte durch das Zimmer und lehnte sich an das Fenster. Ich konnte nicht unterscheiden, ob sie weinte oder lachte, aber unter den Lauten, die aus ihrem Mund sprudelten, hörte ich deutlich das Wort »Bauernlümmel«.

Der Gedanke, daß diese Frau in Wirklichkeit verrückt war, tat mir weh. Ich nahm die Bretter und schloß die Öffnung hinter mir wie mit einem Deckel, stieg in mein Zimmer hinunter und ließ mich ins Bett fallen. Meine Gedanken kreisten um Don Lázaro und den Gram, den er empfinden würde, wenn er erführe, daß seine Nichte ... Daran dachte ich, als mich der Schlaf übermannte, was zur damaligen Zeit schnell geschah. Aber in jener Nacht war es Gottes Wille, daß ich nicht wie gewöhnlich abgrundtief durchschlafen konnte. Etwas ließ mich wieder wach werden, und ich richtete mich erschrocken auf, als ich Señorita Lucía in dem durchsichtigen Nachthemd neben meinem Bett stehen sah; das feine Nachthemd war ihr über die Schultern geglitten; sie trug eine Kerze in der Hand, sah mich komplizenhaft an, und ihre lächelnden Lippen bebten.

»Señorita Lucía! Um Gottes willen, denken Sie doch daran, daß...!«

»Psst! ...« Sie legte einen Finger auf den Mund und bedeutete mir zu schweigen.

11. Kapitel

Unablässig dachte ich an das, was vorgefallen war, und an die Folgen, die sich für mich daraus ergeben würden, wenn Don Lázaro eines Tages – wer weiß durch welchen Zufall – erfahren würde, daß seine Nichte und ich solch unehrenhafte Beziehungen miteinander unterhielten. Mich überkam ein Zittern, wenn ich daran dachte, daß ich nicht nur meine Arbeit verlieren würde, sondern im Kerker landen könnte, wenn man den Geisteszustand der Señorita berücksichtigte, die ich derartig mißbraucht hatte. Aber oh weh! Zittert der Körper, zittert auch die Seele, und die Wellen, die das Zittern erzeugt, lassen den Teufel die Ohren spitzen. Und so geschah es, daß an jenem Morgen Satan selbst zu mir kam und mir ins Ohr flüsterte und mich so verwirrte, daß das, was Ursache meiner Angst gewesen war, sich auf einmal wie durch Zauberei in das schönste Geschenk verwandelte, das mir in den Schoß fallen konnte. Sie werden schon wissen, wie der Teufel vorgeht, wenn er die Seele von Skrupeln befreien will: Zunächst sagt er einem, daß man ein Idiot ist und daß es mit dem Verstand nicht weit her sein kann und so fort. Als der Teufel mit seinen Ratschlägen zu Ende gekommen war, erwachte in mir wie durch einen Paukenschlag der Ehrgeiz. Der Wahn der Señorita Lucía, dachte ich, könnte für mich das Mittel sein, um

Besitzer und Herr der Cantarrana zu werden. So weit ich wußte, hatte der Alte keine anderen Verwandten auf der Welt als seine Nichte, die im Laufe der Zeit alles erben würde. Die Vorstellung, daß es zur Hochzeit mit Señorita Lucía kommen könnte, brodelte in meinem Hirn, und ich sage Ihnen offen, daß mir die Angelegenheit durchaus bedenkenswert erschien. Von der Nacht an, von der ich Ihnen schon erzählt habe, gab es nur wenige Morgen, an denen ich auf dem Kopfkissen nicht ein langes, blondes Haar fand. Damals sang ich bei der Arbeit, denn jene häufigen nächtlichen Besuche kamen wie gerufen für meine ehrgeizigen Pläne. Ich glaube, der Teufel hat sich in der hintersten Hölle vor Freude in den Schwanz gebissen, als er sah, wie vorzüglich seine Geschäfte gediehen. Schon nach wenigen Tagen waren wir uns über den Brautstand einig geworden. Ihrerseits ein Brautstand mit solidem Fundament, denn, genau betrachtet und ohne jede Eitelkeit gesagt, war die Señorita unsterblich in mich verliebt. Zur Dämmerstunde und in unserer freien Zeit pflegten wir uns unter den Korkeichen an der Zisterne niederzulassen, wo wir lange verweilten, sie in Liebe entflammt und ich unter Vortäuschung falscher Gefühle. Ich sage Vortäuschung, denn Señorita Lucía gelang es nie, mir als Frau zu gefallen. Die Arme war ja bloß Haut und Knochen, und nur ihre Haare waren schön anzusehen und vielleicht die Augen, wenn sie nicht gerade wütend war – und wütend war sie oft. Aber die Cantarrana war ein schönes Gut, und für wenig Mühe bot es mir der Teufel an.

Über Isidros Gesicht flog ein Lächeln, und er bewegte den Kopf hin und her.

»Wirklich, man war schon ein Schuft!« sagte er.

Er nahm einen kräftigen Schluck und wischte sich mit dem Handrücken den Mund ab.

Wie ich schon sagte, diese Frau gefiel mir überhaupt nicht. So verging die Zeit, und eines Tages, oder besser gesagt: eines Nachts, während wir in ihrem Bett ruhten – ich stieg inzwischen zu ihr hinauf –, eröffnete mir die Señorita, daß sie schwanger sei. Ich fühlte, wie mein Herz vor lauter Freude wild zu pochen begann, denn ich sah meine Pläne von Erfolg gekrönt, und schon durfte ich mich wie ein Baum fühlen, dessen Wurzeln sich mit aller Kraft tief in die schwarze und rote Erde der Cantarrana krallten.

»Isidro, bist du glücklich?« fragte sie mich.

»Aber ja, Lucía. Ich bin sehr glücklich.«

»Vielleicht wolltest du nicht ... Vielleicht wolltest du keinen Sohn bekommen.«

»Wieso denn nicht? Genau das habe ich mir immer gewünscht«, schwor ich.

Und Gott weiß wohl, daß mein Schwur die reine Wahrheit war. Um ihr meine Freude zu beweisen, umarmte ich sie und bedeckte wie nie zuvor ihr Gesicht mit Küssen.

»Isidro.«

»Ja?«

»Wir müssen mit meinem Onkel sprechen.«

»Weil du ein Kind kriegst?« fragte ich.

»Nein. Weil wir verlobt sind.«

»Einverstanden.«

Zum erstenmal hatte ich das Gefühl, daß meine Gedanken von einer dunklen Wolke überschattet würden.

»Hör zu, Lucía«, sagte ich. »Und wenn er was dagegen hat?«

»Wogegen?«

»Nun, daß wir uns verlobt haben und heiraten wollen.«

»Das macht nichts.«

»Und wenn er wütend wird und mich hinauswirft?«

»Sei kein Dummkopf, Isidro! Wenn er dich hinauswirft, gehe ich auch. Ich werde dahin gehen, wohin du gehst.«

Ich sage Ihnen im Ernst, daß ich an so etwas nicht im geringsten gedacht hatte. Innerlich begann ich nervös zu werden, wenn ich mir vorstellte, daß aus meinem Handel nichts werden könnte und ich von der Cantarrana wegziehen müßte, mit leeren Händen und auf den Schultern dieses knochige Bündel, aus dem die Señorita bestand, und das für den Rest meines Lebens. Mein Gott! Nie hatte ich so böse Gedanken wie in jener Nacht. Die Pläne, die ich schmiedete, lassen sich nicht beschreiben, aber Sie sollten wenigstens wissen, daß ich sogar an die Feuerberge gedacht habe, und wie ich es anstellen könnte, die Señorita dorthin zu locken und ihr da oben einen Stoß zu versetzen und sie in den Abgrund zu stürzen, um mich ihrer für immer zu entledigen. Bei diesen Gedanken kraulte ich ihr den Kopf mit einer Zärtlichkeit, wie andere sie sich gewünscht hätten.

»Isidro ...«

»Ja?«

»Morgen spreche ich mit meinem Onkel.«

»Das ist gut«, erwiderte ich. »Wir sollten keine Zeit mehr verlieren.«

Sie können sich sicher vorstellen, wie es um meine Nerven bestellt war. Mit den Arbeitern der Finca wechselte ich kaum ein Wort, und wenn ich sprach, dann um ihnen Vorwürfe wegen ihrer Arbeit zu machen. Sowie sich eine Gelegenheit bot, floh ich vor den Menschen und begab mich an einen einsamen Ort, wo ich ungestört meinen Gedanken nachhängen konnte.

Unendlich lang erschien mir der Tag, endlos wie die Hoffnung des Armen, und ich hatte keine Lust mehr, Fenchelstengel zu kauen und Steine in den Teich zu werfen; es dämmerte schon, als mir Don Lázaro bestellen ließ, zu ihm zu kommen. Der Alte war an seinem Lieblingsplatz gegenüber der Hauptfassade seines Hauses, wo er auf einer Liege lag und unter einem Tamarindenbaum die Kühle des Abends genoß.

»Komm näher, Isidro, ich muß mit dir sprechen«, sagte er.

»Wie Sie befehlen, Don Lázaro.«

»Lucía hat mir gesagt, daß ihr euch verlobt habt.«

Ich versuchte zu lächeln und schlug wie beschämt und unterwürfig die Augen nieder und begann, den Hut in den Händen kreisen zu lassen.

»So ist es, mein Herr«, sagte ich.

Der Alte ließ mich nicht aus den Augen.

»Und was hast du vor?« fragte er.

»Was Sie befehlen, Don Lázaro.«

»Mein Junge«, sagte er. »In diesen Dingen befehle nicht ich. In diesen Dingen befiehlt das Herz.«

»Nun, wenn das so ist ...«

»Du weißt, Isidro, daß ich dich schätze. Du bist ein ehrenhafter und fleißiger Mann. Ich habe nichts gegen eure Verlobung.«

»Vielen Dank, Don Lázaro. Ich ...«

»Ist schon gut, mein Lieber!« rief er und klopfte mir lächelnd auf den Rücken.

Ich zog mich zurück und konnte mein Glück kaum fassen. Das größte Hindernis war genommen, und wie durch Zauberei verschwanden die düsteren Gedanken, die ich tagsüber gehabt hatte. Vor meiner Zimmertür stürzte sich Señorita Lucía auf mich und warf mir die Arme um den Hals und küßte mich so heftig, daß ich dem Ersticken nahe war.

»Siehst du«, sagte sie. »Wie einfach es war! Ach Isidro, Gott im Himmel hat die Vaterunser erhört, die ich in den letzten Tagen zu ihm gebetet habe!«

Mit dem Glauben war es bei mir nicht weit her, und ich hatte sehr wohl meine Gründe, in der ganzen Angelegenheit keine andere Hand als die des Teufels zu sehen.

»Und wann heiraten wir?« fragte sie.

»Wann immer du willst, Lucía.«

»Wenn du mich fragst, am morgigen Tag!«

»Ein bißchen müssen wir schon warten«, versuchte ich sie hinzuhalten.

»Aber nicht mehr lange, Isidro. Du weißt, in welchem Zustand ich bin.«

»Sagen wir, im nächsten Monat.«

Es war die Zeit der Weinlese, und aus den umliegenden Dörfern eilten die Leute zur Cantarrana, um Arbeit zu finden. Meist waren es Frauen, und sie stellten sich zu dritt oder viert vor. Es war eine Freude, das geschäftige Treiben zu beobachten, das in diesen Tagen auf der Finca herrschte. Über das ganze Gebiet der Lavafelder verstreut sah man Gruppen von Arbeitern, Männer und Frauen, die Trauben ernteten. Andere bewegten sich wie Ameisenstraßen über die kleinen Pfade auf den weiten Feldern, auf dem Rücken große Körbe, die von in der Sonne glänzenden Trauben überquollen. Es war Sitte zu singen, und den ganzen Tag über hatte man jene getragenen, sich stets wiederholenden Weisen im Ohr, die zu diesem Land gehören und aus freudigem Herzen zu kommen scheinen. Sogar Don Lázaro wechselte seinen bevorzugten Platz und begab sich unter das Schattendach bei der Kelter, von wo aus man die weit hingedehnten Felder überblicken konnte. Eines Morgens saß ich auf einer Steinmauer am Weg, überwachte die Arbeit und sah, wie eine Frau sich näherte, deren Gesicht von einem schwarzen Tuch verhüllt war und die einen großen Strohhut trug.

»Hallo, Isidro«, sagte sie, als sie vor mir stand.

Ich erkannte sie an den Augen.

»María! Was führt dich her?« fragte ich.

»Wie du siehst, Isidro, suche ich Arbeit.«

»Und warum trägst du Schwarz?«

»Wegen meiner Tante. Sie starb vor einer Woche.«

»Ach, das wußte ich nicht. Und das Kind?«

»Dem geht's gut. Ich hab es oben bei Marcial gelassen.«

Der Morgenwind wehte ihr das Kleid gegen die Beine.

»Und was macht meine Mutter?« wollte ich wissen.

»In der Schenke, wie immer.«

Wir sahen uns lange in die Augen.

»In Ordnung, Mädchen«, sagte ich schließlich. »Arbeit gibt's genug.«

»Danke, Isidro. Gott möge es dir vergelten!«

Sie ging weiter bis zu den Weinfeldern.

Während des ganzen Tages sah ich sie über den Weg kommen, auf dem Kopf einen großen Korb voller Trauben, mit dem ihr eigenen würdevollen Gang. Ich saß auf der Mauer und notierte in einem Heft die Körbe, die zur Kelter getragen wurden. Jedesmal, wenn María an mir vorbeikam, versetzte ich ihr mit einem Mandelbaumzweig einen leichten Schlag auf das Hinterteil. Sie schaute mich an, und es schien mir, als ob sie unter ihrem Schleier lächelte. In jener Nacht begann mein Unglück. Die Leidenschaft, die ich so lange Zeit für María empfunden hatte und die ich schon halb vergessen glaubte, entbrannte von neuem in meiner Brust, wie jene Blüten, die sich plötzlich öffnen. Ich brauche nicht zu sagen, daß ich die Nacht allein in meinem Bett verbrachte, denn schon lange hatte ich genug von Señorita Lucías aufdringlichem Körper, der so dünn war wie die Saite einer Gitarre, auch wollte ich nicht die anderen Bilder vertreiben, die mir jetzt den Kopf füllten. Um sieben Uhr abends war die Arbeit getan, und die Leute gingen in ihre Dörfer zurück. Einige von ihnen, die aus Tias und Yaiza, setzten sich an den Straßenrand und warteten auf Pedros Lastwagen, der sie manchmal mitnahm, ein andermal nicht, je nachdem, mit welchem Geschick sie ihn anhielten. Aus Femés war nur María, und sowie sie mit der Arbeit fertig war, ging sie feldein, bis sie den Pfad erreichte, der sich über den Lomo Pelado in die Höhe windet und sich danach in der trockenen Ebene verliert. Dieser Weg über den »Kahlen Rücken« war kürzer, aber es nahm ihn fast niemand, denn von alters her sagte man, daß sich hier Hexen und andere Erscheinungen umtrieben. Von der Höhe des niedrigen Bergrückens aus gesehen ähnelt der Pfad einer langen, gelben Schlange, die sich in den roten Vulkansanden nach Femés hin verliert. Kurz nachdem es wieder bergab geht, beschreibt er eine kleine Biegung und führt fast unmittelbar an der Piedra Negra, dem »Schwarzen Stein«, vorbei. Man erzählt, daß die Piedra Negra vom Vulkan Timanfaya ausgeworfen wurde – stellen Sie sich nur vor, mit welcher Gewalt! Es ist ein dunkler Felsbrokken, rund und so groß wie ein Haus. In Neumondnächten spaltet sich der Stein in zwei Teile, und aus seinem Innern soll ein riesiger Hund mit schneeweißem, dichtem Fell kommen, wobei ein schepperndes Bellen zu hören ist. So sagen die einen, andere aber versichern, daß der Fels sich in drei Stücke spaltet, und jedes Stück ist eine schwarze Katze mit scharfen Krallen, und die Katze wirft sich auf den

Wanderer und reißt ihm die Adern auf. Es hört sich an, als ob Kinder kreischen. Eines Abends bezog ich Stellung hinter der Piedra Negra, um auf María zu warten. Am Horizont verblieb noch ein schmaler Lichtstreifen, als ich sie den Bergrücken hinabsteigen sah. Schnellen Schrittes und ein Liedchen trällernd kam das Mädchen näher. Da trat ich ihr in den Weg. Sie zuckte zusammen und blieb wie gelähmt stehen, die Hände vor der Brust.

»Ach, Isidro, wie kannst du einen so erschrecken!«

Sie schlug ein Kreuz und schien sich etwas zu beruhigen. »Man muß mit allem rechnen! Vor allem an der Piedra Negra«, sagte sie vorwurfsvoll.

Ich lachte laut auf.

»Entschuldige, Mädchen!« sagte ich. »Ich dachte nicht, daß du so schreckhaft bist.«

»Aber wenn so plötzlich jemand daherkommt ...«

Sie atmete tief durch, um sich zu beruhigen.

»Also, María, du glaubst doch nicht den Unsinn, den man von der Piedra Negra erzählt! Komm, setz dich ein bißchen zum Plaudern hin!«

»Nein, Isidro, ich hab's eilig.«

»Mädchen, nur ein paar Minuten«, beharrte ich.

»Es ist wegen des Kindes.«

»Dem Kind wird schon nichts passieren.«

Wir setzten uns und lehnten uns mit dem Rücken gegen den Fels. María nahm das Tuch vom Gesicht. Ich betrachtete ihre Lippen, die für mich so anziehend waren. Beim Lächeln bildeten sich Grübchen in den rosigen, frischen Wangen. Ich wußte nicht, wie ich sie in die Falle locken sollte.

Ich sagte: »Nach dem Tod deiner Tante mußt du jetzt sehr einsam sein.«

Sie legte die Hand in den noch warmen Sand.

»Ich habe meinen Sohn.«
»Da hast du recht.«
Es bedrückte mich, wenn ich daran dachte, daß dieser Körper, diese Lippen jemand anderem gehört hatten.
»Inzwischen muß er ganz schön gewachsen sein.«
Diese Bemerkung schien sie aufzumuntern.
»Oh ja, er ist groß geworden.«
»Wie schaffst du es, ihn aufzuziehen?«
»Du siehst ja, wenn ich kann, arbeite ich.«
»Habt ihr manchmal Hunger?«
Sie zuckte mit den Schultern und legte die Hand wieder in den Sand.
»Manchmal schon.«
»Hör zu, ich verdiene gut«, sagte ich. »Nichts fehlt mir. Ich meine, ich könnte dir etwas zukommen lassen und ...«
»Nein, Isidro. Für nichts auf der Welt!«
»Mädchen, nun sei doch nicht beleidigt!«
Ihre Augen füllten sich mit Tränen.
»Nicht Geld brauche ich«, erwiderte sie.
»Ich biete es dir aber herzlich gern an, für das Kind.«
»Nein, Isidro, dräng mich nicht! Das Kind braucht kein Geld.«
Die Tränen liefen ihr über die Wangen. Ich spürte den Schmerz, den diese Frau mit sich herumtrug, und würdigte ihn schweigend. Sie band das Tuch wieder um und stand auf.
»Ich mach mich wieder auf den Weg, Isidro, und grüße deine Mutter von dir.«
Und sie verschwand in den Schatten des ebenen Sattels in Richtung Femés, eiligen Schrittes und ohne zu singen. Ich sagte Ihnen schon, daß ich vorhatte, María eine Falle zu stellen. Eine Falle, um sie endlich in meine

Arme schließen und jenen Durst stillen zu können, der mir seit Jahren den Schlaf raubte. Bei der Rückkehr auf die Cantarrana bemächtigte sich meiner jedoch eine traurige und zugleich süße Stimmung, wie ich sie nie zuvor empfunden hatte. Ich glaubte, krank zu werden, denn ich fühlte mich ganz schlapp. Ob es nun Schwäche oder Müdigkeit war, ich setzte mich an den Wegrand, und unter der Einsamkeit des Sternenhimmels erlebte ich noch einmal die Begegnung mit María. Jener Schmerz, den ich in ihren Augen zu erkennen glaubte, bohrte sich tief in mein Herz, und ihre Worte lagen mir noch wie das Murmeln einer Litanei im Ohr: »Geld ist es nicht, was ich brauche.« Ich verstand, daß ihr in Wirklichkeit weniger Geld als ein Mann fehlte, ein Mann, der sie wirklich liebte, ein Mann, der fähig war, ihre Schönheit zu behüten; jemand, mit dem sie über die Gründe der Trauer sprechen konnte, die ich in ihren Augen aufsteigen sah; ein Mann, der sie gegen die Einsamkeit verteidigte, die sie bedrohte, und zwar ihr ganzes Leben lang. Und es mußte etwas Göttliches sein. Ja, etwas Göttliches, meine ich, denn als ich auf der Cantarrana angekommen war und mich auf meinem Lager ausgestreckt hatte, träumte ich von María, und mein Blut beruhigte sich und es war, als ob ein ganzer Bienenschwarm mein Herz mit Honig labte.

Die Piedra Negra ist ein Ort, den ich nie vergessen konnte, fuhr Isidro mit seiner Erzählung fort. In ihrem Schatten erlebte ich glückliche Augenblicke, aber auch den größten Schrecken, der mir in meiner Jugend widerfahren ist. Hören Sie, was geschah! Nach jenem Abend, von dem ich Ihnen erzählt habe, traf ich mich eine Weile regelmäßig mit María an eben diesem Ort und immer zur selben Zeit. Das Mädchen faßte allmählich Vertrauen zu mir, denn ich bemühte mich, Worte zu finden, die aus dem Herzen kamen, und sie hatte immer weniger Eile, nach Hause zu kommen, weswegen ich täglich mit dieser Frau im Schatten der Piedra Negra Stunden der Liebe genießen durfte; nie aber habe ich erfahren, ob sie nun ein Engel oder ein Teufel war. Ich kann Ihnen jedoch versichern, daß sie der Traum meiner Jugendjahre und noch einiger Jahre darüber hinaus gewesen ist. Ich machte ihr alle erdenklichen Versprechungen, und wenn ich nicht klar und deutlich über die Cantarrana redete, dann deshalb, um nichts von dem bösen Spiel zu verraten, das ich dort spielte und in das ich so große Hoffnungen gesetzt hatte. Dafür versprach ich ihr die Schätze des Orients, und es kam so weit, daß von einer Auswanderung nach Amerika die Rede war, wo wir, weit weg von den bösen Zungen hier, in Frieden zusammen leben könnten. Jesusito würden wir in eine Schule geben, wo er zu einem rechtschaffenen Mann erzogen würde, und ich wäre für ihn ein Vater, wie er keinen besseren finden könnte. Als María mich so sprechen hörte, war sie wie betäubt, und die Tränen standen ihr in den Augen. So fest glaubte sie an das, was ich sagte, und so glücklich war sie darüber, daß María mich an fast allen Abenden, wenn ich mich dem Treffpunkt näherte, bereits erwartete, versteckt im Schatten des Felsens. Sie saß im Sand, hatte das Kopftuch gelöst und lächelte auf ihre Art, so anders, sanft, ohne Hoffnung und wie voller Ergebenheit und Resignation. Ich genoß damals die Lust in vollen Zügen, denn Sie können sich gewiß vorstellen, was es für mich bedeutete, endlich das Mädchen in den Armen zu halten, von dem bisher meine Sinne nur geträumt hatten. Aber um bei der Wahrheit zu bleiben, das Glück war nicht vollkommen, denn je mehr ich in Verzückung geriet, wenn ich in jene schwarzen, hingebungsvollen Augen sah, um so mehr entdeckte ich in ihnen eine Art Glanz oder eher so etwas wie ein ironisches, unheimliches Funkeln, das mir angst machte und all jene Glut abkühlte, die ich mit meinen Worten und Schmeicheleien zu wecken suchte. Das kam daher, meine ich, weil ich mit meiner Liebe wie in einer Vogelfalle saß, da mir einerseits der Sinn nach der Cantarrana stand, andererseits aber mein Herz an María hing. Und so kann kein Mensch ohne Ängste und Dämonen schlafen, solange Herz und Hirn nicht Hand in Hand gehen; nur dann wird die Seele Frieden finden. Trotz allem war ich einigermaßen glücklich, wie ich schon sagte, aber das Ganze dauerte kaum vierzehn Tage. Es geschah, daß sich Don Lázaro von seinen gesundheitlichen Beschwerden zu erholen begann. Diese waren auf den hohen Blutdruck des Alten zurückzuführen; bei jeder Kleinigkeit bekam er schreckliche Anfälle, von denen er sich mit etwas Glück und dank der Hilfe von Don Oliverio, dem Arzt, wieder erholte. Dieser lebte in der Nähe der Cantarrana, war im Notfall schnell zur Stelle und ließ ihn zur Ader. Wenige Monate nach Ankunft auf der Finca wurde ich Zeuge seines vorletzten Anfalls. Der Zufall wollte es, daß ich gerade am Hauseingang vorbeikam. Don Lázaro lag auf den Fliesen der Diele und bemühte sich aufzustehen, die Augen weit aufgerissen, rot wie ein Granatapfel und keuchend wie ein Stier. Ich war furchtbar erschrocken, als ich ihn so daliegen sah. Auf meine Schreie hin eilten zwei Arbeiter und Señorita Lucía herbei, und zusammen trugen wir ihn ins Bett. Miguelito, der Sohn eines Kameltreibers, rannte zu Don Oliverio, und dieser war in wenigen Minuten zur Stelle. Mit großen Schritten eilte er in den Raum, warf seinen riesigen Koffer aufs Bett, und wortlos drohte er Don Lázaro mit erhobener Faust. Dann stieß er uns alle aus dem Zimmer und schloß mit einem Fußtritt die Tür.

Er und die Nichte blieben drinnen.

Vor dem Haus hatten sich einige Männer und Frauen versammelt und sahen zu Don Lázaros Schlafzimmerfenster hinauf.

»Wieder ein Anfall des Alten«, sagte einer.

»Einmal wird es sein letzter sein«, meinte ein anderer.

»Zum Glück ist Don Oliverio ein tüchtiger Arzt.«

»Mit oder ohne Oliverio, eines Tages ...«

»Don Lázaro frißt nämlich wie ein Scheunendrescher.«

Ich hörte mir die Kommentare an, als Señorita Lucía in der Tür erschien.

»Isidro!« rief sie.

Ich ging zu ihr, und sie gab mir ein großes Glas.

»Geh in den Weinkeller und hole Wein aus dem alten Faß. Weißt du, welches Faß ich meine?«

»Den Wein des Hauses«, sagte ich.

»Beeil dich!« drängte sie mich.

Als ich aus dem Weinkeller zurückkam, sah ich die Señorita nicht mehr in der Tür stehen und beschloß, ins Zimmer hinaufzugehen. Ich klopfte an und hörte erstaunt die feste Stimme des Don Lázaro.

»Komm herein, Isidro!«

Der Alte saß halb aufgerichtet im Bett, den Rücken von Kissen gestützt. Er erschien mir etwas blaß, atmete aber normal. Der Arzt war dabei, seine Sachen wieder im Koffer zu verstauen. Ich wollte das Glas Don Lázaro überreichen, er aber zeigte auf die hohe Gestalt des Arztes.

»Diese Medizin ist für den Doktor«, sagte er.

Don Oliverio leerte das Glas, als ob es sich um frisches Wasser handelte. Don Lázaro sah lächelnd zu mir herüber. »Du hast Angst bekommen, als du mich sahst, nicht wahr?«

»Oh ja, Señor«, sagte ich.

»Du mußt keine Angst haben, Junge. Gott sei Dank hat Don Oliverio schnellere Beine als der Knochenmann.«

Mit ernster Miene betrachtete Don Oliverio den Kranken. »Damit Sie sich nicht allzu sicher fühlen, muß ich Ihnen sagen, daß ich nicht mehr gerade der Jüngste bin, und beim nächsten Mal« – der Arzt hob mahnend den Finger – »wird er vor mir hier sein.«

Im ersten Augenblick verstand ich nicht, von wem die Rede war, aber das mit dem Knochenmann und mit den schnellen Beinen, das ging mir dann doch auf. Jedoch gab es keinen Grund, sich ernsthafte Sorgen zu machen, denn niemals hätte ich mir vorstellen können, daß der Tod schnellere Beine hätte als Don Oliverio.

Während meines Aufenthalts auf der Cantarrana erlitt Don Lázaro keine weitere Attacke. Eines guten Tages hatte der Alte den Einfall, ein Fest zu feiern; der Grund war seine Genesung und die Tatsache, daß er zu dieser Zeit siebzig Jahre alt wurde. Die Feier fand an einem Samstag statt, und schon am Mittwoch begann Señorita Lucía, das Personal anzufeuern. Wie Don Lázaro selbst sagte, mußte der Anlaß in diesem Jahr gebührend gefeiert werden. Dafür wurden siebzig große Feuerwerksraketen bestellt. Sie wurden bei Felipe Vera aus Yaiza in Auftrag gegeben, dem besten Mann weit und breit. Auf dem kleinen Platz errichtete man Bögen aus Palmzweigen, von denen an bunten Bändern Trauben herabhingen. Unter der Tamarinde wurde für Don Lázaro ein Ehrensitz hergerichtet, und die Nichte schmückte ihn hübsch mit Geranien und den weißen Glockenblüten des Stechapfels. Aus drei großen Fässern und Brettern zimmerte man die Theke für den Ausschank, und darauf stellte man vier glasierte Krüge mit Sangria, die ich selbst aus Wein, Wasser und getrockneten Früchten angesetzt hatte. Das war für die Frauen gedacht, denn die Männer hatten freien Zutritt zur Bodega, damit sie an diesem Tag auf das Wohl ihres Herrn trinken konnten. Das Fest begann mit viel Trubel. Zusätzlich zu den Arbeitern der Finca und ihren Familien fanden sich die Leute der Umgebung ein. In der Mitte des Platzes wurde ein großes Feuer gemacht, in dessen Schein man pausenlos kanarische Tänze tanzte. Señorita Lucía eilte hin und her und bot den Frauen Anis und Naschereien an. Auf einer ihrer Runden kam sie auch bei mir vorbei und sagte, daß ihr Onkel eine Überraschung vorbereitet habe. Don Lázaro saß in seinem blumengeschmückten Sessel und aß und trank in Gesellschaft von Don Oliverio. Beide waren guter Dinge, und ich dachte, daß sie allen Grund dazu hätten: der eine, weil er mit siebzig noch einigermaßen gesund war, der andere, weil es ihm gelungen war, ihn am Leben zu erhalten. Geraume Zeit unterhielt ich mich damit, die auf die Vorderfront des Gebäudes fallenden Schatten der Tänzer zu beobachten, und ich erinnere mich sehr gut daran, daß sie mir wie riesige, aus einem Alptraum tretende Neger vorkamen. Dort hing mein Blick in dem Augenblick, als ich einen der herzzerreißenden Schreie von Marcial hörte, den ich zufällig zwischen den Musikanten entdeckte; sein Gesicht war vom Wein gerötet, und die Hände hielt er wie einen Trichter vor den Mund. Zwischen seinen Beinen saß Jesusito, Marías Kind, das dem ganzen Trubel mit erschreckten Augen zusah. Ich schloß daraus, daß das Mädchen aus Femés nicht weit entfernt sein könne, und meine Augen suchten sie voller Unruhe. Wenig später entdeckte ich sie unter einem Baum, allein für sich, unbeweglich wie ein Schatten, von großer, dunkler Gestalt und wie auf der Lauer. Die Versuchung war groß, zu ihr zu gehen, aber in diesem Augenblick war der Tanz zu Ende, und die Musikanten nahmen einen Pasodoble in Angriff. Don Lázaros Nichte hatte meinen Arm genommen, und ehe ich merkte, was geschah, schwangen wir schon das Tanzbein. Wir waren die ersten und tanzten ein paar Runden allein, was mir sehr gegen den Strich ging, nicht so sehr, weil ich mich mit diesem Klappergestell von Frau lächerlich machte, sondern weil ich ein gewisses Funkeln in Marías Augen bemerkte, die, als wir zufällig an ihr vorbeitanzten, glühenden Kohlen glichen. Andere Paare erschienen auf der improvisierten Tanzfläche, und in kürzester Zeit wurde lebhaft getanzt, und ich weiß noch, daß das Stück hieß »Da drüben im Land der Mauren«. Unter den Stükken, die in jener Nacht gespielt wurden, war dies das feurigste, und es wurde viele Male wiederholt. In einer Pause stieg Don Lázaro auf den Tisch, der bei den Musikanten stand. In der Rechten hielt er ein Glas Wein, und er bat um Gehör, weil er einige Worte zu sagen hätte. Die Leute kamen näher, um zuzuhören, und der Alte begann eine reichlich verworrene Rede; ich denke, der Grund war die Unmenge Wein, die in jener Nacht seinen Wanst füllte. Ich versichere Ihnen, so wahr ich Isidro heiße, daß ich mich für meinen Chef schämte, und er tat mir leid, er, der immer ein angesehener Mann war, jetzt aber, da oben auf dem Tisch, nichts als eine Witzfigur, die sich um Ruhe bemühte und mit den Füßen stampfte, als ob er den *tajaraste* tanzen wollte. Alle Augenblicke verschüttete er Wein aus dem Glas, das er in der Hand hielt, und auf Weste und Hose bildeten sich große violette Flecken. Sein Gesicht glühte wie eine Wassermelone. Er versuchte zu schreien, um sich verständlich zu machen.

»Scheiße, den Alten hat's aber erwischt!« sagte einer der Arbeiter.

Den wirren Worten, die Don Lázaro mühsam hervorbrachte, konnte niemand etwas Genaues entnehmen. Das einzige, was man verstand, war, daß er alt und daß er trotz seines Alters froh sei ... Er versuchte es immer wieder von neuem, und immer wieder kam dasselbe heraus. Don Oliverio wollte auf den Tisch steigen, um den Alten zum Schweigen zu bringen und damit die Leute aufhörten zu lachen. Schließlich konnte Don Lázaro sagen, daß die Türen der Bodega die ganze Nacht offen stünden, denn es sei sein Wunsch, daß alle, die auf seine Gesundheit getrunken hätten, nun auf das Wohl seiner Nichte und des Verwalters der Cantarrana tränken, denn mit seinem Einverständnis würden beide bald ein Paar. Als ich das hörte, erschauderte ich, und eine Art Schüttelfrost lief mir über den Rücken. Ich hatte kaum Zeit, mir bewußt zu machen, was hier vorging. Señorita Lucía stürzte auf mich zu, umarmte mich und begann, mich vor aller Augen zu küssen, wobei sie heftige Seufzer und närrische Schreie ausstieß. Die Menge kreischte: »Die Brautleute, sie leben hoch! Sie leben hoch!«

Mehrere Männer kamen, klopften mir auf die Schulter, hoben mich empor, als ob ich einen Wettkampf gewonnen hätte, und trugen mich um den Platz. Ich wäre gern zu Don Lázaro gegangen, um ihm ein Wort des Dankes zu sagen, aber die Narren gingen in eine andere Richtung, nämlich zur Bodega, wo ich ein Glas Trester nach dem anderen hinunterkippen mußte. Dreimal versuchte ich, die Tür zu erreichen, und dreimal kriegten sie meine Kleider zu fassen und hielten mich an meinem Platz fest, auf dem größten Faß, auf das sie mich rittlings gesetzt hatten.

»Hierher mit den Männern und die Frauen hinaus!« schrien sie.

Im Raum drängten sich wohlbekannte Zecher, Zecher mit einer guten Nase und noch besserer Zunge, die nach und nach den Trester, mit dem Don Lázaro sie benebeln wollte, stehen ließen und nun ihr Augenmerk und den Zapfschlauch auf die hinteren Fässer mit den köstlichen Malvasierweinen richteten. Es gefiel mir gar nicht, daß sie die Qualitätsweine entdeckt hatten, da es ja nicht mehr lange dauern würde, bis ich Herr auf der Cantarrana wäre, und wenn diese Saufbolde bis zum Morgengrauen so weitermachten, würde mein Gut an seiner kostbarsten Stelle geschröpft.

Isidro lächelte bitter. Er hob sein Glas und hielt es gegen das Licht.

»Dieser Wein ist von dort, von der Cantarrana«, sagte er. »Ich hätte ihn verfeinert. Ach ja!« – seufzte er – »so ist das Leben, Amigo!«

Darauf ließ er mich auf Señorita Lucía und Don Lázaro anstoßen. »Die beiden sind im Himmel«, sagte er.

Dann nahm er den Faden seiner Erzählung wieder auf.

Sie wissen ja, was Wein für das Gedächtnis bedeutet. Nach solch reichlichem Trankopfer dachte ich an nichts mehr und tat es nur noch den Freunden gleich, die unablässig sangen und die Gläser leerten. Die Nacht muß schon weit fortgeschritten gewesen sein, als ich mich vor der Bodega wiederfand. Schwankend erreichte ich die Zisterne, um mir die Stirn zu befeuchten, als Marcial, der Bucklige, vor mich trat. Wie ein Hund zeigte er mir die Zähne, und seine Augen waren wie immer hellwach.

»Heute nacht war genug da, um ordentlich einen über den Durst zu trinken«, sagte ich zu ihm.

Er kreuzte beschwörend die Daumen vor dem Mund und küßte sie.

»Nicht einen Tropfen habe ich zu mir genommen, Isidro.«

»Und jetzt? Worauf wartest du? Die Bodega steht allen offen.«

Marcial grinste, und wieder blitzten seine Zähne im Dunklen auf. Er glich einem Tier, das sich am Brunnen duckte. »María schickt mich, dich zu holen. Sie wartet auf dich an der Piedra Negra, wie immer. Sie hat mir aufgetragen, dir das zu sagen.«

Ich hatte María ganz vergessen, ich hatte alles vergessen. Das Fest war für die Frauen und die Alten nicht zu Ende, denn von der anderen Seite des Hauses her hörte man Gitarren und *malagueñas.* Plötzlich sehnte ich mich nach Marías Mund. Der Bucklige ergriff energisch meinen Arm, wie ein Gendarm, der mich abführen wollte.

»Los, komm!« schrie er. »Sie wartet schon lange auf dich.« Wir mußten es geschickt anstellen, um unbemerkt aus der Cantarrana zu entkommen. Immer heftiger zerrte Marcial an meinem Arm. Ich mußte rennen. Im Laufen hatte ich die Augen geschlossen und ließ mich durch das nächtliche Dunkel ziehen. Mit offenem Hemd genoß ich die vom Duft der Minze erfüllte Luft, und ich sang aus vollem Hals. Ich dachte an nichts. Im Nu stand ich vor dem Felsen, dem gewohnten Treffpunkt. Marcial ließ mich vor dem Umriß eines Schattens stehen, den ich zunächst für den Stamm einer Palme hielt. Dann erkannte ich an den glühenden Kohlen, die vor mir aufleuchteten, María. Diesmal hatte sie das Tuch nicht abgenommen und sah mich unverwandt und mit entschlossener Miene an.

»Hallo, Isidro«, sagte sie ruhig.

Das Kind löste sich von ihrer Seite und lief zu dem Buckligen, der sich in einiger Entfernung auf den Boden gekauert hatte und sich nichts entgehen ließ. Ich wischte mir mit der Hand den Schweiß von der Stirn. Es war kalter Schweiß, ich weiß es noch genau.

»Hallo, María«, brachte ich hervor.

»Komm näher!«

Ich trat einen Schritt vor.

»Warum zitterst du, Mann? Hast du so viel getrunken, daß du Angst vor mir hast?«

Ich gab mir Mühe, hinter dem schwarzen Tuch den Ausdruck ihres Mundes zu erraten.

»Was willst du von mir?« fragte ich forschend.

»Sonst hast du nicht lange gefragt.«

Ich tat einen zweiten Schritt. Das Kind begann zu weinen.

»Das Kind ...«, sagte ich vorsichtig.

»Das Kind«, fuhr sie fort, »wird Zeuge sein, daß du nicht der Mann bist, der sich über seine Mutter lustig machen darf.«

Wie einen Blitz sah ich sie auf mich zuspringen. Ich spürte einen Schlag gegen die Schulter, und die Kräfte verließen mich, denn ich dachte an den Tod. Ich fiel mit dem Gesicht auf den Boden und hatte Sand im Mund. Dann sah ich, wie die drei sich schnell in der Ebene verloren. Marcial trug Jesusito auf seinem Buckel. Lautlos entschwanden sie meinem Blick. Ich fühlte einen heftigen Schmerz in der Schulter und konnte von Glück sagen, daß der Messerstich mich dort getroffen hatte. Der Boden wurde von einer warmen klebrigen Flüssigkeit feucht. Ich glaubte, es sei der Malvasier, der da aus mir rann.

In der Ferne, von der Cantarrana her, ertönte das Knallen von Raketen, einmal, zweimal ... Ich kam mit dem Zählen bis über zwanzig, mehr als zwanzig von Don Lázaros Lebensjahren, dann schlief ich ein.

12. Kapitel

Don Ermín lernte ich in Velitas kennen. Velitas ist ein ärmlicher Weiler, eine kleine Ortschaft, die an Uga grenzt, ohne andere Merkmale als seine Weinfelder und das alte Haus, das »die Kräuterhändler« genannt wird, Los Yerberos, ein Gebäude aus rotem Stein, das seinerzeit als Armenspital diente, wie es auf der Hauswand heißt, und das dank der großzügigen Spende einer Dame mit viel Geld und wenig Verstand gebaut wurde. Heute noch kann man ihren Namen, Doña Felipe, auf dem Friedhof, der auf dem schwarzen Hügel liegt, lesen. Wegen einer Nierensache begab ich mich nach Velitas. Wegen einer Niere und dank der Ratschläge von Marcial, der felsenfest an die Heilmittel des Don Ermín glaubte, des einzigen Arztes im Umkreis von mehreren Meilen. Ermín Ló stand in weißen Lettern auf blauem Grund auf dem emaillierten Messingschild, das an der Tür von Los Yerberos prangte. Man nannte den Doktor von Velitas Don Ermín, obwohl sein richtiger Name Fermín López lautete. Schon lange ist es her, daß sein Name in voller Länge auf dem Schild zu lesen war. Eine Erklärung für die Beschädigung sind der Zahn der Zeit, die schlechte Qualität des Email und natürlich auch der ein oder andere Nachbarssohn, der sich fürs Steineschleudern begeisterte. Das weiß ich von Don Ermín persönlich, der sich für das Aussehen seines Türschilds entschuldigte, als ich ihn zum erstenmal aufsuchte.

Ich weiß nicht, woran mich Don Ermíns Kopf erinnert. Es war ein großer, roter Kopf, von weißen, wirren Haarbüscheln gekrönt, mit weit ausladender Stirn, festem Blick aus hellen, runden Augen, schmalen Lippen und vorspringendem Kinn. Der Körper, ja, der erinnert mich an einen riesigen Frosch, denn Don Ermíns Brustkorb wirkt wie plattgedrückt, die Arme sind kurz, die Hände groß, der Bauch aufgedunsen, breit das Gesäß und dünn die Beine. Heute gleicht er einem Frosch, aber als er jung war, hatte er, wenn auch spreizbeinig, doch eine andere Figur. So sagen jedenfalls die Leute, die zu jener Zeit mit ihm verkehrten.

Am Nachmittag meines ersten Besuchs fand ich Don Ermín im Garten seines Hauses vor. Er schlief selig im Schatten eines prächtigen alten Granatapfelbaums. Die Zweige des Baums wuchsen in ungezügelter Freiheit, und einige drängten sich durch die zerbrochenen, schmutzigen Fensterscheiben, auf denen der rote, sandige Staub von Velitas lag. Eine Spur fetter, honigfarbener Ameisen führte mich zum Platz des alten Landarztes; gewiß waren die Ameisen in den Garten eingedrungen, weil sie den frischen Saft suchten, den ihnen die Früchte des Granatapfelbaums lieferten. Die Insekten hatten durch ihr ständiges Kommen und Gehen zwischen den niedrigen Kräutern einen schmalen Pfad gelegt, der am Gartentor begann und genau zu Don Ermíns Stiefeln führte. Dort stieg das dunkle Band der Ameisen am rechten Bein des Arztes hoch, machte einen kleinen Umweg, um nicht den unruhigen Bauch besteigen zu müssen, erklomm den Rücken und einen Teil des Halses und glitt wie eine dünne Schlange auf den Stamm des Baums, um anschließend eiligst die höchsten Äste zu erreichen. Don Ermíns riesige Hände lagen gekreuzt auf seinem Bauch, der Kopf lehnte am Granatapfelbaum, und so schnarchte er seelenruhig, wobei er am Ende eines jeden Atemzugs einen zufriedenen Triller ausstieß. Sein Anblick glich wirklich dem einer gewaltigen Kröte, die mit dem Bauch nach oben lag und der die Phantasie von La Fontaine ein rotes Gesicht und menschliche Züge verliehen hatte.

Glücklicherweise waren die Beschwerden, die mir meine Niere verursachte, in diesem Augenblick nicht sehr heftig. Zumindest nicht so unerträglich, daß man deswegen eine Siesta in der kühlen Frische eines Baums hätte unterbrechen müssen, erst recht nicht, wenn der Schläfer ein alter, müder Bewohner der Insel Lanzarote ist. So setzte ich mich auf eine kleine Mauer und wartete geduldig darauf, daß Don Ermín, sobald es ihm richtig erschien, in die Welt der Nichtschläfer zurückkehrte. Dies geschah auf dem Weg über ein Auge. Don Ermín blinzelte mit dem linken Auge, während das rechte noch im Vorzimmer des Schlafes verharrte. Er musterte mich aufmerksam, jedoch ohne Anzeichen von Verwunderung. Ich dagegen muß wirklich einen verblüfften Eindruck gemacht haben, als ich jener kleinen blauen Kugel ansichtig wurde, die mir, voller Licht und Energie, aus dem rundlichen Gesicht des Alten entgegenleuchtete. Ich dachte auch an einen Stern, den ich viele Male am Himmel über der Insel betrachtet hatte, wie er in der unendlichen Weite der Dämmerung funkelte.

»Verzeihung«, sagte ich. »Ich muß den Arzt sprechen.«

»Der Arzt bin ich. Wenn Sie mir beim Aufstehen behilflich sein könnten ...«

Er streckte mir seine Rechte entgegen, während er mit der anderen Hand einen kräftigen Stock ergriff.

»Diesen Irrtum der Natur habe ich mir bis jetzt nicht erklären können. Die Beine gehören nicht zu meinem Körper. Sie haben nie dazugehört. Zum Teufel!« rief er, »immer sitzt der Krampf drin.«

Als er stand, versuchte er es mit Stockschlägen gegen seine Gliedmaßen. Dann stützte er die Hand auf meine Schulter und seufzte tief.

»Gehen wir hinauf in mein Sprechzimmer!«

Das alte Haus der Kräuterhändler war völlig verfallen. Die Treppen im Innern waren morsch, und die Stufen knarrten beunruhigend. Don Ermín begleitete die Geräusche, die aus dem Holz kamen, mit den leisen Wehlauten des Rheumakranken. Wir gelangten in ein weiträumiges Zimmer mit gekalkten Wänden und einer Decke, von der der Putz blätterte. An der hinteren Wand stand ein großes Regal mit Glastüren. Darin befanden sich in wilder Unordnung viele Musterschachteln und -flaschen. Die obersten Böden enthielten Handbücher der Pathologie, Bakteriologie, Chirurgie und so weiter, auf deren Lederrücken noch unverändert die goldenen Initialen F.L.A. standen, Fermín López Aguirre. Der Raum lag im hinteren Teil des Hauses. Als die Fensterläden geöffnet wurden, drang das Licht gierig in das Zimmer, glitt über die Bohlen des Fußbodens, prallte gegen die Wände und hing dann grell, weiß und bewegungslos in einer Ecke.

»Jetzt ist die Sprechstunde eröffnet«, sagte Don Ermín, während er sich in die Nähe des Fensterbretts setzte. In Reichweite stand ein runder, einbeiniger Mahagonitisch. Es war gewiß einmal ein guter Tisch gewesen, aber die Flecken und sein abgenutztes Aussehen minderten seinen Wert. Auf dem Tisch befanden sich eine Öllampe aus

Porzellan und ein Buch mit einem Einband aus schwarzem Wachstuch, das ich zunächst für eine Bibel hielt, das aber in Wirklichkeit eine rechtsmedizinische Untersuchung über den Wahnsinn war, verfaßt von Tardieu. Durch das Fenster erkannte ich die unendlich weite rotschwarze Ebene der Lavafelder. Ugas weiße Häuser leuchteten in nicht allzu großer Ferne, und im Hintergrund lag eine Hügelkette schwarzer Vulkane.

Don Ermín forderte mich auf, ihm gegenüber Platz zu nehmen.

»Nun, mein Freund, dann reden Sie mal von Ihrer Niere!« Ich hatte nicht damit gerechnet, daß er so schnell und direkt meine Krankheit ansprechen würde, und in der Annahme, einen ganz außergewöhnlichen Arzt vor mir zu haben, eine Art Wahrsager oder Hexenmeister, muß ich wohl ein verblüfftes Gesicht gemacht haben; ich hatte nämlich nichts erwähnt, was zu einer Diagnose hätte führen können.

»Wundern Sie sich nicht, daß ich Ihr Leiden kenne!« sagte er. »Marcial hat mir von Ihren Beschwerden berichtet, und ich weiß auch, daß er Sie zu mir geschickt hat. Mit jedem Kranken, den er mir zuführt, verdient sich der arme Mann ein paar Peseten. Vor Jahren schon schlug er mir dieses Geschäft vor.«

Don Ermín blickte mir in die Augen und suchte nach einem etwaigen Zeichen des Vorwurfs. Er machte eine Pause und fügte dann ohne besondere Betonung hinzu: »Ich berechne niemandem etwas. Ich berechne nichts.«

In diesem Augenblick verlangte man nach Don Ermín. Zwei Frauen standen unter dem Fenster. Eine von ihnen sah sehr jung aus, fast wie ein Kind.

»Don Ermín!« riefen sie.

Der Arzt reckte sich etwas, um sie sehen zu können.

»Was gibt's, Tina? Ärgert deinen Mann wieder die Leber?«

»Nein, Don Ermín. Der Teufel hol den Schwächling! Es geht um das Mädchen, es hat so ein dickes Gesicht. Sehen Sie nur, das arme Kind!«

Die Frau nahm das Tuch vom Gesicht ihrer Tochter. Es war ein hoch aufgeschossenes Mädchen von ungefähr fünfzehn Jahren. Die rechte Backe war geschwollen. Es blickte traurig drein. Don Ermín sah es einen Augenblick aufmerksam an.

»Mach dir keine Sorgen, mein Kind, es ist nur eine dikke Backe. Du hast faule Zähne, nicht wahr?«

Das Mädchen nickte zustimmend.

»Du brauchst dir wirklich keine Sorgen zu machen, Mädchen. Heute nacht machst du einen feuchtwarmen Umschlag, und jetzt gehst du in die Küche und sagst María, sie soll heraufkommen und eine Spritze suchen, die werde ich dir dann geben.«

»Vergelt's Gott, Don Ermín!«

»So ist es. Gott möge es mir vergelten!« sagte Don Ermín, während er sich halb ironisch, halb betrübt zu mir umdrehte. »Gott möge es mir also zahlen! Wissen Sie, was ich Ihnen da sage? Die Leute hier tragen dazu bei, daß ich zur Hölle fahre. Da oben im Himmel weiß der heilige Petrus schon Bescheid, daß er mich nicht durchläßt. Fürwahr, Gott schuldet mir viel!«

Er lächelte und fuhr in verändertem Tonfall fort: »Verzeihen Sie! Wenn Sie ein gläubiger Mensch sind, muß Ihnen das, was ich zuletzt gesagt habe, schlecht in den Ohren klingen. Es war ein Scherz. Die Wahrheit ist, daß ich in der Einsamkeit, in der ich hier lebe, meine Illusionen verloren habe. Ich glaube nur noch an den Anfang und das Ende der Dinge. Prächtige Kinder habe ich zur Welt kommen sehen, und wenige Tage später mußte ich sie begraben. Ich habe das Gras wachsen sehen, und dann ist es verdorrt.«

»Aber Sie sind doch hierhergekommen, um das Leid zu lindern«, warf ich ein.

»Ja, aber für wie lange Zeit? Es gibt etwas, das immer wiederkommt, etwas, was wirklich von Dauer ist. Eine Hand, die die Erde unaufhörlich liebkost.«

Er schob seine rote Hand in die Sonne.

»Es ist der heiße Wind, der hier weht.«

Wieder betrachtete ich über die rundliche, tiefrote Hand Don Ermíns hinweg den Boden der Insel am Fuß der alten Vulkankrater; der Boden glich einer Haut, trokken und pergamentartig. In ihrer Totenstarre würde auch die Insel nicht ewig bestehen. Der Wind würde sie ihrem endgültigen Ende entgegenführen.

»Es ist schwer«, fuhr der Arzt fort. »Es ist schwer, das Nichtsein zu erfahren ...«

Plötzlich wandte er sich mir zu und klopfte mir lächelnd auf die Knie.

»Hier kommt man leicht ins Sinnieren. Es ist die Einsamkeit, wissen Sie, die Einsamkeit und einige kleine Narben, die das Leben hinterläßt. Na ja, wenn Sie mich fragen, manchmal sucht man sich die Wunden auch selbst. Ich suchte mir die meinen hier. Ich bin Baske. Meine Eltern waren wohlhabend, und das bin ich immer noch dank des Erbes, das sie mir hinterließen. Dort drüben in Guipúzcoa, meiner Heimat, gibt es schöne Wiesen, herrliche grüne Berge und saftige Äpfel. Es gibt frisches Wasser im Überfluß, aber all das ist nur schöner Trug. Menschen kommen zur Welt, andere sterben, und immer scheidet man traurig aus dem Leben. Vielleicht hat die Traurigkeit etwas mit der Zeit zu tun. Deshalb auch bringt meine Heimat große Seeleute hervor. Die Basken werfen sich aufs Meer, weil es ihnen ein Bedürfnis ist, mit der Hand an die Zeit zu rühren, denn die Zeit läßt sich in der Unendlichkeit des Meeres erfassen oder ... hier, über diesem stets offenen, weiten Horizont, in diesen toten Ebenen, die jeden Morgen wieder vor einem liegen, ein Meer aus Lava und Sand. Und ...« Plötzlich unterbrach sich Don Ermín und blickte in den hinteren Teil des Raumes.

»Was willst du, María?« fragte er die schemenhafte, hochgewachsene Gestalt, die schweigend und unbeweglich hinten im Zimmer wartete. »Ach ja, ich habe ganz die Spritze für das Mädchen vergessen!«

Er stand auf und suchte unter den Ärztemustern im Schrank.

Die Alte stand da eine ganze Weile, schwarz wie eine Zypresse, rauchigem Kiefernholz gleich oder einem aufrecht stehenden Raben. Sie war barfuß, und ihre Füße – ausgetrocknete, staubige, schmale, kräftige Füße – schienen sich in den Boden zu krallen. Auch ihre Hände waren nicht verdeckt und erinnerten an die Fänge eines Milan, an gelbe, lange Krallen, die von Falten durchfurcht waren. Aber im oberen Teil jenes versengten Baumes glühte es, und die Glut loderte aus schwarzen Augen, die immer noch jung und schön waren, Augen des Orients. Feuer? fragte ich mich. Welche Art von Feuer? Vielleicht der Zorn? Während ich über dieses nicht verlöschende Glühen nachsann, mußte ich an ein glattes, weißes Gesicht denken, an üppige, sinnliche, rosenfarbene Lippen, süß und warm wie die Trauben des Vulkans. Das ist natürlich viele Jahre her, damals, als durch die Täler jenes jungen Körpers der Passatwind strich, den feinen Flaum der Haut aufrichtete, und der Leib die Form sandiger Dünen annahm. Viele Jahre ist das her. Noch bevor derselbe Wind orkanartig über die Erde fegte und die Landschaft in verlassenes, rauhes Ödland verwandelte, noch bevor die Augen vor Zorn zu Funken wurden, als das Feuer aus dem Berg loderte und die ganze Insel entzündete und die Menschen ihre Häuser verließen und durch die Nacht eilten, um in dem Glutofen zu verbrennen. Damals ja, damals war es das Feuer. Aber jetzt, wo hatte sich der Funke entzündet? Für einen Augenblick fühlte ich mich als Gefangener des Lichts. Dann erinnerte ich mich an den sandigen Boden von Femés, die Furchen, die die Zeit hinterläßt, die Hand, die in ständiger Liebkosung über die Erde streicht.

Vier Tage später war meine Niere völlig geheilt, aber ich setzte meine Besuche bei Don Ermín fort, denn inzwischen waren wir gute Freunde geworden, der Mann war nämlich ein angenehmer Unterhalter, philosophisch scharfsinnig und gebot über ein breites Wissen. Aber das war nicht der Grund, weswegen es mich täglich nach Velitas zog. Wenn die Sonne sich dem Horizont näherte und ihre wilde Glut gegen Abend nachließ, trat ich gern auf die öden Felder hinaus und schritt über die großen, goldenen, roten Lachen von Licht auf dem Boden aus Ocker und Kalk. Zur damaligen Zeit ging es mir wie einem Archäologen auf Spurensuche, denn ich hatte dort im alten Haus der Kräuterhändler eine Entdeckung gemacht: Ich hatte den Anfang der Geschichte gefunden, die ich ausgraben wollte, und zwar lag er in den Augen einer schattenhaften Gestalt, deren Züge noch in der Vergangenheit verborgen waren.

Wenn Don Ermín seine Siesta beendet hatte, empfing er mich mit offenen Armen, denn zu lange hatte er in Einsamkeit gelebt, als daß er auf die paar Stunden freundschaftlichen Plauderns hätte verzichten wollen. Um bei der Wahrheit zu bleiben, habe ich noch einen kleinen Betrug zu beichten, denn Interesse und ein lächelndes Gesicht mußte ich oft vortäuschen, aber die Weine des Arztes und die Aussicht auf seine Geschichten bewirkten, daß mein Schatten täglich in seinen Garten fiel, bis es mir zur Gewohnheit wurde. Wenn der Leser mich darum bäte, könnte ich ihn, der ich nie die Iberische Halbinsel betreten habe, durch den Norden Spaniens führen, ohne befürchten zu müssen, auch nur eine Straße, eine Kneipe, ein Fenster, einen Forellenfischer zu vergessen oder den einen oder anderen Friedhofsbesuch, um die Namen von drei oder vier Frauen zu finden. Auch könnte ich über Baroja reden, denn Don Ermín erzählte mir von einem Tag in Irún, an dem sie über die heilenden Eigenschaften gewisser Kräuter sprachen, wobei Don Pío ein Stück Brot zerkrümelte.

Eines Abends, als ich es am wenigsten erwartete, schnitt Don Ermín das Thema seiner Reise zu dieser Insel an. Es traf mich so überraschend, daß ich, um meine Neugier zu verbergen, einen kräftigen Schluck nehmen mußte, obwohl es mich nicht sonderlich danach verlangte. Ich betete zu Gott, daß sich kein Wind erhöbe, daß die Zweige des Granatapfelbaums nicht in Bewegung gerieten und ans Fenster klopften, daß kein Kranker käme, kein Hund bellte, daß sich nichts ereignete, was Don Ermín vom Erzählen und mich vom Zuhören abhalten würde.

Ich war so auf die Geschichte gespannt, daß mir eine Gänsehaut über den Arm lief, als ich ihn sagen hörte: »Ich wußte wirklich nicht, was mich auf dieser Insel hier erwartete, aber wenn ich mein Leben noch hundertmal leben müßte, nicht ein Lot würde ich daran ändern.«

»Gewiß waren Sie hier glücklich«, meinte ich.

»Ich habe tiefes Unglück erlebt, aber auch das heißt leben. So etwas wie auf ewige Zeiten leben.«

Er blickte mich forschend an.

»Was ich sage, ist seltsam, nicht wahr?«

»Ja«, erwiderte ich ruhig.

»Alles läßt sich erklären. Zunächst – ich spreche jetzt von meiner Jugend – erschien mir die Welt voller Hoffnungen und Wünsche, und dann geschieht es, daß durch die Ränke des Teufels sich alles auf dem Boden eines rätselhaften Schicksals verliert; für immer verliert. Was vom Leben bleibt, manchmal ist es viel, manchmal die Ewigkeit. Dann tut man gut daran, sich an den Wegrand zu setzen und einfach da zu sein. Glück oder Unglück ziehen unter meinem Fenster vorbei. Andere tragen es auf dem Rücken, gebündelt zusammen mit ihren Hoffnungen.«

»Sie sind Zuschauer«, sagte ich.

»Ja, aber eines seltsamen Schauspiels. Ich bin kein Heiliger. Niemals hatte ich das Zeug zum Weltverbesserer. In Wirklichkeit bin ich ein Bösewicht, aber jemand, der der Niedertracht überdrüssig ist, jemand, der sich mit siebzig und mehr Jahren aufrecht hält, um das Ende einer langen Strafe zu erleben. Es verschafft mir Zerstreuung, wenn ich beobachte, wie Tag für Tag Sauerstoff Eisen zerfrißt, Früchte faulen, Blumen welken, Haut faltig wird, der Wind den Stein zersetzt, bis er sich in Staub verwandelt hat, Rücken sich krümmen, Erde wüst wird, die Sonne die Knochen einer ehemals prächtigen Kreatur bleicht und dann, am Ende der Wüste, der für immer leere Horizont, von dem her wohl kaum jemand kommen wird, uns zu retten, denn es wäre vergebens. Darin besteht meine Strafe, und zum Schluß muß ich noch zusehen, wie zwei Augen verlöschen, wie ein Vulkan erkaltet.«

Don Ermín machte eine Pause, die mir endlos lang vorkam, und für einen Augenblick fürchtete ich, daß er den Faden der Geschichte nicht wieder aufnehmen würde.

»Aber Doktor, auch Sie hatten einmal Ihre Wünsche und Hoffnungen, wie Sie soeben erzählten. Es gab eine Zeit, in der die Blume blühte und die Knochen zu einem schönen lebendigen Tier gehörten. Auch diese Zeit hat Gewicht in einem Leben.«

»Gewiß. Auch ich hatte den Kopf voller Illusionen, als ich hier auf der Insel ankam. Damals ...«

Don Ermín lehnte den Kopf zurück, und zwischen den hohen Zweigen des Granatapfelbaums suchte er nach Erinnerungsstücken aus seinem Leben, verdammten Abfällen, wie er sagte, die nie aufhörten, in seinem Gedächtnis zu faulen, und ihn unablässig quälten wie ein imaginärer oder nicht zu Ende geführter Geschlechtsakt.

13. Kapitel

Das Schild, das heute in mitgenommenem Zustand an der Tür hängt, trug meinen Namen schon vor vielen Jahren in Arrecife. Ich hatte es in Valencia bei der angesehenen Firma Witwe Roselló und Söhne in Auftrag gegeben. Ich konnte wählen zwischen schwarzen Buchstaben auf weißem Grund oder weißen Buchstaben auf blauem Grund. Ich entschloß mich für das letztere und fügte hinzu, daß ich eine einfache Aufschrift wünschte: Fermín López, Arzt. Mir schien das ausreichend. Noch am Tag der Zustellung beeilte ich mich, es an der Vorderseite des Hauses anzubringen. Das Haus, das ich gemietet hatte, lag am Ende der Hauptstraße. Es war ein niedriges, aber breit angelegtes Haus mit fünf Räumen, einer großen Küche und einem Innenhof mit Zisterne. Vorn hatte es eine Tür und zwei grün gestrichene Fenster. Das Türschild hob sich gut von der weiß gekalkten Wand ab. Ich hatte mich nie sonderlich zum Arzt berufen gefühlt, aber in jenen ersten Tagen verspürte ich doch so etwas wie Stolz, und alle drei Stunden wischte ich mit einem Tuch über das Email, doch zwei Wochen später hielt ich diese Arbeit für überflüssig, zumal das einzige, das sich auf den Hinweis »Arzt« in Bewegung setzte, die Wüste war, der Sand, den der Wind vom Innern der Insel herbeitrug, der über die

Straßen wehte und in verrückten Wirbeln Richtung Meer tanzte.

Es war an einem ruhigen Spätnachmittag, fuhr Don Ermín in seiner Erzählung fort. Die scheidende Sonne verbreitete ein rötliches Licht, und ich nutzte die letzten Strahlen, um Stendhal zu genießen. Da näherten sich drei schwarz gekleidete Frauen mit breiten Strohhüten, blieben stehen und betrachteten das Schild.

»Was steht da?« fragte die älteste von ihnen.

»Ich weiß nicht«, antwortete eine der beiden anderen. »Da soll man wohl Briefe einwerfen. Am Anfang der Straße ist noch so was. Die Leute sagen Post dazu.«

Dieser Kommentar gefiel mir ganz und gar nicht, und es tat mir schon leid, mich nicht für schwarze Buchstaben auf weißem Grund entschieden zu haben. Ein solches Schild erschien mir jetzt überzeugender. Glücklicherweise gehörte die jüngste der Frauen nicht zum Verband der Analphabeten. Sie bewegte lautlos die Lippen, als sie versuchte, die großen weißen Lettern zu entziffern, und sagte schließlich: »Es ist ein Arzt. Hier steht Arzt.«

Die Ältere tat nicht ohne eine anmutige Drehung der Taille einen Schritt auf das Fenster zu.

»Sind Sie der Arzt?« fragte sie mich.

»Zu Diensten.«

»Das möge Gott verhüten. Sie sind ja noch sehr jung.«

Kichernd setzten sie ihren Weg fort.

Was das Berufsleben angeht, war ich damals tatsächlich sehr jung. So jung, daß sich mein erster Fall noch nicht zur Behandlung eingefunden hatte, aber als Mann fühlte ich mich in den besten Jahren, denn zu jener Zeit feierte ich meinen dreißigsten Geburtstag. Trotzdem nahm ich die Worte der guten Frau ernst, und um schnell meinem jugendlichen Gesicht ein anderes Aussehen zu verleihen, ließ ich mir einen Spitzbart wachsen, der nach zwei Wochen schon üppig ins Kraut geschossen war.

Ich hatte mir angewöhnt, nachmittags an den nahen Stränden, am Ufer des kleinen Binnensees von San Ginés oder am Hafen spazierenzugehen, wo ich mich damit vergnügte, dem Schaukeln der alten Segelschiffe und dem emsigen Treiben der Fischer zuzusehen. Schwärme von Möwen zogen über der Bucht laut schreiend ihre graziösen Kreise. Mehr als einmal bewegte ich mich auf den Pfaden von Valéry, und es kamen mir die Verse in den Sinn:

Wellen, oh brecht! Brecht mit freudigen Wassern
dies ruhige Dach, wo die Segel schwirrten.

Ich wußte, daß neunzig Prozent meines Blutes Seemannsblut war. Nicht umsonst waren meine Großeltern Seeleute gewesen, ebenso meine Urgroßeltern und eine lange Reihe von Vorfahren, deren Spur sich im Dunkel der Vergangenheit verliert, und ich bin fast sicher, daß sie bis auf Noah zurückgeht. Es war schon merkwürdig, und man war stolz darauf, daß die Seeleute meiner Familie den Tod auf festem Boden fanden und ihnen genügend Zeit blieb, den Enkelkindern ihre Abenteuer zu erzählen und anschließend auf den stillen Friedhöfen des Baskenlandes im Trockenen und ungestört die längstmögliche Siesta zu halten. Aber die Tradition wurde durch meinen Großvater unterbrochen, der am Steuer eines schönen englischen Clippers für immer vor der Küste von Terranova auf Grund lief. Man kann sich vorstellen, wie hart dieser Schlag für meine Großmutter war. Allen Seemannsgeschichten verschloß sie Gehör und Herz und brachte ihren Sohn auf den Weg zum Priestertum, das ein sicherer und hoch angesehener Beruf war. Mein Vater besuchte die ersten Jahre das Seminar, aber im Laufe der Zeit stellte er fest, daß das nicht das Richtige für ihn war. Das Schwarz der Soutanen machte ihn so traurig wie die ständige Trauerkleidung meiner Mutter, und eines Tages entschloß er sich von heute auf morgen für die Medizin. So nahm eine neue Familientradition ihren Anfang; ich bin das zweite Glied in dieser Reihe und kann jetzt schon versichern, auch das letzte.

Schon seit einigen Generationen ging es uns finanziell immer sehr gut. Meine Mutter trug das ihre dazu bei, und als ob das nicht genügt hätte, heiratete ich María Begoña Vázquez, die Tochter eines begüterten Industriellen aus Irún. Ich schwöre, daß ihr Geld mich nicht beeindruckte, wohl aber ein besonderer Charme, der von ihr ausging. Sie war ein junges Mädchen, gebildet und zartfühlend, besaß ein ausgeprägtes Gefühl für Moral und Religion, und wenn sich kein unglücklicher Zwischenfall in meinem Leben ereignet hätte, wäre sie die ideale Gefährtin gewesen, wie ich sie mir erträumt hatte.

Eines Tages – wir waren schon verheiratet und ich hatte gerade meine Ausbildung beendet – schien sich die Erde um hundertachtzig Grad zu drehen, und vor meinen Augen tat sich unerwartet eine Vision auf, wie ich sie seit meiner Kindheit herbeigesehnt hatte. Meine Phantasie durcheilte die schwarzen, düsteren Wolken eines rauhen Winters im Norden Spaniens, und vor meinen erstaunten Augen tauchte der helle Horizont des Südens auf. Schuld an diesem Wechsel hatte ein Kalender, den es in meinem Haus gab und dessen farbige Seiten Wiedergaben von Gemälden Gauguins darstellten. Nun gut, nicht allein der Kalender war schuld. Nach zwei kinderlosen Ehejahren nahm meine Frau, die zur Melancholie neigte, die Gewohnheit an, sich in ihren Zimmern, zwei kleinen weißgold tapezierten Räumen, einzuschließen; dort verbrachte sie die Zeit damit, schöne Gedichte zu schreiben, die später mit einigem Erfolg in einem französischen Verlag veröffentlicht wurden. Dieser kleine Rückzug ihrerseits ließ nach und nach in mir den Wunsch wachsen, einen Ort zu finden, an dem die sich endlos aneinanderreihenden Tage, wenn nicht einen neuen Sinn erfuhren, so doch wenigstens mir das Gefühl vermittelten zu leben.

Der Unterschied, den ich zwischen Tahiti und den Kanarischen Inseln machte, war so gering wie der zwischen Preußischblau und Ultramarin. So markierte ich eine Münze und warf sie in die Luft; sie fiel auf die Rückseite, womit mein Schicksal besiegelt war. Noch am selben Tag sprach ich mit meiner Familie, und da sie daran gewöhnt war, mich nach meinen Launen leben zu lassen, fand keiner ein Argument gegen die Reise. Mein Vater bestärkte mich sogar in meiner Idee: »Vielleicht findest du fruchtbaren Boden für deine Arbeit. Die Tropenmedizin gewinnt zunehmend an Bedeutung.«

Dem Alten erging es wie mir. Da wir nicht zur See gefahren waren, kannten wir uns in der Geographie nicht aus, und vagen Assoziationen folgend verlegten wir die Kanaren klimatisch einige Breitengrade weiter nach Süden.

Meine Frau wollte lieber zu Hause bleiben und warten, bis ich Fuß gefaßt hätte und ihr Näheres über die Inseln berichten könnte; später wollte sie dann entscheiden, ob es sich lohnte, in Gegenden, die ihrer Meinung nach wilde Landstriche waren, das Leben an meiner Seite zu teilen.

Ich muß von keiner Enttäuschung berichten. Meine Vorstellungen von Negern und Kokospalmen, von Liedern und Blumen bei der Ankunft wurden während der Überfahrt dank des Kapitäns Don Francisco Jordán zurechtgerückt; dieser war aus Fuerteventura gebürtig und ein guter Kenner des Archipels und der Windungen des menschlichen Hirns. Er bezeichnete die Insel Lanzarote als geeigneten Ankerplatz für mich; umsichtig setzte er an die Stelle der Kopra die Dattel, an die Stelle von Orchideen Opuntien, nackte Körper ersetzte er durch verhüllte und die *ukelele* durch die *timple*.

Daher wußte ich bereits, als ich von Bord ging, daß mein Fuß nicht in grünen Farnteppichen versinken würde, auch bedeutete es keine Überraschung für mich, als ich über die ockerfarbene, harte, schäbige Haut jenes toten Tieres schritt, dem in meinen Augen die Insel gleicht, nämlich einem Kamel, das ertrunken im Atlantik treibt.

Befreit von jenem sentimentalen Gepäck, das ich in die Tropen tragen wollte und das Don Francisco Stück für Stück über Bord geworfen hatte, blieb mir nicht die geringste Traurigkeit zurück, denn kurz nach meiner Ankunft offenbarte sich mir die Insel in ihrer Blöße und Unbekümmertheit in einem solchen Licht, daß ihre zeitliche und räumliche Inbesitznahme meinen Geist verzauberte. Die Folge war, daß das Mädchen mit den Mangofrüchten von Gauguin nur noch wenige Male in meinen Gedanken auftauchte. Langsam fiel es dem Vergessen anheim, begleitet von einem klebrigen, süßlich-kränklichen Duft, der aus gärenden, modernden Schatten stieg. Wie unterschiedlich kann der Tod sein, wie ungleich die Toten! Viele Jahre später, wenn von der Insel nur noch wenig übriggeblieben sein wird, ein weißes Gerippe, sauber und ohne Verwesungsgestank, ausgeglüht von Licht und Salz, können wir in ihrem Sterben noch das »reine, auf Ewigkeit angelegte Werk« erkennen. Über ihrem Kadaver sind Ruhe und Frieden gewachsen, Liebe, Enthaltung und Resignation. Ein Tod, der Leben ermöglicht.

Schon von den ersten Monaten an füllte sich die Leere in meinem Leben, die mich dazu getrieben hatte, das Grün und Grau Kantabriens zu verlassen, und voller Staunen und Frieden im Herzen stand ich vor der prallen Fülle eines Daseins, das ich zur damaligen Zeit wahrhaftig paradiesisch nennen konnte. Auch mein Türschild tat seine Wirkung, und die glückliche Hand, die ich bei meinen ersten Patienten bewies, bereitete mir Freude an meinem Beruf. Mein Skalpell hatte schon einige Aderlässe hinter sich, doch der Fall, der mir zum Ruhm verhalf, war die Behandlung einer Señorita, die aus einer der besten Familien der Insel stammte. Sie war eine hysterische alte Jungfer, und bei einem ihrer Anfälle mußte ich ihr mit aller Gewalt die Daumen über ihren Eierstöcken in den Bauch stemmen, weniger um sie zu heilen als um zu sehen, ob sie mit ihren schrillen Seevogelschreien aufhörte, womit sie alle Nachbarn um den Schlaf brachte. Die Sache zeigte Wirkung, und von nun an und als Lohn für ruhigen Schlaf grüßten mich die Frauen im Vorbeigehen mit einem Lächeln, und die Männer luden mich, immer wenn ich die Bar betrat, auf ein Glas ein.

Ich glaubte, der Augenblick sei gekommen, meiner Frau zu schreiben. So begab ich mich eines Nachmittags in die Bar Universal; sie hatte ein schönes Fenster mit Blick auf den Hafen, und hier war mein Lieblingsplatz, wenn ich in Ruhe nachdenken wollte. Ich bestellte eine Flasche Wein, und während ich trank, schrieb ich gemächlich einen Brief, der weder melancholisch noch verzweifelt war, und was meinen Optimismus und die Eigenarten der Insel anging, so hielt ich mich an die Wahrheit. Ich legte besonderen Wert auf das Klima, den blauen Himmel und das herrliche Meer und sprach von einem für ihre Dichtkunst bedeutsamen Wechsel, von einem neuen, tieferen Sinn, gleichzeitig heilsam und prometheisch, weit entfernt von ihren eitlen, affektierten, nach französierender Art geschriebenen Lyrismen, mit denen sie ihre Gesundheit langsam, aber sicher aufs Spiel setzte. Zum Schluß lud ich sie ein, an meiner Seite zu leben, und fügte ein paar Trostworte für meine Eltern hinzu. Zur gleichen Zeit war der Brief beendet und die Flasche geleert, und zusammen mit den Erinnerungen und der Wirkung des Weins erfaßte mich ein Gefühl der Einsamkeit, so daß ich mich bald darauf mit glasigen Augen und benommenem Kopf auf der Hafenmole wiederfand; dort, in der Nähe eines alten, schweigsamen Fischers, suchte ich Ablenkung.

Dieser Abend grub sich durch besondere Ereignisse in mein Gedächtnis ein. Zunächst war es jenes dumme Gefühl der Verlassenheit, das von mir in dem Maße Besitz ergriff, wie sich die Dämmerung über die Insel senkte. Dann jene Empfindung einer kargen Welt, in der nichts geschah, einer Welt, die langsam in den Schatten einer endlosen, leeren, schicksalslosen Nacht versank. Die schwachen Lichter, die im Innern der Häuser aufflammten, waren der traurige Widerschein des großen Erschreckens vor der reich gestirnten und geheimnisvollen Himmelskuppel. In der Ferne weinte ein Kind. Ein weiteres tief innen in mir. Damals war ich, wie ich schon sagte, erst sehr kurz auf der Insel. Noch hatte ich nicht gelernt, mit den Schatten zu kämpfen, in ihnen zu leben, sie zu lieben. Wenn es dunkel war, fühlte ich mich schwach, und ich erinnere mich, daß uralte Ängste mich ergriffen. Da erreichte mich das Heulen eines Hundes. Nun, ich dachte, es wäre ein Hund, der jämmerlich vom fernen Gebirge her heulte. Das Meer schickte plötzlich einen kalten, heftigen Windstoß, und eine Welle, die sich wütend am Kai brach, versprühte ihre Kälte über meinen Rücken. Ich erhob mich mit dem Gefühl, krank zu sein, und obwohl mein Kopf vom Alkohol benommen war, war ich noch so klar, mich auf der Suche nach einem warmen Kaffee zu einer Bar zu begeben. Da hörte ich zum zweitenmal das durchdringende Heulen des Tieres, das mich jetzt näher dünkte. Ich stellte mir einen Hund vor, der verzweifelt durch die nächtliche Leere irrte, auf der Suche nach unerreichbarer Rettung; vielleicht hatte ihn das rätselhafte Funkeln eines bösen Sterns berührt. Ich fühlte, wie sich mir die Haare sträubten. Die Zähne begannen zu klappern, und meine heiße Stirn deutete auf Fieber. Als ich in die Hauptstraße einbog, lief mir ein eiskalter Schauder über den Rükken, so daß ich dachte, mich nicht mehr rühren zu können. Derart erschrocken war ich, als ich am Ende der Straße vor meiner Haustür große, gelbliche, leuchtende Augen sah, die mich zu erwarten schienen. Von jenem Untier her, oder was immer es war, ertönte das durchdringende, Schrecken erregende Heulen, das die Stille der Nacht durchbrach. Ein Schatten lief auf mich zu und rief meinen Namen, und schon näher herangekommen verstand ich, daß die Augen nicht zu irgendeinem Tier gehörten, sondern zu Pedros Lastwagen, der damals noch neu war und helle Karbidlampen besaß. Pedro persönlich trat vor und begrüßte mich aufgeregt.

»Doktor, wir bringen Ihnen eine Kranke!« schrie er. »Sie ist hier drin, im Laster. Wir haben sie aus Femés hergebracht.«

Neben dem Auto warteten mehrere Personen.

»Die Arme, die Arme!« jammerte eine Frau immer wieder.

»Wir müssen sie losbinden!« sagte jemand.

»Daß sie nur nicht wieder das Tuch aus dem Mund nimmt!«

In der Haustür stehend, gebot ich Ruhe.

»Was ist mit ihr?« fragte ich.

Jemand raunte leise, geheimnisvoll: »Es ist María, sie ist verrückt.«

Ich befahl, sie hineinzutragen. Ich trat als erster ein, um die große Öllampe anzuzünden und den Behandlungsraum ein wenig herzurichten. Laut schreiend gaben die Leute draußen gute Ratschläge: »Marcial, pack du sie an den Beinen! Halt gut die Knie fest!«

»Oh mein Gott!« stöhnte wieder eine Frau. »Daß sie nicht wieder die Hände frei bekommt, sonst reißt sie sich das Tuch ab!«

»Ruhe, Señora, packen Sie lieber mit an!« mahnte die kräftige Stimme von jemand, der die Aktion zu leiten schien.

Sie trugen sie mit den Füßen voran ins Haus. Marcial krümmte sich wie ein Haken und atmete mühsam mit offenem Mund, obwohl er augenscheinlich keine schwere Arbeit zu leisten hatte. Pedro und ein anderer Mann hatten sie in der Taille umfaßt; dahinter trat ein kräftiger blonder Mann ein, der sie an den Schultern hielt und die Hauptlast trug. Wie ein steifes Brett beförderten sie sie nach drinnen; sie war in so viele schwarze Tücher eingehüllt, daß es schaurig anzusehen war. Sie legten sie auf den Behandlungstisch und atmeten erleichtert auf, als sie sich der Bürde entledigen konnten. Seña Frasca, eine dikke Nachbarin, emsig wie eine Ameise, fragte, ob sie mir in irgendeiner Weise behilflich sein könnte.

»Aber ja«, erwiderte ich. »Diesmal vielleicht mehr, als Ihnen lieb ist.«

»Bei Gott, Don Fermín!« rief sie. »Solange es zum Wohle dieser armen Kreatur ist!«

»Gibt es hier einen Verwandten der Kranken?« fragte ich. Marcial schaute schnell in die Runde und schüttelte verneinend den Kopf.

»Sie ist allein«, sagte er.

Ich hieß sie alle draußen warten, und Seña Frasca übernahm es, das düstere Paket aufzuschnüren. Es enthielt das, was die Furien nach dem Wüten eines seelischen Wirbelsturms übriggelassen hatten. Als Seña Frasca das Gesicht freilegte, zuckte sie zusammen.

»Guter Gott im Himmel!« entfuhr es ihr, während sie sich bekreuzigte.

Marías Augen schienen aus den Höhlen springen zu wollen, weit aufgerissen, starr und rot waren sie. Zorn und Verzweiflung standen in ihnen geschrieben, so daß ich es für gefährlich hielt, auch nur eine der Fesseln zu lockern. Durch den Knebel hindurch, den man ihr angelegt hatte, waren unablässig heisere Laute zwischen Erschöpfung und Rebellion zu hören. Ich bat Seña Frasca, einen Arm der Kranken zu entblößen, und gab ihr eine große Dosis eines Beruhigungsmittels, die genug war, sie eine Zeitlang schlafen zu lassen. Dann wartete ich ein paar Minuten; endlich wich das Entsetzen aus ihren Augen, und die Lider schlossen sich langsam, worauf ich sehr erleichtert war und meine Nachbarin erneut aufseufzte.

»Jesús-María, was stellt der Teufel nur an, wenn er von uns Besitz ergreift!«

Mit Hilfe der Männer brachten wir sie in mein Schlafzimmer und legten sie in mein großes Eisenbett, das recht bequem war. Darauf band Seña Frasca sie los und wechselte ihre Kleidung gegen ein Nachthemd aus, das sie von zu Hause geholt hatte.

»Im Schlaf sieht sie wie ein Engel aus«, meinte sie. »Sie ist ein sehr hübsches Mädchen. Glauben Sie, daß sie durchkommt, Don Fermín?«

Der blonde Bursche, der der Anführer der anderen zu sein schien, kam auf mich zu und sagte: »Nun, Doktor, Sie werden schon wissen, was zu tun ist.«

»Im Augenblick nichts als warten«, antwortete ich. »Sie müssen sie einige Tage hier lassen, damit man sehen kann, ob die Verwirrung vergeht. Sie muß überwacht werden.«

»Ich kann hier bleiben und ihr Gesellschaft leisten«, schlug der Bucklige vor.

Auch Pedro, der Lastwagenbesitzer, bot mir seine Hilfe an. »Wenn Sie etwas benötigen ...«

Die übrigen verabschiedeten sich mit dem Hinweis, daß sie nach Femés zurückkehren müßten.

»Und vielen Dank, Doktor!«

Die Nacht über blieben sie wach. Ich sage »sie blieben wach«, weil ich von Seña Frasca und Marcial spreche, die beide kein Auge zutaten, wie man so sagt, wobei sie am Fußende des Bettes saß und er in einer Zimmerecke kauerte. Mir gelang es, auf einem Stuhl ein paar Stunden durchzuhalten, aber ich hatte große Mühe, ähnlich einem Reiter, der schon drei Tage auf dem Rücken seines Pferdes sitzt. Zwischen Träumen und Fieberwahn hörte ich, wie der Bucklige haarklein die Geschichte der Irren und wie man sie eingefangen hatte, erzählte. In meinem vom Alkohol noch benommenen und erhitzten Kopf bildete sich ein fürchterliches Gemisch aus Steinen und Sternen, einem nicht enden wollenden Lauf von riesigen Hirtenhunden, alten lästernden Hexen und Tausenden ungestalter Wesen, die durch die Wüste zogen, flammende Fakkeln trugen und deren große schwarze Gewänder von einem Wind aufgebläht wurden, der wie ein sterbendes Tier klagte und heulte.

Zuweilen wurden meine Visionen lichtvoller und nahmen die Züge eines engelsgleichen Gesichts an, das tatsächlich das jener jungen schlafenden Frau war, auf die sicher hin und wieder mein Blick gefallen war. Dann entriß der Wind dem Boden eine gewaltige Kathedrale, und taumelnd zwischen Dornbüschen und Sandwirbeln ließ sie über einer wüstenähnlichen Ebene ihre außer sich geratenen Glocken läuten ...

Die sanfte Stimme von Seña Frasca holte mich aus dem Schlaf zurück. Sie rührte mit einem Löffel in einem Glas, das einen undefinierbaren grüngoldenen Aufguß enthielt. »Nehmen Sie diesen Tee, Don Fermín. Sie haben Fieber.«

»Es ist nichts Ernstes. Ich habe mich ein nur bißchen erkältet«, antwortete ich.

Durch das Fenster drang ein milchiges Licht, das dem Tagesanbruch vorausging. Aus einer Zimmerecke funkelten die Augen von Marcial, dem Seña Frasca eine Tasse Kaffee in Aussicht gestellt hatte. Aus der Kehle der Kranken drangen stoßweise tiefe Schluchzer. Ihre Atemzüge kamen unruhig. Sie schien bald wach zu werden. Meine Nachbarin trat an das Bett und trocknete vorsichtig mit ihrer Schürze ein paar Tränen, die über Marías Gesicht liefen.

»Arme Frau! Was für ein furchtbarer Schmerz, wenn man so plötzlich – und dazu noch im Meer – einen Sohn verliert. Wenn sie wenigstens wüßte, wo er ist, wo sie ihm ein Kreuz errichten oder Blumen hinlegen könnte! Weiß

Gott, wie das arme kleine Wesen sich gedreht und gewunden hat! Man wird wahnsinnig, wenn man nur daran denkt.«

Als der Tag anbrach, hatte ich das Gefühl, daß die Nacht sich plötzlich in mehr als nur ihre Schatten auflöste. In wenigen Sekunden wurden die Stille und das Gefühl der Leere so abgrundtief, daß Seña Frasca sich verfärbte, ein Kreuzzeichen schlug und ängstlich murmelte: »Mein Gott, soeben ist ein Engel vorübergegangen!«

Ich dachte, das Herz bliebe mir stehen, als ich plötzlich die Atemzüge der Kranken nicht mehr vernahm; schnell fühlte ich ihr den Puls und stellte fest, daß er kräftig und regelmäßig ging, wie es besser nicht hätte sein können. Sie atmete gleichmäßig und ruhig. Erleichtert lächelte ich der erschrockenen Seña Frasca zu. Als ich den Kopf drehte, bemerkte ich, daß die leuchtenden Punkte verschwunden waren, jene Rattenaugen oder was immer es war, die die ganze Nacht gewacht hatten. Das schattenhafte Knäuel in der Ecke hatte sich aufgelöst. Ich nahm an, daß Marcial in den Morgen hinausgetreten war, um sich ein bißchen Bewegung zu verschaffen, aber es sollte eine Weile dauern, bis wir ihn wiedersahen. Oft rief María nach ihm, bevor sie die Augen öffnete.

Einige Tage später schien sich der Zustand meiner Patientin normalisiert zu haben. Ich sage »schien«, denn für den Laien mochten das Verdrehen der Augen und einige seltsame Fingerbewegungen so geringfügig erscheinen, daß man sie nicht hätte als irr bezeichnen müssen. Aber ich, der ich sie sorgfältig beobachtete, ich wußte, daß in jedem Augenblick ein neuer Anfall möglich war, dessen Folgen ich zu jener Zeit nicht voraussehen konnte. Ich war meiner Sache nicht sicher, und das um so weniger, als ich immer wieder jenes grundlose Lachen hörte, das jedesmal in Schluchzen unterging.

Meine Nachbarin hatte die Kranke in ihr Herz geschlossen und sie in ihr Haus aufgenommen. Als ich eines Abends hinüberging, um ihr ein leichtes beruhigendes Medikament und ein paar Stärkungsmittel zu geben, hörte ich Seña Frascas Stimme: »Du wirst wieder gesund werden, mein Kind, ganz gewiß. Der Mond ist gut und Gott ist groß, das Wasser frisch – und für den Rest sorgt Don Fermín!«

María lachte glücklich. Ich folgte den Stimmen, die aus dem Patio kamen. María lag ausgestreckt auf dem Rücken auf Brettern, die von einem Gestell gehalten wurden. Sie war völlig nackt, und ihr weißer Körper leuchtete im Mondlicht. Hin und wieder wusch Seña Frasca sie mit einem Tuch ab, das sie im Wasser des Brunnens befeuchtet hatte. »Du wirst gesund, mein kleines Kamelchen, ganz gesund, und dich bald wieder am Thymian laben!« rief die gute Frau.

María schien in ihrem überhitzten Hirn bei den Sternen zu schweben, und Seña Frasca dachte wohl wie so viele, daß ein Arzt ein höheres Wesen sei, so etwas wie ein Geist oder heilender Engel, der sich stets über die elende Hülle seines eigenen Fleisches zu erheben hat. Deshalb erschien ihr meine Gegenwart auch nicht im geringsten unschicklich.

Einigermaßen verwirrt vom Anblick der bezaubernden Szene blieb ich am Eingang zum Patio stehen. Seña Frasca füllte einen Eimer mit Wasser aus der Zisterne, und für mich sah es aus, als ob sie Marías Körper mit Sternen besprenge. Und Seltsames geschah: Plötzlich verwandelte sich in meinen professionellen Augen jene herrliche, schimmernde Blöße in die weiße, gefährliche Larve Beelzebubs, die Urheberin unerklärlicher Übel. In diesem Augenblick faßte ich einen Entschluß.

»Ich habe mich entschieden, etwas zu tun«, sagte ich zu Seña Frasca.

Wir waren in die Küche gegangen, wo die Frau sich die Hände an der Schürze abtrocknete.

»Ich habe mir überlegt, sie nach Las Palmas zu schikken.« Sie starrte mich an, als ob sie nicht richtig verstanden hätte.

»Dann ...«, brachte sie ungläubig mit leiser Stimme hervor. »Das heißt, daß ...«

»Das heißt, daß María noch nicht geheilt ist und ihre Krankheit einer besonderen Behandlung bedarf. Ich will sagen, daß ich weder die Mittel noch das Wissen habe, um sie zu heilen. Mit meinen bescheidenen Möglichkeiten läuft das Mädchen Gefahr, daß sich ihr Zustand verschlechtert und dann ...«

Seña Frasca war dem Weinen nahe.

»Ich hatte mich so an ihre Gesellschaft gewöhnt. Sie ist ein armes, hilfloses Geschöpf. Sie ist allein auf der Welt und außerdem ...«

Sie zerknitterte ihre Schürze zwischen den Händen.

»Aber, aber, Seña Frasca!« versuchte ich sie zu trösten. »Nehmen Sie sich ein bißchen zusammen! María wird gesund werden, und es wird ihr so gut gehen wie Ihnen und mir, das versichere ich. Außerdem ist mir ein Gedanke gekommen. Ich meine, Sie könnten sie begleiten.«

»Ich?« fragte sie und trocknete mit dem Handrücken ein paar Tränen ab.

»Wer könnte das wohl besser!« sagte ich, um ihr Mut zu machen.

»Ich komme für die Kosten auf«, fuhr ich fort. »Ich bin

kein armer Mann, und hier habe ich die Möglichkeit, ein gutes Werk zu tun.«

Ich machte eine Pause, damit Seña Frasca ihre Gedanken ordnen konnte, und fuhr fort: »In Las Palmas gibt es einen guten Arzt, der Spezialist für solche Fälle ist. Er hat eine gute Klinik. Sein Sohn ist auch Arzt; wir haben zusammen studiert. Ich bin sicher, daß die beiden María gut behandeln werden.«

»Sie sind ein Heiliger, Don Fermín!«

Der guten Frau fiel nichts Besseres ein.

Am folgenden Tag schrieb ich einen Empfehlungsbrief an Doktor Vegueta. »Doktor Félix Sánchez de Vegueta, lieber Freund und Kollege« hatte ich gerade geschrieben, als ich spürte, daß Marcial in der Tür meines Sprechzimmers stand. Der Mann trug einen neuen Hut aus feinem Filz und ein sauberes, am Hals geschlossenes Hemd ohne Krawatte. Er stand in der Tür, wie ich schon sagte, betrachtete alles mit seinen kleinen, unsteten Augen und spähte zum Nachbarraum hinüber; dabei schnupperte er wie ein guter Spürhund, in der Hoffnung, Marías Spur zu finden.

»Kommen Sie herein, Marcial«, sagte ich einladend. »Was Sie suchen, ist nicht mehr hier.«

Schüchtern trat der Mann einen Schritt näher, kniff die Augen zusammen, nahm den Hut ab und hielt ihn zwischen den Händen. Es sah aus, als ob er entblößten Hauptes an einem Grab stünde.

»Sie brauchen sich keine Sorgen zu machen«, erklärte ich. »María geht es gut, das heißt, nicht ganz gut. Morgen wird sie ein Schiff nach Las Palmas nehmen, um sich dort einem Arzt vorzustellen.«

Schweigend sahen wir uns an. Es kostete Marcial Überwindung, als er fragte: »Ka ... kann man sie sehen?«

Als wir Seña Frascas Haus betraten, war ich neugierig und ängstlich zugleich, wie die Kranke reagieren würde. Aber nichts geschah. María saß auf einem niedrigen Schemel und war damit beschäftigt, buntes Papier in winzige Schnipsel zu zerschneiden. Als sie Marcial erblickte, lächelte sie grundlos, mit jenem ihr eigenen kindischen Lachen, das in zwei oder drei Schluchzer überging. Dann fand sie ihre Heiterkeit zurück und widmete sich erneut Schere und Papier, das ihr, zerschnitten in winzige Schnipsel, wie buntes Konfetti in den Schoß regnete.

14. Kapitel

An diese Stelle unserer Geschichte paßt eine Erzählung von Marcial, denn gerade als ich die des Arztes niedergeschrieben hatte, hörte ich die Stimme des Buckligen, der vergebens versuchte, eine Romanze vom Meer und von verirrten Hunden zu dichten. Es war ein Nachmittag im August. Die Sonne tauchte schon ins Meer, und in einem letzten Versuch sandte sie – wie ein Polyp seine Fangarme – ihre langen Lichtspeere aus, die dann in der Kirche von Femés und in den winzigen Augen von Marcial umherschwirrten. Auf der Mauer von Isidros Patio verharrte unbeweglich Marcials unglückliche Silhouette, wie der Schattenriß eines Feigenkaktus. In die tief gelegene Schlucht hinein trugen warme Luftströme immer wieder die gleichen Verse:

»*Ein Hund kam an am Meeresufer,*
halbtot vor Durst.
Ein Hund kam an am Meeresufer,
halbtot vor Durst.
Ein Hund kam an am Meeresufer,
halbtot vor Durst.«

»Nun, Marcial, und was passierte mit dem Hund?« fragte ich ihn.

Als ich aber näher gekommen war und mit ihm plaudern wollte, bemerkte ich, daß der arme Mann jämmerlich weinte. Er starrte auf die Meerenge zwischen Fuerteventura und Lanzarote. Ich achtete seinen schmerzlichen Singsang, und als er vierhundertmal oder mehr die Verse wiederholt hatte, fiel er von der Mauer und blieb still und wie tot auf dem sandigen Boden von Femés liegen.

Jede Tragödie ist schmerzlich und die Erinnerung daran schwer zu ertragen. Das erbärmliche Wesen, das sich jetzt – wie in einem letzten Versuch, sich des Schmerzes zu entledigen – auf dem Boden krümmte, dieses Wesen hatte die Form einer unseligen Larve angenommen, einer durch ein düsteres Schicksal gezeichneten Larve, aus der vielleicht eines Tages schmetterlingsgleich das Urbild Gott weiß welcher Kraft hervorgehen sollte. Tatsache ist, daß Marcial dieses ganze Larven- oder Wurmleben damit verbrachte, den Kokon seines Unglücks zu spinnen und wieder aufzulösen; diesen Kokon, in dem sein Herz gefangen war, nannte er sein Totenhemd. An jenem Nachmittag verdichtete der Schmerz dieses Totenhemd, den Kokon, in dem sein unförmiger Körper in verzweifelter Verlassenheit ruhte, ohne die Spur einer erlösenden Metamorphose. Ich wußte, welche Unruhe die Farbe des Himmels in ihm erzeugen konnte, der goldene Wind, der über die Meerenge zwischen den Inseln strich, der Sonnenstrahl, der die Flanke des Atalayabergs spaltete, oder das über die dunklen Lavafelder ausgegossene Gold der Gräser, vor allem aber das Meer, das da unten milchiggrün leuchtete mit dem unheilvollen Funkeln eines anklagenden Auges. Eben dieses Licht und dieser Wind aus Afrika trugen damals die Schuld.

Auch damals, vor vielen Jahren, wehte Marcial ein ähnlich warmer Wind entgegen, und der Himmel leuchtete wie jetzt in den Farben des Opals, der von feinen Adern durchzogen ist. Auch das Meer, golden und grünlich, die Hitze, dieselbe Hitze, das Feuer der Erde, das den Hund aufheulen ließ ...

Er hörte nicht auf zu weinen, Señor, das arme Kerlchen erstickte fast in der heißen Luft. Seine bloßen Füße fanden keine Ruhe, denn die Erde selbst glich einem Ofen. Ich nahm ihn mit vor die Kirche; dort saßen wir an die Wand gelehnt und nutzten einen letzten Schattenstreifen, der ständig schmäler wurde. Ich hatte ihm meinen Hut aufgesetzt, hihi, und zu nett sah der Junge aus, hihi, mit dem ernsten Gesicht und den großen Augen, die das kleine grüne Kamel betrachteten, das ich ihm aus der Scheibe einer Opuntie schnitt. Seine Mutter hatte sich früh am Morgen auf den Weg nach Uga gemacht, um beim Keltern zu helfen, und erst am späten Abend sollte sie zurück sein. Ab und zu überquerte eine Frau den Kirchplatz, und alle kamen heran, um Jesusito zu sehen.

»Das Kind wird ja geröstet, Marcial. Laß es nicht so in der Sonne sitzen. Gott schütze es!«

Einige Frauen küßten es, andere putzten ihm die Nase, und dann sagten sie ihm etwas Lustiges, um es zum Lachen zu bringen, oder sie gaben ihm ein paar Céntimos für Bonbons. Aber Jesusito machte es Spaß, mich einzuladen, und wenn er drei oder vier Münzen zusammen hatte, gab er sie mir, und ich ging ins Wirtshaus und trank auf sein Wohl, hihi. Alle Frauen wollten das Kind mit zu sich nach Hause nehmen, aber ich hielt es fest und schrie, sie sollten es in Ruhe lassen, es fühle sich nur bei mir wohl, ich sei sein Onkel Marcial, und seine Mutter habe es meiner Obhut übergeben. Ich wußte sehr wohl, was ich tat, denn Frauen lassen sich schnell erweichen und geben fremden Kindern alles, um was sie bitten, und das nützte Jesusito aus. Manchmal gaben sie ihn mir vollgepumpt mit Wasser zurück, und der Bauch war wie ein Weinschlauch zum Platzen gefüllt. Isidros Mutter war ganz verrückt auf ihn; immer wenn sie ihn mit zu sich ins Wirtshaus nahm, gab sie ihm Zimtbonbons, wonach das Kind Bauchweh bekam. Außerdem wollte ich aus Jesusito einen Mann und kein Leckermaul machen, wie die Dorfköter und ich eins sind, hihi. Deshalb riß ich ihn wütend unter den Röcken der Frauen hervor, entriß ihn ihren Armen, bewahrte ihn vor ihren Mündern, und häufig verbarg ich ihn vor ihren Blicken. Denn viele liebten ihn, aber andere ... Gott kennt die Mißgunst, die sie María gegenüber empfanden, weil sie schön war und anziehend auf die Männer wirkte; aber jenes kostbare Geschöpf, das ihr geboren wurde, war, wie ich es empfand, einer der Engel auf dem großen Gemälde in der Kirche oder zumindest sein Zwillingsbruder. Jawohl, Señor, sein Zwillingsbruder mußte er sein, weil er ihm so glich. Sie haben das große Bild in der Kirche noch nicht gesehen? Wenn man hereinkommt, rechts. Sie können es noch erkennen, obwohl es inzwischen dunkel und verrußt ist; es ist nämlich ein altes Bild, und die Gestalten sind kaum noch sichtbar. Wenn sich aber die Festtage vom heiligen Marcial nähern, überläßt die Küsterin mir den Kirchenschlüssel, und schon vor Sonnenaufgang reibe ich auf Teufel komm raus, aber doch mit aller Vorsicht, so wie es mir der Pfarrer beigebracht hat, den Fliegendreck von den Heiligenbildern, und zwar mit einem Lappen und Eiweiß. Es gibt noch mehr Bilder. Linker Hand hängt ein Bild von der heiligen Lucía, einer schönen Frau, mit einem Gesicht aus Wachs und Haar von der Farbe des Honigs; traurig sieht sie aus und müde, und in der Hand hält sie ein Tablett, auf dem ein Paar Augen liegen. Und noch mehr Bilder gibt es mit vielen Heiligen auf einmal, die nur der Herr Pfarrer kennt. Auch ein Bild vom heiligen Marcial ist dabei, das Alfonso geschickt hat, als er in Kuba war. Der Pfarrer hat einmal gesagt, er wollte es abnehmen, weil es nichts wert sei, da es sich aber um den heiligen Marcial handelte und für Alfonso ein Andenken bedeutete, konnte es da hängen bleiben, wo es jetzt noch ist, hinten in einem Winkel, wo kein Licht hinkommt. Ich mache es genauso sauber wie die anderen, und ich sehe mir gern das weiße Pferd an, wie es mit erhobenen Hufen dem Mohrenheer Angst einjagt. Das ist eine Arbeit, die ich gern mache, und immer warte ich darauf, daß die Festtage kommen, damit ich jene Gestalten wieder ans Licht holen, sie mir wieder ansehen und mit ihnen sprechen kann und sie mir zulächeln. Ja, Señor, weil ich mit ihnen spreche und sie mir dankbar zulächeln, wenn sie mit frisch gesäuberten Gesichtern auf diese Welt zurückkehren und mich trotz meines Mißgeschicks lebend vor sich sehen; uns alle hier auf Erden schauen sie an. Jesusito, ich meine das Engelchen auf dem großen Bild, erscheint in Farben, wie die Wolken sie annehmen, wenn der Tag anbricht. Ich wische es liebevoll mit meinem Tuch ab und erzähle ihm Dinge und Geschichten, die ich erfinde, hihi. Ich wasche ihm sorgsam die Ohren und putze ihm mit einem Taschentuch das Näschen. Wenn ich fertig bin, lächelt es immer noch, und sein Blick haftet an einem Strahl blauen Lichts, der durch das Kirchenfenster fällt und ihm sehr zu gefallen scheint.

Hier – Marcial zeigte auf sein spitz hervortretendes Brustbein – hier drinnen trage ich einen tiefen Schmerz. Ich meine, jeder hat sein Päckchen zu tragen, mit Ausnahme jener Herren auf den Heiligenbildern; die müssen glücklich sein, weil sie nie etwas Böses getan haben. Wenn ich beim Saubermachen leicht mit dem Tuch über das Gesicht des Engels gehe, so wie es mir der Herr Pfarrer gesagt hat, dann berühren meine Finger manchmal den Rand des Gesichts, und ich spüre die Narbe, die mir das Herz zusammenzieht. Ich sei ein unglücklicher Mensch und ein Dummkopf, werden Sie sagen, und genau das sagte auch die Küsterin, als es geschah, und sie hielt einen Knüppel in der Hand, um mir den Schädel einzuschlagen. Als der Herr Pfarrer erfuhr, was ich getan hatte, sagte er mir, daß ich die Kirche entweiht hätte, und daß ich beten sollte, soviel ich könnte, wenn ich gerettet werden und nicht mit meinen Knochen im ewigen Feuer landen wollte. Ich bereue, Señor, ich bereue sehr, aber niemand hat mir verziehen, was ich tat, nicht einmal ich selbst. Schon ein Jahr war vergangen seit dem Tod des Kindes, und ich irrte umher, ohne Trost zu finden, und brachte alles durcheinander; manchmal verwechselte ich das weit entfernte Meckern der Ziegen mit seinem Klagen; oder den Mond mit seinem rosigen Körper oder den Geruch der Milch mit seiner Haut. Seufzend und schlurfenden Ganges lebte ich eine Weile wie ein Narr, als der »Trottel Marcial«, und ich ernährte mich von den Früchten des Feigenkaktus und dem ein oder anderen Stück Brot, das die Leute mir in den Hut warfen. Das dauerte bis zu dem Tag, als mir der Gedanke kam, in die Kirche zu gehen und mich unter dem Bild mit dem Roß des heiligen Marcial zu Boden zu werfen, dem Bild, das im hinteren Teil einer großen Nische hing; die Mähne des Pferdes wehte im Wind, wütend bäumte es sich auf, die Hufe silberfarben. Isidros Mutter hatte das Gesicht dem heiligen Marcial zugewandt, die Augen waren geschlossen, in der Hand hielt sie einen Rosenkranz, und ich hörte sie leise flüstern.

Ich setzte mich in die Bank dahinter, und auf einmal fühlte ich in der Brust so etwas wie Erleichterung und ein wohliges Gefühl der Frische. Auch die Sonne schien jetzt in die Kirche und breitete sich auf den Fliesen aus und verharrte dort blaß und schwach wie ich, bis etwa zur neunten Stunde. Da erschien die Küsterin in der Tür neben dem Altar, entzündete am Bild der heiligen Jungfrau vom Karmel eine Kerze und winkte Isidros Mutter zu. Beide gingen hinaus, und ich blieb allein zurück mit diesem Gefühl der Frische in der Brust, und ich schaute zu, wie das Sonnenlicht im Innern der Kirche langsam verblich. Da geschah es, daß ich das Gefühl hatte, es sehe mich jemand unverwandt an. Ich drehte das Gesicht der Wand zu, und mein Blick traf den des Kindes, das mir zulächelte, als ob es noch auf dieser Welt wäre. Es streckte die Hände aus, als ob es mich bäte, es auf den Arm zu nehmen; da schob ich eine Bank heran, damit ich das Kind erreichen könnte. Es lächelte und sah glücklich aus, denn andere Kinder waren da, die mit ihm spielten, aber eins hielt es am Fuß fest und wollte es nicht loslassen. Plötzlich wurde alles sehr dunkel, und ich ging zur heiligen Jungfrau vom Karmel und bat sie, mir ihre Kerze zu leihen. Die Flamme zitterte in meinen Händen, und die Kinder bewegten den Kopf und ich glaubte, sie lachten, als sie sahen, wie ängstlich und nervös ich war, als ich da oben auf der Bank stand und Jesusito küßte. Aber der Gedanke, der mir dann kam, war böse, Señor, denn ich dachte, ich könnte das Kind mit mir nehmen, und so zog ich ein Messer heraus – es war mein eigenes – und begann, die süße Gestalt des kleinen Engels herauszuschneiden. Ich war gerade an seinen Ärmchen angelangt, als ich spürte, wie jemand furchtbar an meiner Hose zerrte, so daß ich auf den Steinboden fiel. Die Küsterin fing an, mich mit Fußtritten zu traktieren und mir das Gesicht zu zerkratzen und Schläge auf den Kopf zu versetzen, während sie schrie: »Bauernlümmel! Gotteslästerliche Bestie! Ich werde dich Ausbund von Häßlichkeit noch in Stücke schlagen!«

Sie nahm den Stock, mit dem die Vorhänge der Kirche auf- und zugezogen wurden, und traf mich zweimal in die Seite. Mächtige Schläge mußte ich einstecken, und schreiend vor Schmerzen rannte ich weg wie die Seele, hinter der der Teufel her ist.

Ich konnte mich hinter den Mauern des Friedhofs in Sicherheit bringen, wo ich die Nacht verbrachte, unfähig, mich zu bewegen, und winselnd wie ein geprügelter Hund, und meine einzige Hoffnung war, daß die Prügel mich nicht ins Grab brächten. Noch zwei Tage danach war ich halb lahm. Da schickte der Pfarrer nach mir.

»Ich soll dir sagen, daß der Pfarrer dich sprechen will, Marcial. Du sollst zur Kirche kommen«, sagte der Junge.

Bisher hatte ich den Friedhof nicht verlassen. Manchmal spähte ich über die Mauern und beobachtete die Personen, die vorbeikamen; sie gingen aus ihren Häusern zu Isidros Schenke und aus der Schenke wieder in ihre Häuser. Einige Frauen besuchten auch die Kirche. Die Männer nahmen morgens den Weg zum Feld. Aber wenn ich sah, daß mehrere Frauen beieinanderstanden, zitterte ich am ganzen Leib wie die Blätter des Feigenbaums an Sturmtagen. Ich wußte, daß sie von mir sprachen, und hätten sie mich in jenen Augenblicken mit ihren Krallen erwischt, hätten sie mich übel zugerichtet und mir völlig den Garaus gemacht, wie es der Küsterin gelungen wäre, wenn sie mich zum drittenmal getroffen hätte.

Nachdem ich den Gedanken hin und her gewälzt hatte, mich dem Herrn Pfarrer zu stellen, gelang es mir, mein

Versteck in einem Augenblick zu verlassen, in dem ich niemand auf dem Platz sah, und die Hand wie zum Schutz auf der Hüfte, humpelte ich über die freie Fläche, während Isidros Mutter, die mich von der Tür des Gasthauses her entdeckt hatte, mir mit erhobener Faust drohte.

Don Abel, der Pfarrer, befand sich in der Sakristei, und zunächst bemerkte er nicht, daß ich da war. Er beugte sich über einen Tisch, auf den er, mit der Vorderseite nach unten, das Bild mit dem Engelchen gelegt hatte. Mit seinen langen Fingern berührte er sanft einen großen Einschnitt, der wie ein S geformt war, und in dessen oberem Teil ich auf der anderen Seite das Gesicht und die Schultern von Jesusito vermutete. Vor Schmerz mußte ich stöhnen, und der Herr Pfarrer drehte sich um, lächelte mir zu und bat mich näher zu kommen. Wirklich, ich wußte nicht, was mehr schmerzte, die blauen Flecken, die mir die Küsterin verpaßt hatte, oder dieser Schnitt in S-Form, von dem ich nicht den Blick lösen konnte. Don Abel nahm ein Stück Sackleinen, das er schon in Form und Größe eines Taschentuchs zugeschnitten hatte, und mit Hilfe eines Pinsels bestrich er es mit einer Art Kleister. Dann nahm er das Stück Sackleinen und bedeckte wie mit einem Pflaster die Schnittwunde des Bildes. Er beschwerte die Stelle mit einem dicken Buch, wie er es beim Messelesen benutzte, und um das Gewicht noch zu erhöhen, stellte er einen der Silberleuchter darauf. Als er damit fertig war, zog er einen kleinen Lappen aus der Tasche seiner Soutane und begann, den Kleister abzuputzen, der noch an seinen Fingern klebte.

»Na, Marcial«, sagte er mit dem gewohnten gütigen Lächeln und betrachtete seine Hände. »Wir wollen versuchen, dein Vergehen wieder in Ordnung zu bringen, aber an dir liegt es, ein Trostpflaster für dein Gewissen zu finden.«

Sanft ruhte seine Hand auf meiner Schulter, mit dieser Sanftmut, die wir alle an ihm kannten, und er schickte mich zu dem Bild, auf dem der heilige Marcial auf dem aufbäumenden Roß saß, damit ich zum heiligen Schutzpatron von Femés alle Gebete betete, die ich wußte. So tat ich, obwohl die Reihe der Gebete, die ich auswendig konnte, nicht lang war, und ich wußte nicht, ob sie reichten, damit der Heilige mich von den Schmerzen erlöste oder besser gesagt: von dem Schmerz, denn von den Stockschlägen der Küsterin hatte ich mich in wenigen Tagen erholt, aber dieser Schmerz hier drinnen – Marcial zeigte auf sein spitz hervortretendes Brustbein – der hier ...

Ich meine, fuhr er fort, den, der zwischen Bauch und Kopf sitzt. Gott gab meinem Körper diese Gestalt, damit mein Leid darin Platz fände, denn hier drinnen habe ich so etwas wie eine schräg stehende Totenkiste. Und so lastet auf mir seit jenem Tag, von dem ich Ihnen eingangs erzählte, der Tag der großen Hitze, als ich das Kind mit mir vor die Kirche nahm, mich mit ihm hinsetzte, eng an die Wand gedrückt, um das letzte Eckchen Schatten zu nützen, das schnell weniger wurde und zum Schluß schmaler war als mein Hutband. Man sagt, daß die Dinge, die geschehen, schon lange vorher aufgezeichnet sind, aber ich, Señor, kann nicht lesen, und so kam es mir nicht in den Sinn, daß sich uns das Unheil bereits in jenem Staubwirbel näherte, den man aus der Ebene von Ajaches her heraufziehen sah, im Schlepptau des Lastwagens von Pedro El Geito. Zu jener Zeit war Pedros Laster gerade eingefahren, und schön sah er aus, so leuchtend rot und fabrikneu, und mit den schwarzen

Kotflügeln und den goldenen Scheinwerfern. Wenn man den Staub wegwischte, mit dem er sich unterwegs bedeckt hatte, glänzte er dermaßen, daß man die Augen zusammenkneifen mußte. Schon von weitem erkannte Jesusito das Motorgeräusch, und er spitzte die Ohren und schrie begeistert: »Onkel Pedro! Onkel Pedro!« und lief los, um auf der Mitte des Platzes auf ihn zu warten. Alle Kinder rannten aus den Häusern, und die wilde Schar machte großen Lärm, bis das Gefährt mit Volldampf erschien und die Jungen wie Schnecken an der Kirchenmauer klebten. Hihi, es war ein lustiges Spiel, und einmal spielte ich Stierkampf mit dem Laster, indem ich einfach Jesusito am Arm packte und wegzog, um ihn so vor dem heranbrausenden Ungetüm in Sicherheit zu bringen.

Wenn Pedro im Dorf bleiben wollte, stellte er den Lastwagen auf den großen Patio eines Hauses, das heute nicht mehr steht, sich damals aber hinter dem Friedhof befand, dort, wo die Steinhaufen zu erkennen sind, neben der Dattelpalme. An jenem Tag der großen Hitze mußte er wohl noch eine Fahrt vorhaben, denn er hielt vor der Tür des Gasthauses an. Er stieg aus und winkte mich heran. Die Jungen umringten den Wagen und begutachteten, die Hände auf dem Rücken, jedes Detail.

»Hier nimm, Marcial«, sagte er und reichte mir einen alten Lappen. »Du kannst Staub wischen, aber paß auf, das Auto ist glühend heiß.«

Ich zerriß den Stoff in zwei Teile und gab Jesusito die Hälfte.

»Hilf du mir auf der anderen Seite, aber Vorsicht, komm nicht mit der Hand an das Blech, es ist glühend heiß, hihi!« Jesusito arbeitete mit viel Geschick, und als am Ende der Schmutz von unterwegs beseitigt war, erstrahlten die schwarzen Kotflügel in neuem Glanz.

»Das ist der Laster von meinem Onkel Pedro«, sagte Jesusito.

Die Jungen hielten immer noch die Hände auf dem Rücken und sahen stumm und neidisch zu. Einige kamen ganz nahe heran, weil sie ihr Gesicht im Lack spiegeln wollten.

Als wir mit der Arbeit fertig waren, lud uns Pedro zu Isidro ein, mich auf ein paar Gläser Wein, und für das Kind gab es Zimtbonbons. Ich dachte nicht im Traum daran, Señor, daß uns in diesem Augenblick das Unglück schon in den Fängen hatte, denn als die Gläser leer waren, sagte Pedro, ich sollte ihn nach Playa Blanca begleiten; dort würden wir Fässer entladen, und ich sollte ein paar Münzen dafür bekommen. Er meinte auch, daß Jesusito der Ausflug sicher Spaß machen würde. Ich machte vor Freude einen Luftsprung, denn da Pedros Laster so schnell fuhr, würde uns immer ein frisches Windchen um die Nase wehen, und dem Kind würde die schlechte Laune vergehen, unter der es seit dem frühen Morgen wegen der Hitze litt. Gesagt, getan. Von Yaiza an abwärts gab Pedro Vollgas, lehnte sich in seinem Sitz zurück, ließ das linke Bein aus der Tür hängen und begann, aus vollem Hals kanarische Lieder zu schmettern, wobei eine Hand am Lenkrad genug war und der Kopf am Rückenpolster lehnte. Ich hatte keine Angst. Ich versichere Ihnen, Señor, wenn ich mich mit aller Kraft an Jesusito, der auf meinem Schoß saß, festhielt, dann deshalb, weil ich ihm die Stöße ersparen wollte, die ich durch die Schlaglöcher mitbekam – von den Stangen der Wagenplane am Kopf und vom Holzsitz unter meinem Hintern. Der Weg war gerade und abschüssig, und da Pedro die Löcher nicht umfuhr, hingen wir mehr in der Luft, als daß wir den Boden berührten. Pedro meinte, der Laster wisse den Weg schon von allein, und so hatte er kurz nach der Ausfahrt aus Yaiza zu ihm gesagt: »Lauf, Pferdchen, lauf!«, als ob es ein Roß wäre. Was Jesusito angeht, so können Sie sich nicht vorstellen, wie er kreischte, lachte, in die Hände klatschte und einfach glücklich war. Wir bewegten uns schneller als die Mauren auf der Flucht vor dem heiligen Marcial, und ich beneidete Pedro um seinen Laster und das Leben, das er führte. »Du kannst glücklich sein, Pedro!« schrie ich.

Wegen der Motorgeräusche und der Schreie des Jungen hörte er mich nicht richtig. Damit er verstand, was ich sagte, rief ich lauter: »Ich meine, du kannst glücklich sein, Pedro!«

Aber er hatte es sich auch verdient, es war ihm nichts geschenkt worden. Seit seinem fünfzehnten Lebensjahr fuhr er zur See, wo er – wie ich von allen gehört habe – hart schuftete. Deshalb hat er den Laster sehr wohl verdient, oh ja, Señor, denn er war ein guter Mensch, sehr arbeitsam und immer bemüht, sich einiges auf die hohe Kante zu legen.

Immer noch habe ich eine hohe Meinung von Pedro, als ob er mein Bruder wäre, obwohl ich ihm an jenem Tag ein Messer in die Brust stoßen wollte; das erfuhr ich später von den Leuten da unten in der Pinte von Playa Blanca. Und wenn es sich so zugetragen hat, mögen Gott und Pedro mir verzeihen!

Damals gab es zwei Schenken in Playa Blanca, die größere war die von Trinidad; sie hatte einen Sonnenschutz aus Palmblättern über der Tür und ein paar wirklich hübsche Tische, an denen man essen, trinken oder Karten spielen konnte. Dort luden wir die Fässer aus, besser gesagt: Pedro, Trinidad und ihr Mann luden sie aus, denn kaum war ich ausgestiegen, hing mein Blick gedankenverloren auf dem Meer, und sie forderten mich nicht auf, ihnen zu helfen. Als wir ankamen, war der Sand so heiß, daß Jesusito nicht barfuß laufen konnte. Trinidad schenkte ihm ein Paar bunte Segelschuhe, und der Junge lief zum Wasser, warf Stöcke ins Meer, suchte Muscheln und tollte herum. Trinidads Mann lud uns auf ein paar Glas Wein ein, und über dem Trinken schlug er Pedro einen Handel vor.

»Hier wird nicht alles verbraucht, was gefischt wird«, sagte er. »Mit deinem Laster könntest du den Fisch in die Dörfer bringen und ihn dort verkaufen. Du könntest jeden Tag morgens früh kommen, wenn die Fischerboote im Hafen einlaufen. Was meinst du?«

»Find ich gut. Machen wir einen Versuch!«

Ich fragte, ob sie keinen Helfer brauchten, und wenn es nur darum ginge, den Ausrufer in den Dörfern zu spielen, um die Ankunft des Fischhändlers zu melden. Pedro lachte und schlug mir mit der Hand auf den Buckel.

»Klar doch, Mann!« rief er. Und wir tranken weiter. Trinidad blickte zu dem Lastwagen: »Bei dieser Hitze und der Steigung bis Yaiza wird der Karren explodieren.«

Pedro dachte dasselbe. Die Rückfahrt würde hart werden. Trinidads Mann meinte, wir sollten bei ihnen zum Essen bleiben, weil die beste Zeit für die Heimfahrt der frühe Abend sei, wenn schon ein frischer Wind wehte. Sie wollten uns einen leckeren Fischtopf mit Süßkartoffeln kochen. Ich nahm die Einladung sofort an, hihi, denn ich dachte an Jesusito, dem ein Stück frischer Fisch gut täte, hihi. Auch Pedro ließ sich nicht lange bitten. Und so aßen wir an jenem Tag ein köstliches Fischgericht aus Zackenbarsch und Süßkartoffeln aus Sóo, weiß und gelb waren sie, wie Eiweiß und Dotter. Der Wein kam aus Uga – es war der, den wir mitgebracht hatten –, und obwohl er noch ein wenig warm war, erfrischte er mir die Kehle, als ob ich allen Staub herunterspülte, den ich auf der Fahrt geschluckt hatte. Wir aßen drinnen im Lokal, und die beiden setzten sich zu uns. Das Kind aß mit Appetit und hatte es eilig, wieder ans Meer zu kommen, um dort weiter herumzutollen und Muscheln zu sammeln. Danach machte Trinidad uns Kaffee, den sie in kleinen blauen Tassen mit goldenem Henkel servierte; sie waren ein Hochzeitsgeschenk, sagte sie, und diese vier waren die letzten, die von dem Service übriggeblieben waren. Schade, anschließend waren es nur noch drei, denn ich stieß mit dem Ellbogen an eine, und sie fiel zu Boden und zersprang in tausend Stücke. Es war, als ob es meine eigene gewesen wäre, und die Folge war, daß ich für den Rest des Nachmittags die Flügel hängen ließ und Unheil witterte.

Pedro und Trinidads Mann tranken nach dem Essen weiter und sprachen von diesem und jenem, ohne daß ich mich an der Unterhaltung beteiligte, denn mein Kopf war schwer und die Augen fielen mir bei dem drückenden Wetter zu und auch, meine ich, weil mir der Fisch im Magen lag und weil ich immer an das zerbrochene Täßchen denken mußte.

Als der Nachmittag halb vorbei war, kamen zwei Fischer in die Schenke. Der eine war Salvador; wenn er sprach, war es, als donnerte es; den Namen des anderen weiß ich nicht mehr. Im Schutz des Palmdachs begannen sie eine Partie Karten zu spielen, während ich zum Meer ging, um nach Jesusito zu sehen.

Der Junge hatte riesigen Spaß mit seiner Muschelsammlung, seinen bunten Glasscherben und ein paar grünen Fischchen, die er zum Trocknen auf den Sand gelegt hatte. Er wollte die Kleider ausgezogen haben, und ich ließ ihn splitternackt herumlaufen, so wie Gott ihn geschaffen hat. Da es immer noch heiß war, mußte er die bunten Segeltuchschuhe anbehalten, und ich lieh ihm auch meinen Hut, damit er weder oben noch unten von der Glut versengt würde. Von Trinidads Pinte her hörte ich die über dem Wein immer lauter werdenden Stimmen der Kartenspieler beim Reizen und Auftrumpfen, und sie lärmten, als ob sie Streit hätten. Ich suchte den Schatten eines Bootes auf und versuchte, Siesta zu halten, damit mir die Übelkeit, die mir der Wein verursacht hatte, verginge. Währenddessen muß es in meinem Kopf tüchtig gearbeitet haben, denn als ich die Augen aufschlug, war die Sonne fast untergegangen. Ich ging zurück, wo die Leute immer noch Karten spielten, zeterten, tranken, schrien und lachten. Auf dem Boden standen leere Flaschen und auf Kisten die Gläser und Teller mit den Fischresten. Pedro hatte ein knallrotes Gesicht, glasige Augen und schwitzte. Auch die anderen waren betrunken. Salvador hatte sich das Hemd aufgeknöpft und kreischte unablässig; wegen seiner lauten Stimme nannten sie ihn Salvador den Pfaffenschreck.

»Bestell dir noch ein Glas, Marcial, du siehst ja aschgrau aus!« rief Pedro.

Als ich nach dem Glas griff, das er mir reichte, rutschte es mir dummerweise aus der Hand, und ich goß ihm den Wein über die Hose, die nasse Flecken bekam, als ob er gepinkelt hätte. Als Pedro aufstand, warf er den Stuhl um. Er versetzte mir einen Fußtritt, der mich vor das Sonnendach beförderte.

»Dieser verdammte Bucklige baut nur Mist, Scheiße!« beschimpfte er mich.

Wie ich da im Sand lag, hatte ich Lust zu heulen – und

zwar wegen mir, denn Pedro war ich nicht bös; ich wußte ja, daß er dabei war, das Spiel zu verlieren, und außerdem war er betrunken und nicht mehr Herr seiner Sinne. Ich mußte an das blaue Täßchen von Trinidad denken und auch an das Glas, das beim Hinfallen zerbrochen war. Und wieder grämte ich mich, wenn ich daran dachte, daß all das ein böses Omen sei. Während die anderen spielten, ging ich zum Laster und setzte mich auf eins der Trittbretter, wo ich begann, die Dinge zu färben. Färben heißt bei mir, sie schwarz in schwarz zu malen. Ich stellte mir vor, daß es gefährlich wäre, nachts zurückzufahren, zumal Pedro stockbesoffen war. Der Weg verlief zwar geradeaus bis Yaiza, aber der Laster könnte in einem großen Schlagloch umkippen ... Natürlich würden wir, da es bergan ging, langsam fahren, dachte ich, um mich zu trösten. Trotzdem blieb die Angst, denn ich stellte mir vor, daß irgendwas passieren müßte wegen des Unglücks, das ich verbreitete. Pedro fuhr gern schnell und dazu der Rausch, den er hatte ... Dann wieder sah ich Jesusito tot vor mir, eine klaffende Wunde auf der Stirn, blutbefleckt ... Vielleicht würde ja auch gar nichts passieren. Vielleicht waren das ja alles nur Hirngespinste von mir, doch vielleicht würde Jesusito sich bei einem scharfen Bremsmanöver die Zähne ausschlagen oder sich ein Fingerchen in der Autotür klemmen. Aber vielleicht nicht einmal das, vielleicht malte ich mir alles zu schwarz aus.

Voll solch düsterer Gedanken ging ich wieder zur Schenke und sagte zu Pedro, daß es Zeit sei aufzubrechen, daß die Nacht uns überraschen werde und der Weg schlecht sei. Pedro erklärte die Partie für beendet, erhob sich und schaute zum Strand hinunter, wo Jesusito spielte.

»Ich geh ins Wasser«, sagte er.

Das Meer war so ruhig wie ein Teich. Pedro lief zu einigen am Ufer liegenden Booten, hinter denen er sich auszog, und dann sahen wir ihn in der Unterhose über den Sand laufen. Er ging auf das Kind zu, hob es auf die Schultern und trug es im Galopp ins Wasser. Dann schwamm er auf dem Rücken und Jesusito ritt auf seinem Bauch und jauchzte vor Vergnügen und platschte mit den Händchen ins Wasser.

Trinidad, die von der Tür aus zusah, gefiel das Schauspiel; sie meinte zu mir, daß das Kind tüchtig Spaß habe und daß es ein sehr hübsches Kind sei, und daß wir alle sehr an ihm hingen, wie man ja sehen könne.

Plötzlich stieß Salvador den Tisch heftig zur Seite und rannte, gefolgt von dem anderen Fischer, zum Strand. Bevor sie das Meer erreichten, hatten sie die Hemden schon von sich geworfen, sprangen mit einem Kopfsprung ins Wasser und begannen, mit aller Kraft zu kraulen. Da merkte ich, daß es vor ihnen außer Meer nichts gab, daß weder Pedro noch das Kind zu sehen waren. Nur ein klein wenig Schaum und eine einzige Welle, die vom Strand zurücklief. Trinidad stieß einen Schrei aus, preßte ihre Schürze vor den Mund, und zusammen mit ihrem Mann starrte sie entsetzt auf das Meer. Ich warf mich zu Boden, versteckte mein Gesicht und wühlte den Sand auf. Nein, Señor, ich kann nicht beschreiben, was ich fühlte. Ich kann es Ihnen nicht sagen. Danach verlor ich für lange Zeit die Besinnung.

Als ich wieder zu mir kam, sah ich, wie eine Gruppe Männer auf die Schenke zulief. Sie trugen Pedro, von dem ich nur einen Arm sehen konnte, der leblos herunterhing. Fast wäre ich wieder ohnmächtig geworden, und mir wurde speiübel. Als ich aufstehen konnte, ging ich ans Meer, wo sich mehrere weinende Frauen versammelt hatten. Trinidad kam auf mich zu und sagte schluchzend, daß sie das Kind ... daß sie das Kind immer noch suchten. Auf dem Meer – und es war so ruhig, Señor! – auf dem Meer fuhren zwei Boote über derselben Stelle hin und her. Einige Männer schwammen und tauchten, andere suchten mit Hilfe von Guckgläsern von den Booten aus den Boden ab. Eine der Frauen schneuzte sich heftig und seufzte; dann knetete sie immer wieder das Taschentuch in ihren Händen. »Nein, so ein Unglück! Einfach nicht zu fassen! Und das Meer wie eine Pfütze, so ruhig! ...«

Eine andere meinte, daß wegen seines vollen Bauchs Pedros Herz ausgesetzt habe. Trinidads Mann trat zu der Gruppe. Mit bleichem Gesicht kam er aus der Schenke. »Pedro lebt. Es muß so etwas wie ein Herzschlag gewesen sein.«

Er stampfte mit dem Fuß in den Sand und rief: »Was für ein Unglück, Scheiße!«

Nein, Señor, ich weinte nicht; ich war nicht richtig beieinander und merkte nur, daß ich den Mund nicht schließen konnte, und ich wußte nicht, ob es ein böser Traum oder ob alles Wirklichkeit war. Ich glaubte, ich würde Jesusito nie wiedersehen. Ich zitterte am ganzen Körper, pausenlos.

Einer der Männer aus den Booten hob einen Arm zum Zeichen, daß er etwas gefunden hatte. Die Frauen hörten zu weinen auf, und wie auf Befehl wateten wir alle zusammen bis zu den Knien ins Wasser, um besser erkennen zu können, was vorging. Die Fischer beugten sich über den Bootsrand, und einer von ihnen nahm eine lange Stange – Bootshaken sagen sie dazu – und tauchte sie ins Wasser.

Ich weiß nicht, wie ich es anstellte, ob mit Gebeten, wie es sich gehört, oder ob ich mit Gott einfach so sprach, wie ich jetzt mit Ihnen spreche, jedenfalls betete ich zu Gott, daß Jesusito nicht grün aussähe. Denn zweimal schon hatte ich gesehen, wie Ertrunkene herausgezogen wurden. Einer dort drüben an den Papagayaständen, wo es besonders tiefe Stellen gibt, ein Junge von vierzehn Jahren, der, als sie ihn herauszogen, eine Farbe wie dunkler Honig hatte, wie die Datteln der Kanarischen Palme. Der andere war bei uns in Femés in der Zisterne von Alfonsos Haus. Es war ein Hund, und er war grün geworden.

Aber was wir erwarteten, trat nicht ein, nein, Señor. Von Jesusitos Körper fand sich nicht einmal eine Spur, nur, als sie den Bootshaken aus dem Wasser zogen, befand sich an seiner Spitze einer der roten Segeltuchschuhe, die ihm Trinidad geschenkt hatte. Die Frauen weinten noch lauter. Ich hätte Gott noch um etwas anderes bitten können, ich hätte ihn bitten können, daß er mich nicht verließe und mir Mut und Ergebenheit schenkte, damit ich das Unglück wie ein guter Christ ertrüge, aber ich tat es nicht, und der verfluchte Teufel nutzte die Gelegenheit und fuhr in mich. Ich kann nicht sagen, gegen wen ich so eine unendliche Wut fühlte, daß meine Augen blutunterlaufen waren und ich nichts mehr sehen konnte, und Schaum trat mir vor den Mund, und ich preßte die Fäuste zusammen und grub mir die Nägel ins Fleisch. Ich lief zu einem der Boote, die am Strand lagen, und ohne lange zu überlegen, ergriff ich ein Messer, das ich kurz vorher dort gesehen hatte. Es war ein großes, rostiges Messer, das zum Schuppen der Fische gebraucht wurde, und damit begann ich, durch die Luft zu fuchteln, als ob ich einer verhexten Bestie, die über mich herfiel, den Bauch aufschlitzen wollte. Dann rannte ich zu Trinidads Haus, und dort wollte ich Pedro das Messer in die Brust stoßen. Was ich jetzt zuletzt gesagt habe, daran erinnere ich mich nicht mehr, denn man sieht ja, daß ich nicht wußte, was ich tat. Meine Freunde haben es mir verschiedentlich erzählt, wenn wir uns dort bei einem Glas Wein trafen. Trinidads Mann sagte mir einmal, daß ich einem Skorpion geglichen hätte, wie ich mit dem Messer in der Hand Pedro in die Brust stechen wollte.

»Du sprangst im Zimmer von einer Wand zur anderen, auf das Bett und gegen die Wände. Es war schwer, dich zu bändigen, du hast Beleidigungen ausgestoßen und vor Wut geschäumt wie ein Besessener.«

Einem der Fischer versetzte ich einen Hieb in den Arm, und immer wenn wir uns sehen, krempelt er sich den Ärmel hoch und zeigt mir die Narbe.

»An jenem Tag warst du wie ein Skorpion«, sagt er dann jedesmal.

Nein, Señor, Schmerzen töten nicht. Ich meine, Schmerzen, die töten, spürt man nicht lange. Die wirklichen sind die, die Jahr für Jahr anhalten, die ein ganzes Leben lang in einem sind. Sie dehnen sich aus wie das Meer und werden schwarz und brennen wie die Steine der Lavawüste.

Auf dem Rückweg nach Femés fuhr der Teufel aus mir aus. Ich erkannte, was geschehen war, und versuchte, Ordnung in meinen Kopf zu bringen. Es war schon Nacht, und Pedros Laster war voller Leute, und es kostete ihn Mühe, die Steigung zu schaffen. Salvador saß am Lenkrad, und ich hatte mich auf die Ladefläche in eine Ecke zwischen vier Männer gehockt, die traurig auf den Weg starrten, den wir hinter uns ließen. Ich fragte, wie es Pedro ging, und sie antworteten mir, daß es ihm gutginge, und daß er vorn sitze, aber noch nicht in der Lage sei, selbst zu fahren. Stumm setzten wir den Rest der Fahrt fort, umgeben von den Lavafeldern und der dunklen

Nacht, in den Ohren nichts als das Brummen des Motors. Der Mond schien, und ich hatte den Eindruck, mich in einem dunklen Zimmer mit einem kleinen, runden Fenster zu befinden, durch das Tageslicht einfiel, das Licht von Femés, das Licht der ganzen Insel, wo die Dinge sich ereigneten, die Menschen lebten ...

Also, ich weiß, wovon ich spreche, hihi ...

Bevor wir zu den ersten Häusern des Dorfes kamen, stand ich auf und rief Salvador zu, er solle langsamer fahren, ich wolle hier aussteigen. Und als er die letzte Kurve nahm, duckte ich mich und ließ mich hinausfallen, rollte ein paar Meter über den Weg und blieb auf der Erde sitzen. Niemand sagte etwas, und ich sah, wie sich der Laster entfernte, und sah die Silhouette der Männer mit ihren Hüten; ruhig waren sie und schwiegen und sahen mich unverwandt an.

Ich begab mich zu Marías Haus, sie war aber noch nicht zurück. Es konnte nicht mehr lange dauern, und ich hatte es eilig, die Dinge zu regeln, das heißt eine Lösung zu finden, wie man ihr die schlimme Nachricht überbringen könnte, denn ich glaubte, daß niemand im Dorf den Mut besaß, so kurz danach zu ihr zu gehen. Auch ich nicht, ich noch am wenigsten, wie Sie ja sicher verstehen. Während der Fahrt im Laster war mir nämlich eingefallen, daß ihre Tante, die Hexe, in ähnlicher Not sich zu helfen wußte, ohne der betreffenden Person ins Gesicht sehen zu müssen. Und ich nahm mir vor, das gleiche zu tun. Es war nicht schwer. Ich suchte in der Umgebung trockene Zweige und legte sie in Form eines Kreuzes auf Jesusitos Bettchen. Dann ging ich weg, begab mich an den Hang des Berges, und hinter einer Opuntie verborgen, brach ich in Tränen aus, was mir Erleichterung verschaffte. Von meinem Versteck aus konnte ich sehen, wie die

Leute zu Isidros Schenke eilten. Vor der Tür bildeten sich verschiedene Gruppen, und mit dem Wind stiegen das Murmeln und die Seufzer der Frauen zu mir herauf. Plötzlich verschwanden all jene Personen, und Männer und Frauen hatten es eilig, ihre Häuser zu erreichen, und kurz darauf erloschen alle Kerzen, und Femés lag im Dunklen, in einem bläulichen Licht, denn nur der Mond schien. Ich nahm an, daß jemand Marías Rückkehr angekündigt hatte. Und so war es, denn es dauerte nicht lange, da zeichnete sich der schwarze Schatten auf der langen, weiß gekalkten Mauer von Alfonsos Haus ab. Bei der Kirche wandte sie sich nach links, und in diesem Augenblick sah ich, wie Isidros Mutter den Platz überquerte, als ob sie sie einholen wollte, aber es gelang ihr nicht, denn María betrat bereits das Haus, und im selben Augenblick wurde die Stille der Nacht von einem solch gellenden Schrei durchbrochen, daß ich eine Gänsehaut bekam. Sämtliche Hunde von Femés und Umgebung begannen wütend zu bellen, und dann heulten sie anhaltend ... Ich wühlte das Gesicht in die Erde und heulte wie die Hunde, und Schaum trat mir vor den Mund. Das Dorf verbrachte die Nacht in heller Aufregung, aber María war unauffindbar. Isidros Mutter erzählte, daß sie sie gesehen habe, daß María geschrien habe und wie wahnsinnig herumgelaufen sei, und daß sie sie beruhigen wollte, es ihr aber nicht gelungen sei, und daß sich schließlich ihre Spur landeinwärts verloren habe. Jawohl, Señor, die Arme ist wahnsinnig geworden, und länger als vierzehn Tage irrte sie hier herum, ohne daß man sie zu Gesicht bekam, aber aus anderen Orten wurde uns über sie berichtet. Zum Beispiel im Gebiet von La Geria hörte man nachts langgezogenes Heulen, das nicht von Hunden kam. Unten in der Gegend von Papagayo sichtete man Ziegen, die von Geisterhand gemolken wurden, und weiter weg in der Gegend von Teguise erzählte man von einer bildschönen Frau, die plötzlich mitten auf dem Weg auftauchte, den Männern zupfiff und sich dann über sie warf, ihnen die Zähne ins Fleisch grub und die Augen auskratzte. Sie sagten, es sei der Teufel, aber wir hier in Femés wußten, daß es María war, die – ihres Verstandes beraubt – wie ein steuerloses Schiff hin und her getrieben wurde.

Eines Abends kam zu uns ins Dorf ein Mann aus der Ortschaft Mácher; man nannte ihn das Kaninchen, denn sein Kopf glich dem dieses Tieres. Er trug einen Verband um die rechte Hand, und sein Gesicht war so zerkratzt, daß wir dachten, er sei in einen Opuntienbusch gefallen, er aber erzählte uns, daß er in der Nacht, kurz vor Morgengrauen, einem Gespenst in Gestalt einer Frau gegenüberstand, und dieses Gespenst habe ihn in die Hand gebissen, und fast hätte es ihn einen Finger gekostet. Dann zeigte er auf sein Gesicht und sagte: »Schaut her, wie es mich zugerichtet hat.«

Zwei Nächte später, als wir Männer in Isidros Schenke saßen, hörten wir jenes langgezogene Heulen, das nicht von einem Hund kam. Es erklang hoch oben auf dem Atalayaberg und ließ uns das Blut in den Adern erstarren.

15. Kapitel

Die Sonne versank hinter den stumpfnasigen Bergen, den weißen und schwarzen Hügeln des Saimor, des Cerro de los Palomos und des Vulkans Santa Catalina. Wie drei schwarze Finger liefen die Schatten über die Ebene aus Sand und Geröll. Dahinter, noch weit weg, kam der große Schatten, der Schatten des Timanfaya, der heute nur noch der Schatten seiner selbst ist. Dort befinden sich die Feuerberge, die das Herz der Insel bilden und im Innern immer noch glühen, als ob die Insel gerade erst gestorben wäre.

Auf der Vulkanasche der Ebene von Los Ajaches liegen die Ruinen von San Cristobalón, einer ehemaligen Kirche oder Einsiedelei, von der nur noch vier ziemlich zerfallene Mauern stehen.

Über die Person von Don Abel wußte ich nicht viel. Die Erzähler dieser Geschichte hatten ihn kaum erwähnt. Das einzige, dessen ich mich erinnerte, war die Szene, die mir Marcial beschrieben hatte und die sich auf die Untat bezog, die der Bucklige an dem Engel auf dem Gemälde begangen hatte.

Ich stellte mir Don Abel als einen sehr gütigen Menschen mit sparsamen Gesten und sanfter Rede vor. Heiterkeit muß in seinen Augen gelegen haben und auf seinem Gesicht ein Lächeln, und gewiß hat er den Sündern gern Vergebung gewährt. Auch hörte ich einmal, wie man über die Form seiner Hände sprach, schmal und weiß müssen sie gewesen sein. Damit konnte ich mir schon ein Bild von dem Menschen machen, der mir gerecht und zartfühlend zu sein schien und die kleinen Alltagssünden liebevoll übersah – zumindest in jenen Jahren, als er der Pfarrer von Femés war. An all das dachte ich, als ich mich eines Nachmittags auf den Weg zur Einsiedelei von San Cristobalón machte, um ihn zu besuchen.

Mitten in der Ebene erhob sich, genau wie man mir gesagt hatte, ein großer Kegel aus Vulkanasche, ein versteinerter Krater, der von roter und schwarzer Erde umgeben war, mit hellen Flecken aus Feldspat und Kalkkruste. Zwei hohe Palmen kündigten den nahen Brunnen an, und ein wenig weiter, bereits auf dem dunklen Vulkanboden, konnte ich ein bescheidenes weiß getünchtes Haus mit einem kleinen Holzbalkon erkennen. Der Pfad, auf dem ich ging, führte mich in eine kleine Schlucht, auf deren Grund einige große, im Kreis angeordnete Steine die Öffnung der Zisterne markierten. Eine Gestalt mit breitem, geflochtenem Strohhut war damit beschäftigt, Eimer mit Wasser in ein aus Stein und Kalk gemauertes Becken zu entleeren. Sie wandte mir den Rücken zu und beugte sich vornüber, um die Flüssigkeit langsam auszugießen. Über den Schultern trug sie eine alte Militärjacke, die an den Ellbogen mit einem anderen Stoff geflickt war, ohne Knöpfe, Achselstücke oder Taschen. Soweit man erkennen konnte, schien das Gewand darunter noch älter und verschlissener zu sein. Neu war es vielleicht einmal schwarz gewesen, aber jetzt hatte der eigentümliche Rock eine Farbe zwischen grünlich, braun, grau oder aschfarben, eine Farbe, die ich nie genau zu bestimmen wußte, da es die Farbe ganz gewöhnlicher Katzen ist. Der rötliche Staub der Umgebung klebte auf dem steif gewordenen Gewebe. Durch einen langen Riß in Wadenhöhe wurde so etwas wie ein dünner, kraftloser Knochen sichtbar.

Ich wünschte der Gestalt einen guten Abend, aber sie antwortete nicht. Sie drehte sich nicht einmal nach mir um. Eine ganze Weile goß sie langsam das Wasser in das kleine Becken. Ich setzte mich hin, um auszuruhen, und hoffte, sie würde mir etwas von dem köstlichen Naß anbieten. Drei Ziegen kletterten den Hang der Schlucht hinunter, vier andere verharrten am Rand, und ihre Umrisse zeichneten sich vor dem Himmel ab.

Ich erkundigte mich nach Don Abel und fragte auch nach der Einsiedelei von San Cristobalón. Die seltsame Gestalt, hinter der ich eine Frau vermutete, richtete sich auf und wandte sich mir zu. Sie sah mich mit grauen, hellen Augen forschend an. Dann nahm sie den Hut ab, und der Wind verwehte die weißen Haare.

»Zu Diensten«, sagte die Person. »Ihr Diener, der ehemalige Pfarrer von Femés.«

Da erst bemerkte ich die Soutane, die am Hals offenstand, als ob sie aufgerissen wäre, wobei ein Teil der hageren Brust, die ein Flaum weißer Haare bedeckte, sichtbar wurde. Ich war beeindruckt von dem stark hervorspringenden Adamsapfel, dem Brustbein und den beiden Schlüsselbeinen, die zusammen ein großes Kreuz bildeten. Im Gesicht waren die Spuren früherer Zeiten erloschen, und vergebliche Mühe war es, nach ihnen zu forschen. Die grauen Augen saßen tief in den Höhlen, die Gesichtsmuskeln waren schlaff geworden, die Haut haftete an den Backenknochen, und die Ohren standen stark vom Schädel ab. Vor mir stand ein alter, in Lumpen gehüllter Mann, der mich aufmerksam betrachtete. Ich bat ihn um etwas Wasser, worauf er ausrief: »Aber natürlich! Wie konnte ich das vergessen!« und mir den Eimer reichte. »Dem Dürstenden zu trinken zu geben ist ein Werk der Barmherzigkeit, nicht wahr? Oh ja, wir müssen die Gebote erfüllen! Trinken Sie, es ist Wasser, das ich aus dem Brunnen hochgezogen habe, und ich biete es Ihnen an, das dürfen Sie nicht vergessen.« Seine kräftige Stimme erstaunte mich, ebenso eine ärgerliche Kopfbewegung, mit der er die Zähne zusammenbiß. Das Wasser schmeckte salzig, war aber frisch.

»Sind Sie allein gekommen?« fragte er.

Ich nickte zustimmend; der alte Pfarrer äugte mißtrauisch umher.

»Hier gibt es nichts zu sehen. Wenn Sie aber müde sind, werde ich meine heutige Arbeit fortsetzen.« Er lachte schallend zum Himmel hinauf. »Ich werde dem Fremden Obdach geben. Na, was meinen Sie? Aber Sie dürfen das nicht vergessen!« Und wieder biß er zornig die Zähne zusammen.

Wenig später erklommen wir den Rand der kleinen Schlucht. Er ging voran, mit der rechten Hand stützte er sich auf einem Bein ab, wobei er leicht hinkte, aber er ging so entschlossenen Schrittes, daß es mich in Anbetracht seines Alters erstaunte. In der linken Hand trug er den Hut und schwenkte dabei den Arm, als ob er sich mühte, dem Rhythmus eines Militärmarsches zu folgen. So kamen wir zusammen an den beiden Palmen vorbei und erreichten den ebenen dunklen Lavaboden. Don Abel wies nach links: »Dort drüben liegt die Einsiedelei von San Cristobalón. Sie fragten doch danach? Nun, da drüben ist sie. Das heißt, die Mauern stehen noch.«

Zwischen Staubfahnen, die der Wind aufwirbelte, konnte ich undeutlich den Umriß der Ruinen erkennen.

Wir gingen weiter bis zu dem weiß getünchten Haus, dem Haus Don Abels; es lag eingebettet zwischen schwarzem und rotem Vulkangestein. Im unteren Teil hatte es zwei Räume, und außen führte eine kleine Stiege zu einem Holzbalkon.

»Das ist mein Haus«, bemerkte er. »Und auch das Ihre. Es ist nichts weiter als eine Hütte, für mich aber ist es schon zuviel, jawohl, zuviel. Wie ein Palast ist es. Wirklich, es ist auch Ihr Haus! Sie sind mein Gast, und indem ich es Ihnen anbiete, erfülle ich die Gebote. Ich beherberge den Wanderer. So ist es doch, nicht wahr?«

»Sehr liebenswürdig von Ihnen«, sagte ich und setzte mich in den Schatten.

Don Abel ging ins Innere und kam kurz darauf mit einer Flasche Wein und einem Glas heraus. Beides reichte er mir.

»Bedienen Sie sich! Nehmen Sie, soviel Sie wollen!« sagte er aufmunternd. »Der Wein ist nicht schlecht. Er hat einen Nachgeschmack von frischen Trauben, sagen die Leute.«

»Und Sie trinken nicht?« fragte ich.

»Seit Jahren keinen einzigen Tropfen mehr. Ich darf nicht. Man hat es mir verboten, jawohl, Señor.« Er sah zum Himmel auf, und wieder brach er in sein böses Lachen aus. »Sie werden richtig folgern, daß ich kein Priester mehr bin.«

Er nahm eine Handvoll vom Stoff seiner Soutane und hielt ihn mir vor die Augen. »Doch dieses alte Gewand prägt mein Leben. Denn der Kampf geht weiter, der Kampf ist nicht beendet.«

Der Wind schien nachzulassen und die Luft wurde klarer. In der Ferne waren die Ortschaft Yaiza und der Kirchturm zu erkennen.

»Sie müssen sich hier sehr allein fühlen«, sagte ich.

»Hier lebe ich allein mit mir, und glauben Sie nicht, daß das Einsamkeit bedeutet. Wegen meines Äußeren glaubt man, ich sei arm, aber schon lange bin ich es nicht mehr. Ich bin auch nicht reich. Mein Leben folgt einem anderen Kurs. Reichtum und Armut, Lust und Sünde sind Begriffe, die ich nicht verstehe. In meiner Jugend war ich bemüht, sie auszumerzen, wie man Küchenschaben zertritt, doch jetzt gibt es sie nicht mehr hier drinnen« – er wies auf seinen Kopf – »es gibt sie nicht.«

Er setzte sich neben mich, und schweigend betrachteten wir den Sonnenuntergang. Ich goß mir noch ein Glas Wein ein. Don Abel betrachtete wie hypnotisiert die Sonnenscheibe, die herrlich flammend den Horizont berührte. Plötzlich sprang er auf.

»Ikarus!« rief er. »Ikarus war es, der in Flammen gehüllt zur Erde stürzte! Feuer entspringt aus Feuer!« rief er in noch größerer Erregung. »Nie mehr! Oh Licht! Nie mehr! Ihr Teufel, setzt die Uhr in Gang! So geschehe es! So soll es sein!«

Langsam wurde es dunkel.

»Morgen wird es wieder Licht bei uns werden. Die Sonne wird wieder aufgehen«, sagte ich.

Es gefiel mir, den Alten in solchem Eifer zu erleben, wie einen Krieger in einer mir unbekannten Schlacht. Meine Worte erzürnten ihn nicht. Seine Züge hellten sich auf, und er sah mich mit einem gewissen Hochmut an.

»Und sie wird sich zur Ruhe begeben«, ergänzte er. »So wird es geschehen, ein ums andere Mal, bis zum Ende. Und am Ende steht der Fall. Dann wird sich große Angst verbreiten.«

Er sah mich unverwandt an und ergriff meine Hand.

»Kommen Sie mit. Ich will Ihnen die Ruinen von San Cristobalón zeigen.«

Wie durch ein Wunder standen da noch die vier Mauern, alles, was von der Einsiedelei übriggeblieben war. Außen war kaum noch der ein oder andere Fleck Kalk zu sehen, mit dem einst die Mauern getüncht waren. An der Stirnseite war der Türbogen erhalten und darüber der Ansatz zu dem, was einmal ein kleiner Glockenturm gewesen war. Das Innere war zum größten Teil rauchgeschwärzt, aber stellenweise trat das kräftige Rosa des letzten Anstrichs hervor. Ich war erstaunt, dort einen Strohsack und alte Decken zu sehen, einen Kerzenleuchter mit einer halb herabgebrannten Kerze und einen Stapel in Ziegenleder gebundener Bücher.

»Hier lebe ich«, sagte Don Abel. »Hier schlafe ich unter dem niedrigsten aller Dächer« – er wies zum Himmel hinauf –, »und manchmal folge ich der Milchstraße, oder wenn Sie so wollen, dem Jakobsweg, auf der Suche nach Streit. Denn ich liebe den Kampf. Ich liebe den Krieg, in dem ich mich befinde. Und wie ist es mit Ihnen? Haben Sie auch schon einmal gekämpft?«

»Nein«, antwortete ich höflich. »Ich habe niemals gekämpft.«

»Aha! Ein Mann des Friedens!« rief er aus und schnappte mit den Fingern in der Luft. »Auch Leute wie Sie sind notwendig, oh ja, und ebenso die öffentliche Ordnung und der Papst, damit morgen die Sonne wieder aufgeht.«

Im Innern der Einsiedelei bildete der festgestampfte Boden einen kleinen Platz, umgrenzt von einem dichten Rund aus Opuntien.

»Das hier war der Platz«, erklärte Don Abel. »Und wenn wir die Fiesta von San Cristobalón feierten, kamen die Leute aus den umliegenden Dörfern hierher, um sich zu vergnügen. Sie kamen schon sehr früh und blieben die ganze Nacht wach, und sie sangen, tanzten und ließen Raketen steigen. Es gab von allem etwas. Um den Platz herum errichteten sie mit Hilfe von Stöcken, Säcken und Bettlaken ein wahres Zeltlager, und sie brieten Kaninchen und junge Ziegen, und der Duft nach Gebratenem umschwebte den Heiligen in der Prozession wie heidnischer Weihrauch aus Majoran und Thymian. Einige Frauen trugen Kisten herbei, groß wie Truhen und voll von *turrón*. Sie öffneten den Deckel, setzten sich auf kleine Bänke und verbrachten die Zeit damit, wenn nicht die Fliegen, dann die Hände der Kinder zu verscheuchen. An einem solchen Tag sagte ich in meiner Predigt, wie es Sitte war, ein paar Worte mehr. Dummheiten letztendlich, denn alle, die mir zuhörten, wußten zur Genüge, was für sie gut und was böse war. In Erfüllung ihrer Gelübde brachten sie dem Heiligen Feuerwerksräder, und wenn er an ihnen vorbeizog, zündeten sie sie an, und ich schaute gern zu, wie diese funkensprühend wie Schwänze wütender Teufel vor jenem unbeteiligten Stück Kiefernholz herumwirbelten, aus dem Cristobalón bestand. Dann tanzten sie bis zum frühen Morgen, und der Wein floß in Strömen, und die Leidenschaften loderten. Bei der letzten Fiesta ...«

Don Abel brach mitten im Satz ab, stützte eine Hand gegen die Wand und senkte den Kopf. So verharrte er, den Blick auf einen Stein geheftet, als ob er sein Gedächtnis durchforschen müsse.

Plötzlich blickte er in die Ferne.

»Bald wird es Nacht. Kalt sind die Reinheit und der Tod. Für mich bedeutet es ausruhen.«

Tiefe Traurigkeit schien sich auf seinem Gesicht auszubreiten. Es tat mir weh, wie einsam und alt er war und wie nichtig die wenigen Jahre, vielleicht nur Monate, die ihm noch zum Leben blieben. Wir kehrten zum Haus zurück. »Ich würde die Nacht gern hier verbringen«, sagte ich und blieb vor der Tür stehen.

Für einen Augenblick belebten sich die Züge des Alten, und seine Augen ruhten forschend auf mir. Zusehends wurde er lebhafter.

»Das können Sie. Manchmal kommen Besucher und verbringen ein paar Tage bei mir. Sie können so lange bleiben, wie Sie wollen. Kommen Sie herein! Ich hab gern Gesellschaft, manchmal ist es mir schon ein Bedürfnis, mit jemandem zu reden. Meine Einsamkeit ist groß, ich weiß, sie ist wirklich groß.«

Er unterstrich den letzten Satz mit wiederholtem Kopfnicken.

Das Innere seiner Behausung bestand aus einem schmucklosen Raum mit gekalkten Wänden. Es gab nur einen großen Nagel, der als Kleiderhaken diente. In einer Ecke stand eine zusammenklappbare Pritsche, neben der ein kleines Faß den Nachttisch ersetzte. Dann noch zwei alte Stühle aus schwarzem Holz und ein Wasserkrug. Das war alles.

»Wenn Sie sich mit dieser Dürftigkeit abfinden, können Sie hier übernachten. Die Tür können Sie offen lassen, damit ein bißchen Luft hereinkann. Sie brauchen sich keine Sorgen zu machen, hier wird niemand Ihren Schlaf stören. Weil nichts da ist, gibt es auch keine Katzen oder Ratten. Früher war das anders. Ich spreche von den Ratten.«

Resigniert ließ Don Abel die Arme hängen.

»Keiner hat die Schlacht gewonnen«, fuhr der Pfarrer fort, als knüpfe er an irgend etwas in seinem Kopf an.

»Keiner hat sie gewonnen. Wir alle waren auf einmal Besiegte. Alle. Dann begannen der Schmerz und der blinde Aufruhr und wieder der Schmerz und das Scheitern und die Verzweiflung. Die Ratten, ach ja, sie warteten einen Monat lang, dann zogen sie fort. Ich habe gesehen, wie sie weggingen. Zuerst zwei, dann sechs, dann alle, viele vom Fleisch gefallen, traurig anzusehen, wie eine Karawane von Skeletten, die sich langsam Richtung Nacht und Kälte schleppten, wo sie immer noch nicht angekommen sind. Nein, sie sind noch nicht angekommen, sie ziehen weiter und werden immer kleiner und schreckhafter, ohne Ziel vor Augen. Einige sind hierhin zurückgekommen, bereits erblindet; kurz nur verharren sie und heben ihr Schnäuzchen, als ob sie sich an den Duft des Käses erinnern. Aber sofort ziehen sie weiter und verschwinden im Schlund der Zeit. Ich unterhalte mich damit, ihnen zuzusehen, wie sie sich mit glanzlosen Augen anschicken zu sterben, mit Augen, in denen das Feuer, ja selbst der schwächste Funke erloschen ist. Das ist meine Erklärung. Für mich hat die Zeit die Schlacht gewonnen. Die armen Teufel!«

Plötzlich klatschte er zweimal in die Hände, als ob er ein Tier verscheuchen wolle.

»Weg da! Weg da!« rief er.

Die Sonne war nun endgültig verschwunden.

»Sie werden glauben, daß ich ...«

Aber ich glaubte gar nichts. Was er über die Ratten gesagt hatte, gefiel mir.

In dem anderen Raum bewahrte Don Abel eine Reihe seltsamer Dinge auf. Mehrere Kandelaber unterschiedlicher Größe, Kisten mit Stangen blauer Seife, Käsemodeln, Kästen mit Kerzen und Geräte für die Feldarbeit. Der Inhalt eines Weinfasses breitete sich langsam auf dem

Boden aus. In der gegenüberliegenden Ecke ein Tisch, dick von Staub bedeckt. Von den Wänden hingen Küchengeräte und ein Sieb. Alles war voller Ruß.

Don Abel überreichte mir eine große Kerze.

»Nehmen Sie die«, sagte er. »Und Sie werden Licht für die ganze Nacht, für morgen und übermorgen haben, falls Sie mehrere Tage bleiben möchten ...«

Er schickte mir einen flehentlichen Blick zu.

»Vielleicht lesen Sie nachts gern«, fuhr er fort. »Drüben in der Einsiedelei habe ich ein paar Bücher, Theosophie, Naturkunde, Astronomie ... Ich kann Ihnen etwas von Flammarion oder von Plinius leihen. Ach ja! Es sind alte, uralte Bücher. Aber sie helfen in schlaflosen Nächten und in der Einsamkeit. Manchmal lindern sie einem die Angst, die kleinen Ängste natürlich, die Unruhe. Kennen Sie die nicht, die kleinen Ängste? Gelegentlich habe ich, wenn ich ruhe, das Gefühl, als ob in der Ferne, an der Küste, die Wasser in Bewegung gerieten. Und das beunruhigt mich. Ein Auge ist geschlossen, das andere offen, jawohl. So muß ich die Nacht verbringen, denn das Ungeheuer mit den sieben Köpfen und den zehn Hörnern kann zurückkehren; dann muß es mich wach finden, wie stets, wie es einst auch den Erzengel Michael da oben im Himmel antraf.«

Mit zitternder Hand entzündete er die Kerze, die ich hielt, und wir betraten den Raum, in dem die Pritsche stand.

»Es war schon ein Unglück, daß dieser leuchtende Unrat mit den vielen Hörnern auf unsere Erde stürzte!« sagte er erregt.

Er stellte die Kerze auf eine Kiste, und ich sah die staubbesetzten, von der Decke hängenden Spinnweben. Don Abel zog einen Sack hervor, der unter dem Bett lag.

»Hier habe ich etwas zu essen«, sagte er.

Er griff hinein und reichte mir eine Handvoll trockener Feigen.

»Nehmen Sie, was Sie möchten. Im Sack sind auch Mandeln und Käse.«

Er füllte sich die Tasche der Soutane.

»Ich hoffe, Sie haben eine angenehme Nacht! Niemand wird kommen, Sie zu belästigen, nein, hier stört Sie niemand. Gute Nacht!«

Und er ließ mich allein.

Ich ging nicht zu Bett. Ich ging nach draußen und setzte mich vor die Tür. In der Flasche war noch ein Rest Wein, und ich füllte mein Glas. Während ich in kleinen Schlukken trank, versank ich in der Betrachtung der nächtlichen Landschaft. Es war keine Mondnacht, aber die Sterne rückten immer enger zusammen, und der Himmel nahm einen milchig-blauen Schimmer an. Die Erde glich einem riesigen Ziegenfell; die Geröllfelder waren wie aschefarbene Flecken. Das Vulkangelände war tiefschwarz, ein dunkler mineralischer Ozean. Ein schwaches Licht glomm in dem versteinerten, unbeweglichen Wellenmeer. In den Ruinen von San Cristobalón markierte Don Abel seinen Ankerplatz in der Einsamkeit. Der Wind hatte nachgelassen, und über dem Land breitete sich tiefe Stille aus.

Ich wartete, bis eine gewisse Zeit verstrichen war, und als es mir lang genug vorkam, ging ich gemächlich auf die Einsiedelei zu. Dort befand sich der Alte; er lag mit dem Rücken auf dem Strohsack. Die Füße hatte er mit der verschlissenen Militärjacke bedeckt. Die Soutane war über der Brust aufgerissen, wie in einer verzweifelten Geste, und die Rippen traten schimmernd hervor wie bei manchen erschütternden Christusfiguren. Er lag da mit offenem Hemd und starrte in die Kerzenflamme. Seine Arme ruhten schlaff neben dem Körper.

Um meine Gegenwart zu entschuldigen, log ich ihn an; ich sagte ihm, ich könnte wegen der Hitze nicht schlafen.

»Es ist der Südwind«, sagte er, ohne sich zu bewegen. »Man erstickt, er verschafft einem aber den Vorteil, wach zu bleiben. In meinem Alter und bei all dem, was mich umtreibt, schließe ich nicht gern die Augen. Man verpaßt viel, wenn man die Augen schließt. Wenn wir sie dann wieder öffnen, kommen die Überraschungen, die unangenehmen Überraschungen. Manchmal ist es dann schon zu spät, um angemessen zu reagieren, um in Stellung zu gehen – oder auch um die Waffen niederzulegen.«

»Na ja«, erwiderte ich und setzte mich auf den Boden, wobei ich mich mit dem Rücken gegen die Wand lehnte. »In Wirklichkeit gibt es ja nur selten Grund, sich ernsthaft zu beunruhigen.«

Don Abel wandte mir sein Gesicht zu. Neugierig schaute er mich eine Zeitlang an. Dann nahm er seine alte Lage wieder ein, das Gesicht dem Himmel zugewandt.

»Ja, das stimmt«, seufzte er mutlos. »Der Feind und wir verschießen viel Pulver. Lediglich Pulver. Aber gelegentlich, wenn man sich Auge in Auge gegenübersteht ... Glauben Sie nicht an das große Erschrecken?«

»Doch, ich muß wohl an das große Erschrecken glauben«, sagte ich überzeugt.

»Sehen Sie«, fuhr er, ruhiger geworden, fort. »Die Bestie ist hier, mitten unter uns, wo sie unschuldig zu schlafen scheint. Wenn Sie hinhorchen, können Sie sie schnauben hören. Erscheint es ihr angemessen, fährt sie eines ihrer zahlreichen Hörner aus und droht den Ungläubigen. Für einige von ihnen bedeutet das schon das große Erschrecken. Einer meiner Vorgänger im Kirchspiel von Yaiza beschrieb die Bestie damals, als das gehörnte Feuer fast zu seinen Füßen aus dem Boden brach.« Don Abel richtete sich ein wenig auf, stützte sich auf den Ellbogen und sprach mit geheimnisvoller Stimme: »Auch hier, in dieser Einsiedelei, tauchte der Dämon vor meinen eigenen Augen auf ...«

Der Alte sah mich unverwandt an, um festzustellen, ob ich nicht lachte. Vollkommen ernst hielt ich seinem bohrenden Blick stand.

»... und dabei nahm er alles mit sich, was er gezeugt hatte. Seine eigene Maske, die Schönheit, das Geschlecht und die Leibesfrucht der schwangeren Frau. Die Frau, die zu mir gekommen war mit den Flügeln des Adlers und der ich zwölfhundertsechzig Tage lang Nahrung gab.«

Er legte sich wieder auf sein Lager und seufzte.

»Diesmal nahm er alles mit«, sagte er mit schwacher Stimme. »Auch meinen Kampf. Dann gab es nur noch Staub zwischen uns. Nichts als Staub. Es ist richtig, was Sie eben gesagt haben: Nur noch selten brauche ich mich zu beunruhigen. Vielleicht sind wir stillschweigend zu einem gewissen Frieden gekommen.«

Nach einem langen Schweigen fügte er hinzu: »Ich bin alt, ich bin unendlich alt und müde. Das Schwert in meiner Hand ist überflüssig geworden, und er weiß das wohl. Tagsüber steigt er hier auf am Himmel, von wo aus er mich ständig im Auge behält. Aus Mitleid schickt er mir ein wenig Wärme, aber sein zerstörerischer Glanz, das Feuer seiner verfluchten, trotzigen Hörner, erreicht mich nicht mehr. Ach nein, ich bin kein Feind mehr, mit dem man rechnen muß. Jetzt ist die Zeit gekommen, da ich zittere.« Der Wind erhob sich von neuem, und eine Böe fuhr zwischen die Wände der Einsiedelei und löschte die Flamme der Kerze aus.

Der Himmel leuchtete noch mehr in phosphoreszierendem Glanz.

»So ist es besser«, sagte der Pfarrer halblaut.

Lange Zeit verharrten wir schweigend. Don Abel hatte die Augen geschlossen, und ich dachte, er schliefe. Ein kugeliger Dornbusch wehte herein und warf den Kerzenleuchter um. Der aufgewirbelte Sand machte die Luft trübe. Der Wind nahm an Stärke zu, und aus unterschiedlichen Richtungen hörte man sein Klagen in teils hohen, teils tiefen Tönen, ein Konzert seltsamer Klänge, Chöre verzweifelter Stimmen.

»Schweigt still, ihr unglücklich Gebärenden! Er wird ins Fleisch eurer Söhne einfahren!« schrie Don Abel und richtete sich auf.

Er streckte seine zitternde Hand aus und schien von einem verwirrenden Alptraum verfolgt.

Er öffnete die Augen und sagte: »Gezeichnet werden sie sein von seinem Siegel an der rechten Hand und an der Stirn!«

»Sie haben schlecht geträumt«, versuchte ich ihn zu beruhigen.

»Nein, nein, ich habe nicht geträumt.« Er schüttelte den Kopf. »Ich habe nicht geträumt. Und ich bin jetzt sicher, daß ich ihn wieder treffen werde, und er wird meiner spotten und mir ein wenig mehr Hitze zuteil werden lassen.«

Er verbarg das Gesicht in den Händen, und lange Zeit rührte er sich nicht. Ich lehnte den Kopf an die Wand, und, müde geworden von seinem Anblick, ließ ich mich langsam vom Schlaf überwältigen.

Als ich die Augen öffnete, wurde es schon Tag. Im ersten Moment hatte ich den Eindruck, die Einsiedelei habe eine flache Decke von grüner Farbe, denn der Himmel war so blank, daß es aussah, als ruhe er auf den alten Mauern. Dann wurde er gelb und rosa wie Äpfel, wenn sie reifen. Auf dem Strohlager des Pfarrers lag nur die schmutzige Militärjacke. Don Abel war nirgendwo zu sehen. Um wieder in Gang zu kommen, machte ich ein paar Übungen mit Armen und Beinen und ging auf das Haus zu. Mir schmerzten Schultern und Rücken.

Don Abel erschien in der Tür. Er wies auf den Horizont in Richtung Osten, wo die Sonne sich zeigte.

»Haben Sie nicht irgendeinen Satz parat, um die Bestie zu begrüßen?« fragte er mich. »Fällt Ihnen kein Zitat ein?«

»Oh Morgenröte, du, mit den rosenfarbenen Fingern«, sagte ich in Erinnerung an die Odyssee.

»Ah, Homer!« rief der Alte. »Nein, das paßt nicht. Homer kannte die Bestie nicht. Die Dichter sind zu rein. Die Propheten dagegen befinden sich im Kampf, sie wissen, um wen es geht. Erinnern Sie sich an die Apokalypse? ›Er erscheint am Himmel, da wo er von allen gesehen wird. Er trägt die rote Farbe des Blutes, denn seit Anbeginn bringt er den Tod.‹ Ach ja, die Propheten, sie kannten sehr wohl die Bestie!«

Der Alte lächelte. Er war frisch und guter Dinge.

Er lud mich zu einem Krug Ziegenmilch ein, und wir setzten uns und schauten zu, wie der Tag anbrach. Über dem einsamen Land erhob sich der Wind und trug das Glockengeläut von Yaiza und den Duft des Lavendels herüber.

»Heute ist Sonntag, der Tag des Herrn«, sagte er. »Wir wollen uns mit dem Gewand der Ruhe und Güte bekleiden ... ›ad expugnandum diabolicos incursus‹.«

Er ließ seine Hände ruhen, die Handflächen wiesen nach oben.

Waffenruhe, dachte ich. »Unmerklich ist es Frieden geworden!« Denn die Sonne näherte sich mit ihrer Glut, glich aber, wie sie das eigene Licht in den Händen des Alten leckte, weniger einem feuerspeienden Drachen als einem sanften Hund.

»Sie verfügt über viele Künste«, fuhr er fort, ohne den Blick von der Sonne zu wenden. »Sie ist zwei und vier und sieben gleichzeitig. Sich selbst dienend verteilt sie ihre Lichter und verbreitet ihr Feuer. Das besagt schon ihr Name: Luzifer.«

»Eine Frau mit Adlerfittichen?« half ich ihm weiter.

»Ja, sie brachte das Feuer. Zwei Funken auf dem Grund ihrer Augen. Zunächst ganz unbedeutend.«

»Und die Schönheit?«

»Auch die Schönheit gehörte zu ihr. Wie zu Satan oder Beelzebub.«

Er sah mich an, als ob er meinen Gedanken nicht traue. Dann lehnte er sich bequem gegen die Hauswand und schloß halb die Augen.

»Wie ich Ihnen schon sagte, hat es mir immer gefallen, mich in großen Schlachten zu schlagen. Beelzebub war mehr Teufel, als er noch ein schöner Engel war, als später, nachdem er zu Satan geworden war. Das teuflische Feuer hilft uns, Gott zu fürchten, aber die Schönheit ist die vollkommene Maske der Sünde. Die Bilder sind trügerisch.« Der Pfarrer streckte die Hände der Sonne entgegen, bewegte die Finger und betrachtete sie lange.

»Dort oben, in diesem Zimmer« – sein Kopf wies die

Richtung – »offenbarte sich die Schönheit. Sie offenbarte sich in ihrer ganzen Fülle, mit Augen, die einladend glänzten. Einen Augenblick glaubte ich, daß sich vor mir der Weg zu einem hehren Sieg auftäte, aber dann ...«

Ich wagte die Frage, ob die Frau María hieße.

»Ja«, antwortete Don Abel. »Das war ihr Name. Auf der Flucht vor den Ratten kam sie hierhin und bat mich um Schutz. Sie wollte mir dienen, ich aber sagte zu ihr: ›Es genügt, wenn du mir hilfst.‹ So schlossen wir einen Pakt. Zunächst wirkte sie argwöhnisch. Sie war ein schönes Geschöpf, oh ja, und die Männer bedrängten sie von allen Seiten. Eines Morgens stand sie nicht zur gewohnten Zeit auf. Ich war erstaunt, daß sie mir nicht wie sonst das Frühstück bereitet hatte, und dachte, sie sei krank geworden. Ich ging zu ihrem Zimmer hinauf und rief: ›María, bist du da?‹ Niemand antwortete. Die Tür stand halb offen, und ich ging hindurch. Wie Gott sie geschaffen hatte, so lag sie auf dem Bett. In ihrem durchbohrenden Blick lag so etwas wie herausfordernder Trotz. Sie war ganz einfach eine nackte Frau, eine dumme Falle des Dämons, was mir nicht einmal auffiel. Ich machte kehrt und ging zur Einsiedelei. Von da an hatte sie Freude am Leben – das sagte sie mir immer wieder. Auch erzählte sie mir, daß sie an jenem Tag ein Messer in der Hand hatte, und daß sie entschlossen war, es mir in den Rücken zu stoßen, falls ich mich nicht als Priester, sondern als Ratte erwiesen hätte. Sie haßte die Ratten und wollte wissen ... sie wollte einen Platz finden, wo sie in Sicherheit leben konnte. Ja, hier fand sie ihn, und es schien nicht mehr dieselbe Einsiedelei zu sein, so sauber und schmuck war sie zu jener Zeit. San Cristobalón thronte zwischen Ähren und Blumen des Feldes, und sogar die Bienen kamen herein und besuchten ihn.« Don Abel machte eine Pause, und sein Blick schweifte hinüber zu den Ruinen. Ich wollte ein bißchen mehr in seiner Geschichte herumstöbern.

»Sie wollten mir sagen, daß bei der letzten Fiesta ...«

»Ja«, antwortete er schnell, um mir gefällig zu sein. Zur letzten Fiesta kam viel Volk aus Yaiza, Uga und Femés. Von überall her kamen Männer, Frauen und Kinder. Es war ein Tag großer Fröhlichkeit zu Füßen des Heiligen. Lieder, Tänze und Raketen. Sie können sich das sicher vorstellen. María eilte hin und her, verteilte Wasser an die Kinder und leistete den Alten Gesellschaft. Don Bartolo schenkte mir eine echte Havanna und bot mir an, sich an Reparaturarbeiten in der Einsiedelei zu beteiligen. Der Mann war äußerst zuvorkommend, und er kam mir fast ein wenig zu beflissen vor, um nicht zu sagen, aufdringlich. Den ganzen Tag lang trank er und spendierte seinen Freunden ein Glas nach dem andern. Manchmal begab er sich auch zu den Kindern und warf ein paar Münzen in die Luft, damit sie sich *turrones* oder andere Süßigkeiten kaufen konnten, und die Burschen ließen Don Bartolo hochleben. Er war ein richtiger Kazike und Wichtigtuer. Er besaß viel Land und einige Gutshöfe und hatte nach dem, was die Leute sagten, ein Händchen für Geschäfte. Auf allen Inseln besaß er einflußreiche Freunde. Nein, Don Bartolo war nicht nach meinem Geschmack. Als die Bestie hinab zur Erde gestürzt wurde, stürzten auch ihre Engel. Das stand mir klar vor Augen. Von Mitternacht an ließ allmählich die Stimmung nach, und die einzelnen Gruppen aus Verwandten und Freunden machten sich auf den Rückweg zu ihren Dörfern. Es war wohl so um zwei Uhr früh, als die Turrónverkäuferinnen und die anderen Festbesucher ihre Sachen zusammengeräumt hatten. Von den Zelten stand nur noch das größte, das seinen

Platz gegenüber der Wallfahrtskapelle hatte. Aus dem Innern tönten die rauhen Stimmen der Betrunkenen, die palaverten oder sangen. Ich begab mich zu ihnen, um auf das Ende der Fiesta hinzuweisen. Don Bartolo und seine Freunde saßen an einem großen Tisch. Eine Gruppe von Männern aus Uga feierte lärmend in einer Ecke. Der reiche Protz bemerkte meine Gegenwart als erster. »Da ist ja unser Pfarrer! Es lebe der Pfarrer!« schrie er. Darauf drehten sich alle nach mir um, erhoben das Glas und tranken auf den Pfarrer. Gut gelaunt trat ich auf sie zu und sagte ihnen, daß sie bald Schluß machen sollten. »Ich hoffe, daß alles friedlich zu Ende geht!« fügte ich hinzu. Don Bartolo lief violett an, erhob sich und näherte sich mir mit falschem Lächeln. »Na so was! Es ist schon Zeit, ins Bettchen zu gehen! Jungs, habt ihr den Pfarrer gehört? Zum Aufbruch wird geblasen! Einer mit Gott, die andern mit dem Teufel!« Hämisch wies er mit dem Finger auf mich: »Und Sie, Don Abel, mit wem ziehen Sie sich denn diese Nacht zurück? Mit Gott? Oder vielleicht mit diesem hübschen Teufel da?«

Ich bemerkte, daß der Blick der Männer in Richtung Einsiedelei ging. Ich schaute mich um und sah, wie María näher kam. Ich wußte nicht, was ich antworten sollte, und ballte die Faust. Don Bartolo warf sich in die Brust, und ich sah, daß seine Augen wie Rattenaugen zu funkeln begannen, die sprühenden Funken einer Menschenratte sah ich. In den Augen der anderen entzündete sich dieselbe Glut. Für einen Augenblick ertönte Gelächter, während ich urplötzlich in meinem Kopf die Worte des Propheten vernahm: »Wehe dem Land und dem Meer, denn der Teufel, von großer Wut beseelt, stieg zu euch herab, wohl wissend, daß ihm wenig Zeit verbleibt.« Nur daran dachte ich, und es war eine Sache des Augenblicks, denn, ohne zu überlegen, traf meine Faust das feiste Gesicht des riesigen Rätterichs, und er schlug mit seinem Körper gegen den Tisch. Hinter meinem Rücken hörte ich den Schrei einer Frau. Mehrere Gestalten stürzten sich auf mich, und ich fiel zu Boden. Sie versetzten mir Fußtritte und brüllten wie wahnsinnig. Ich fühlte das Nagen der Ratten in meinem Fleisch, in meinen Knochen. Der Rätterich kam nahe heran, biß mir ins Ohr und sagte: »Sie sind weder Pfarrer noch sonst was. Ich werde mich persönlich darum kümmern, diese Angelegenheit zu klären. Nehmen Sie Abschied von Ihrem göttlichen Amt, mein Freund.« Er wandte sich den andern zu und schrie: »Man kann nicht stillschweigend zusehen, wie der Pfarrer zusammen mit dieser Frau lebt. Das ist ein Skandal für jeden guten Christen.« Ich hörte, wie die Wellen ihre Stimmen erhoben, ich hörte, wie das Meer bebte und sich auftat, und wiederholte in meinem Innern: Es bleibt wenig Zeit. Und ich zitterte.

»Bedienen wir uns der Hündin!« rief jemand. Und mehrere Ratten sprangen über meinen Körper hinweg und liefen über den Platz. María floh in die Einsiedelei, erschien aber kurz darauf wieder in der Tür. In der Hand hielt sie eine brennende Kerze; sie verharrte unbeweglich, mit satanischem Blick den Ratten trotzend. Die Zeit schien in Erfüllung zu gehen, denn in diesem Augenblick zeigte sich die Bestie, und plötzlich und zur Bestürzung aller hüllte sie die Gestalt der Frau in leuchtenden Purpur. Es geschah in der Tat völlig unerwartet, denn ich hatte nicht damit gerechnet, daß die Bestie in jenem Augenblick erschiene, noch konnte ich mir vorstellen, was sie hier suchte. Natürlich, hätte sich mir María offenbart, hätte sie mir gesagt, daß in ihrem Leib ...

16. Kapitel

»... Kehrte sie nach zweimonatiger Behandlung im Sanatorium Santa Brígida zurück. Sie war geheilt.« Don Ermín klopfte sich auf den rechten Oberschenkel, bewegte den Fuß hin und her und streckte das Bein aus, das eingeschlafen war.

Noch schöner war sie. Schöner – fuhr er in seiner Erzählung fort –, weil sie Gelassenheit ausstrahlte, bewußte Gelassenheit. Mein Freund und Kollege, der sie behandelt hatte, schickte mir einen Brief. Einen Bericht über den Fall, natürlich. In wenigen Sätzen sagte er mir, daß, wenn der Schock auch erfolgreich behandelt werden konnte, so doch gewisse Spuren noch für lange Zeit erkennbar bleiben würden. Leicht ließen sich diese Spuren in ihren Augen ablesen, wodurch diese noch schöner und ernster, wenn eine Steigerung möglich ist, noch empfindsamer anmuteten, denn jetzt erschien ein schwarzes Leuchten in ihnen, ein tiefes, abgrundtiefes Licht, das einen schwindeln ließ und anzog, als ob auf dem Grund jener lebendigen, dunklen Nacht wie ein magischer Magnet Wurzel und Wahrheit eines jeden Gefühls ruhten. Seña Frasca bestand darauf, daß sie bei ihr wohnen blieb, und María fand keinen Grund zu widersprechen. Nachdem sie einen Monat zusammengelebt hatten, fühlten sie sich wie Mutter und Tochter. Seña Frasca wurde redseliger und fröhlicher. Ihre Stimmlage erhöhte sich um zwei Töne, und jedesmal, wenn sie sprach oder lachte, mußte sie vor Rührung weinen.

»Wie eine Tochter ist sie mir! Wer hätte mir das je gesagt!« rief sie täglich, während sie mir das Essen servierte oder den Behandlungsraum saubermachte. »Solange einsam und jetzt ... Gott hat sich meiner erinnert. Glauben Sie nicht, Doktor?«

»Gewiß«, erwiderte ich. »Gott erinnert sich immer derer, die leiden.«

Darauf hob sie die Augen zum Himmel und sprach: »Gebenedeit sei er in alle Ewigkeit!«

Sie bekreuzigte sich und lächelte zufrieden. Etwas spät gedachte Gott der Seña Frasca, denn nach meinen Kenntnissen konnte das Herz dieser armen Frau jeden Augenblick stillstehen. Vierzig Jahre Einsamkeit hinterlassen eine große Leere im menschlichen Leben. Vierzig Jahre schon war sie Witwe. Nur kurz hatte sie sich ihres Mannes erfreuen können, da dieser noch am Hochzeitsabend verschied, drei Stunden, nachdem sie die Kirche verlassen hatten, und dazu noch im Bett, zum Schaden ihrer Jungfräulichkeit. Im Umgang mit María wurde sie zu einer besorgten und wachsamen Mutter. Staunend stand sie vor der Schönheit des Mädchens.

»Wie von einer anderen Welt ist sie«, sagte sie zu mir. »Nie habe ich Lieblicheres gesehen, nicht einmal unter den Blumen.«

Seña Frasca ließ María nicht aus den Augen. Wenn sie das Haus verlassen mußte, drehte sie den Schlüssel zweimal im Schloß, und das Mädchen blieb eingesperrt zurück wie ein Kanarienvogel in seinem Käfig. Wie ein Kanarienvogel sage ich, denn wenn sie erst einmal allein war, machte es ihr Spaß zu singen, und ihre Stimme war angenehm zu hören, fein und fast überirdisch schön. Ich weiß wirklich nicht, wie mir geschah, aber sicher ist, daß diese Stimme Wirkung zeigte, denn es gelang ihr, meine tiefsten Gefühle anzurühren, und sie weckte in mir die angenehmsten Träume. Jeden Sonntag ging María zur Kirche, und drei Wochen genügten, daß die Bewohner von Arrecife in ihren Bann gezogen wurden, wenn sie anmutig und wiegenden Schrittes über den Platz ging. Und Tag für Tag, gleich zu welcher Stunde, stand gegenüber von Seña Frascas Haus irgendein Bursche, der unverhohlen darauf wartete, daß sich die Fenster einen Spaltbreit öffneten und wenigstens ein Finger zum Vorschein kam.

Und es waren nicht nur junge Männer. Einmal erzählte mir Seña Frasca, daß ein alter Unhold María unbedingt mitnehmen wollte; er hatte ihr alle Reichtümer des Orients versprochen, wenn sie ihm das Mädchen verkaufte.

»Stellen Sie sich das vor, Doktor!« sagte sie seufzend und händeringend. »Als ob man Engel kaufen oder verkaufen könnte!«

Der Unhold war schon älter und ziemlich fett. Stets trug er einen Anzug aus gutem blauem Tuch, und quer über dem Bauch glänzte eine kostbare goldene Uhrkette. Jeden Morgen streifte er durch unsere Straße, und wenn er auf gleicher Höhe wie Seña Frascas Haus war, drängte er sich so nah er konnte an die Hauswand und berührte mit der Hand die Tür, gleichsam als kleiner Trost für sein Verlangen. Ich kannte ihn gut. Sie nannten ihn Don Bartolo. Ein steinreicher Kazike, den ich alle vierzehn Tage zur Ader ließ, um ihn von bösem Blut und dem Schwefel zu befreien, der durch seine Venen lief. Die Schönheit Marías war inzwischen zur Legende geworden. Die Leute, die aus dem Inselinnern kamen, zeigten im Vorbeigehen mit dem Finger auf das Haus, und ihre Blicke forschten neugierig nach ihr.

Diese besondere Stimmung, die damals in der Luft lag, war zumindest zu einem kleinen Teil schuld an meiner Unruhe. Das übrige taten Seña Frasca und María selbst, da die eine mit ununterbrochenen Lobreden, die andere mit ihrer eigenen Schönheit ein Verlangen in mir weckten, das mich nicht schlafen ließ. Manchmal war ich versucht, die kleine Tür, welche die beiden Patios miteinander verband, aufzubrechen, sie so weit zu öffnen, daß ich hindurchschlüpfen könnte, obwohl ich sie im Geist jeden Abend durchschritt, wenn ich von weitem die Melodie einer *habanera* hörte. Und jede Nacht, wenn ich bereits im Bett lag, drückte ich mein Ohr an die Wand, um mir vorstellen zu können, wie sie sich auf der anderen Seite entkleidete. Ach ja, die Jugend, die Einsamkeit, die Liebe, die Phantasie! Im Rückblick erscheint das Ganze wie eine große Dummheit, aber damals war das Leben faszinierend, als sich alles um die eigene Person drehte, um das Wesentliche, als das Blut gleichermaßen in uns allen kochte, sowohl im Blinden wie im Einarmigen, im Dummen wie im Lahmen. Bestimmt auch in den Buckligen. Eines Nachmittags erschien Marcial bei mir. Sauberes Hemd, schwarze Krawatte und Hut. In der Rechten trug er einen Strauß Feldblumen. Ich sagte ihm, daß María im Hause nebenan wohne, bei Seña Frasca, daß es ihr sehr gutgehe, und daß sie sich ganz gewiß sehr freuen würde, ihn zu sehen. Marcials Empfindungen äußerten sich in einem seltsamen Kehllaut, und er entschwand meinem Blick. Es war schon dunkel, als Seña Frasca mir das Abendessen brachte.

»Dieser Junge, der Bucklige, ist für María wie ein Bruder«, sagte sie zu mir. »Wenn Sie gesehen hätten, wie sie sich gefreut hat, als sie ihn erblickte! Sie haben unablässig miteinander geweint und sich geküßt! Der Arme! Er ist ein unglückliches Geschöpf. Er hat vor, diese Nacht in Arrecife zu bleiben und morgen nach Femés zurückzukehren. Ich habe mir gedacht, daß er – wenn es Ihnen nichts ausmacht – hierbleiben könnte, irgendwo in einer Ecke.« Ich war einverstanden und bot ihm als Bett das große Sofa im Behandlungszimmer an; es war zwar etwas hart gefedert, aber das war für den Rücken des Buckligen nicht schlecht.

Ich war mit dem Abendessen fertig, als ich Marcial wieder vor mir stehen sah. Ich bat ihn, Platz zu nehmen, um ein Weilchen zu plaudern. Der Mann ließ die Flasche, die auf dem Tisch stand, nicht aus den Augen. Ich schenkte ihm ein Glas ein, er schnalzte mit der Zunge, trank es in einem Zug aus und bekam feuchte Augen. »Rum aus Kuba, verdammt gut!« rief er. Der Rum war tatsächlich aus Kuba. Augenscheinlich war Marcial ein Kenner und versessen auf das Gesöff. Erst nachdem die Flasche leer war und er ausführlich aus seinem Leben erzählt, auch das ein oder andere Detail über Marías Körper eingeflochten hatte, zogen wir uns zu später Stunde zurück. Dreist war er! Er verfügte über sämtliche Tricks einer Kupplerin. Ich konnte kein Auge zutun. Der Rum und Marcial hatten mein Blut so in Wallung gebracht, daß ich die ganze Nacht von Vorstellungen geplagt wurde, die mich erschreckten. Vorstellungen aus dem Zwischenreich zwischen Schlafen und Wachen; alles phantastische, unwirkliche Scheinbilder außer einem, dem letzten, als mich nämlich das Geräusch der alten Sofafedern aufhorchen ließ, des Sofas, auf dem der Bucklige lag; wenig später sah ich, wie er sich heimlich dem Patio näherte. Ich dachte, der Mann sei aufgestanden, um den Rum zu entleeren, der ihm in der Blase brennen mußte, aber als die Zeit verstrich und ich merkte, daß er nicht zurückkam, ging ich in Richtung Patio, um nachzusehen, ob ihm etwas passiert war. Nur der Mond stand über dem Hof und ließ Mauern und Zisterne hell leuchten. Ich mußte meine bloßen Füße kräftig ein über das andere Mal im taufeuchten Gras reiben, um festzustellen, ob ich auch wirklich wach war, und um wieder einen klaren Kopf zu bekommen; auch wollte ich sicher sein, daß Engel keinen Buckel haben und daß Marcial keine Flügel gewachsen waren, um über die Mauern zu fliegen. Dann näherte ich mich der kleinen Tür, die zum Nachbarhof führte, und diese ließ sich leise auf einen leichten Handdruck hin öffnen.

Seña Frascas Haus war wie das, in dem ich wohnte; früher hatten beide Häuser zusammen als Wohnung für eine einzige Familie gedient. Vorsichtig drang ich bis zum Flur im Innern des Hauses vor, und ich sah, daß aus dem großen Schlafzimmer ein schwaches Licht drang. Auf Zehenspitzen schlich ich zur Tür, und ich war drauf und dran umzukehren, denn ich glaubte, daß mir Zweifel besser bekämen, als eine Szene bestätigt zu finden, die sich hartnäckig in meinem Kopf hielt und mir Stiche ins Herz versetzte, als ob ich in ein Dorngestrüpp gefallen wäre. Einige Sekunden verharrte ich unbeweglich und versuchte, irgendein Geräusch auszumachen, das nicht von Seña Frasca herrührte, deren Schnarchlaute wie huschende Katzen durch das ganze Haus liefen. Ich horchte angestrengt, ob ich nicht ein erregtes Atmen vernähme, einen leichten Seufzer oder das erstickte Schmatzen eines Kusses. Aber in dem schwach erleuchteten Raum herrschte Schweigen. Endlich entschloß ich mich nachzusehen und entdeckte María sanft schlafend, während Marcial mit der einen Hand einen brennenden Kerzenstummel hielt und mit der anderen ein

Ende des Bettlakens anhob und sehnsüchtig auf die Beine starrte, die der Saum des Nachthemds bis zu den Oberschenkeln hin freigab. Aus Marcials offenstehendem Mund floß eine lange durchsichtige Speichelspur, der Geifer des Idioten. Da wurde er meiner gewahr, ließ schnell das Laken fallen und löschte die Kerze aus. Dann verharrte er unbeweglich im Dunkeln, aber die Zähne klapperten ihm. Ich zog mich zurück. Hinter der Hoftür meines Hauses wartete ich auf ihn. Es währte nicht lange, da erschien sein Kopf, und ich nutzte die Gelegenheit, ihm an den Hals zu springen. Ich grub ihm die Nägel ins Fleisch, und er wand sich wie ein Wurm. »Ich wollte ja nichts als sehen, nur schauen!« sagte er stöhnend. Plötzlich machte er eine heftige Bewegung, und es gelang ihm, sich zu befreien. Er rannte ins Innere des Hauses, und ich ließ ihm Zeit, seine Sachen zu greifen und hinauszulaufen. Als ich in der Tür erschien, befand sich Marcial schon in einiger Entfernung; gegen die Mauern taumelnd, die Hosen in der Hand, verschwand er um die nächste Ecke. Am folgenden Morgen erkundigte sich Seña Frasca nach Marcial, und ich sagte ihr, daß er sehr früh das Haus verlassen und nicht einmal Zeit gehabt habe, sich zu verabschieden.

»Der Arme, er scheint ein treuer Kerl zu sein«, meinte sie. Aber Marcial blieb noch in Arrecife. Er hielt sich in einer Bar in der Nähe des Hafens auf. Dort sah ich ihn mehrmals, und jedesmal verdeckte er das Gesicht mit dem Hut, als ob sein Buckel ihn nicht verriete.

Am Nachmittag fuhr ein Wagen ins Landesinnere. Er hatte Säcke mit Saatgut geladen, und darauf lag rücklings Marcial, das Hemd rot von Wein, die Arme in Kreuzform ausgebreitet, der Kiefer herunterhängend, und ließ sich von der Sonne verzehren.

17. Kapitel

Don Ermín lächelte in Gedanken an die Vergangenheit. Er drehte eine Granatapfelblüte zwischen den Fingern; die Blütenblätter waren rot, und der gewölbte, schoßähnliche Kelch ging in eine Krone über.

Wir verbrachten den Nachmittag im Garten, im Schatten des großen Baumes.

»Der Bucklige ist ein Gauner. Der Mensch ist nicht normal, aber sehr anregend«, sagte er. »Außer vielen anderen Dingen habe ich ihm wohl zu verdanken, daß ich den Weg entdeckte, der zu María führte. Von jener Nacht an, als er die Tür zum Patio durchschritt, wuchsen meine Gelüste, und ich dachte, daß auch ich früher oder später durch diese Tür müßte, dann allerdings mit weitergehenden Absichten. Aber manchmal pflegen sich im Leben die Dinge anders als erwartet oder sogar gegen jede Logik abzuspielen. Man sagt zu Recht, daß Gottes Wege unerforschlich sind, ich aber wende das auf den Teufel an, der auch unser Werden beeinflußt. Fest steht, daß ich anschließend jenes besagte Hoftörchen oft durchschritt und niemals heimlich.«

Don Ermín legte eine Pause ein. Hastiger spielte er mit der Blüte in seiner Hand. Er ließ den Blick in die Zweige des Granatapfelbaums schweifen und rief, in Gedanken versunken: »Jawohl, auch die Wege des Teufels sind unerforschlich!«

Und er fügte hinzu: »Aber sie haben System. Sie sind sehr gut durchdacht und führen uns ins Unglück. Schauen Sie auf den Boden«, sagte er. »Beobachten Sie die Ameisen da. Viele werden in die Falle gehen. Sehen Sie nicht die Fallen? Diese kleinen Gruben der Ameisenlöwen«, sagte er und wies mit dem Finger darauf. »Auf dem Grund sitzt eine wartende Larve, eine mit prächtigen Kinnladen ausgestattete Larve, die auf der Lauer liegt, den zu verschlingen, der hineinrutscht. Auch für uns gibt es Fallgruben. Die Insel hat eine Menge Krater; in einen von ihnen stürzte ich und wurde vom Feuer verzehrt. Freilich, es war ein glücklicher Tag für mich, ein Tag, den ich schon lange ersehnt hatte ...«

Es war kurz nach dem Besuch des Buckligen. Seña Frasca besaß ein paar Feigenbäume zwischen Nazaret und Mozaga.

»Kommen Sie mit uns«, forderte sie mich eines Tages auf. »Heute wollen wir Feigen pflücken. Der Spaziergang und die frische Luft werden Ihnen guttun.«

María stand hinter Seña Frasca, und lächelnd, mit gesenktem Blick, lud auch sie mich ein. Der Vorschlag gefiel mir, und ich machte mich mit den beiden Frauen auf den Weg. Die vier Feigenbäume von Seña Frasca standen nahe beieinander, am Hang eines Berges, wie viele andere hier auch; sie hatten die Form und die Farbe eines Dromedarhöckers. Die vier Feigenbäume von Seña Frasca – sonst war da nichts. Das Land erstreckte sich nackt und öd bis zu einem fernen Bergrücken, dem Rükken von San Andres. Um die Ebene zu durchqueren, wählten wir die kühleren Nachmittagsstunden. Ihnen kann ich es ja sagen: Seña Frascas Feigen waren keinen Céntimo wert. Kaum die Hälfte des Körbchens füllte sie nach unserem Fußmarsch mit verkümmerten, saftlosen Früchten.

»In Wirklichkeit kommt man hierhin, um sich ein wenig die Beine zu vertreten und frische Luft zu schnappen«, sagte die gute Frau zu ihrer Entschuldigung. »Hier gingen wir gemeinsam hin, mein Mann und ich – er möge in Frieden ruhen –, als wir verlobt waren. Die Feigenbäume gehörten ihm. Manchmal stiegen wir dort hinauf.« Sie wies auf das Gebirge. »Von dort kann man die Häuser von Arrecife sehen. Es ist ein schöner Blick, und die Luft ist gut. Sie müssen hinaufsteigen. Es lohnt sich. Unsereiner kann das nicht mehr; ich komme schnell außer Atem«, sagte sie und preßte die Hand auf die Brust.

Ich weiß nicht, welcher Instinkt mich dazu trieb, María an der Hand zu fassen und sie ohne weitere Worte mitzunehmen. Schnell stiegen wir hoch und erreichten keuchend den höchsten Punkt. Das Innere war der Schlund eines Vulkans, ein Krater aus schwarzer Lavaasche, nicht sehr tief. Vom Kraterrand aus sah man auf eine weite, einsame Landschaft aus ebenen Flächen und kleinen Vulkankegeln. In der Ferne schimmerten die Häuser von Arrecife. Wir glitten hinab in den Schlund des Kraters, und dort auf dem Grund überließ sie sich mir. Weder Schilfrohr noch Thymian waren die stummen Zeugen, sondern die ersten Sterne, die am Himmel funkelten.

Seña Frasca erwartete uns geduldig unter ihren armseligen Bäumchen.

»Man hat einen herrlichen Blick von da oben«, sagte ich, als wir zurück waren.

»Mein Mann war stundenlang dort. Stundenlang. Gehen wir jetzt heim!«

Sie nahm den Korb mit den Früchten und ging uns voran. Am nächsten Tag, als es Abend wurde, überraschte ich

Seña Frasca im Patio. In der Hand hielt sie einen Topf und einen Lappen und gab sich Mühe, das Scharnier der kleinen blauen Tür zu schmieren. Von jener Nacht an wurden meine Besuche zur Regel. Gern gab María sich mir hin, und ich fühlte, wie mein Körper sicher in ihren Armen ruhte, und ich konnte ohne Schwindel auf das unendliche Meer meiner Einsamkeit blicken, auf den dunklen und leeren Grund, dessen Sog ich immer gespürt hatte. Ich glaubte, daß ich für einige Zeit, vielleicht für lange Zeit, einen Ankerplatz gefunden hätte; ich hatte eine Vision, einen Traum, glaube ich, in dem ich jemand war, der noch geboren werden mußte, und ich irrte unwissend und trostlos in einem Wald riesiger Weinfelder umher, zwischen Büscheln glühender Granate, ich selbst rot und grün wie aus Minze und Feuer, und suchte die nicht vorhandenen Schlüssel zum wahren Leben, zur Geschlechtlichkeit und zur Liebe. Ein Herz fand ich im Traum, ein weißes, süßes Herz – und das hier ...

Don Ermín zeigte mir die kleine Blüte des Granatapfelbaums. »Und das bedeutet?« fragte er. »Es bedeutet nichts. Es wäre unnütz, nach einer Bedeutung zu suchen. Aber etwas muß man bedenken: Auch die Wege des Zufalls sind unerforschlich.« Dann fuhr er in seiner Erzählung fort.

Nichts, was geboren wird, ist von Dauer. Das ist kein Sprichwort, es ist ein Gemeinplatz, aber ein zutreffender. In die Ewigkeit tritt man nicht ein, noch geht man aus ihr hinaus. Wir wandeln uns. Zum Guten oder zum Bösen wandeln wir uns. Manchmal währt es lange, manchmal ... Was meinen Ankerplatz angeht zum Beispiel. Zwei Wochen später klopfte es sehr früh an der Tür meines Hauses. Als ich öffnete, sah ich vor mir zwei teure Koffer und das schmale, weiße Gesicht meiner Frau. Sie lächelte mir zu. »Nun«, sagte sie. »Da bin ich. Im Paradies.«

Ich holte die Koffer herein, zeigte ihr das Haus. Dann saßen wir uns gegenüber. Irgend etwas mußte sie in meinem Gesicht oder meinem Verhalten bemerkt haben, denn in ihren Augen sah ich einen leichten Anflug von Enttäuschung.

»Vielleicht habe ich mich in der Anschrift geirrt«, sagte sie leise und traurig. Ich zog sie an mich und küßte sie.

»Jetzt ist das hier das Paradies«, versicherte ich ihr.

Und einige Tage lang war es wirklich so. Meine Frau stellte das Haus auf den Kopf und öffnete alle Fenster, damit das Sonnenlicht hereinfluten konnte.

»Es gefällt mir«, sagte sie. »Ich glaube, ich werde mich an dieses Licht und diese weiten Räume gewöhnen. Alles ist so klar und ruhig.«

Staunend betrachtete sie den Himmel.

Es dauerte nicht lange, bis Seña Frasca vorstellig wurde. Sie sah mich mit vorwurfsvollen Augen an.

»Ich wußte nicht, daß Sie verheiratet sind.«

»Richtig, ich habe ganz vergessen, es Ihnen zu sagen«, versuchte ich mich zu entschuldigen. »Nun, ich ... glaubte, Sie wüßten es.«

Und um Seña Frascas unangenehmem Blick zu entgehen, rief ich nach María Begoña.

»Diese Frau«, sagte ich zu ihr, »wird sich um die Küche und das Saubermachen kümmern.«

Meine Frau lächelte ihr zu. Doch Seña Frasca erklärte unwirsch: »Es tut mir leid, Doktor, aber ich habe vor, zu meiner Schwester nach Mácher zu ziehen.«

Sie zerknüllte die Schürze in ihren Händen. Ich erriet ihre Gedanken und sie die meinen.

»Dann werden wir uns nach jemand anderem umsehen«, sagte ich, um schnell zu Ende zu kommen.

Kurz darauf hörte ich im Patio die Schläge eines Hammers. Seña Frasca nagelte Bretter an die Mauer, um von ihrer Seite her das blaue Törchen zu verschließen.

Für einige Tage übernahm meine Frau das Kochen und Saubermachen. Nur sechs Tage waren verstrichen, als María sich in meiner Sprechstunde einfand. Ich hatte gerade meinen letzten Patienten behandelt.

»Hallo, Doktor! Sie vergessen Ihre Kranken aber schnell!«

»Ich habe nichts vergessen, María, aber ...«

»Ich weiß schon, mein Lieber. Deine Frau.«

Ich bat sie, leiser zu sprechen. Ich stand auf und ging auf sie zu. Prachtvoll sah sie aus, lose das Haar, die Bluse ein wenig geöffnet. Sie lächelte. In ihren Augen leuchtete ein Licht, das ich nicht deuten konnte. Ich bemerkte den süßen Duft ihrer Seife. Ich wollte ihre Lippen küssen – da riß sie sich unerwartet die Bluse auf, und ich konnte ihre nackte Brust sehen.

»Was machst du da? Bist du verrückt geworden?«

Sie ließ sich auf keinerlei Erklärungen ein und gab mir keine Zeit. Sie umarmte mich heftig und begann zu schreien: »Lassen Sie mich los! Lassen Sie mich los, Sie Schuft!«

Wie wild riß sie die Augen auf und stieß mich heftig von sich. Ich taumelte gegen einen Stuhl.

»Unverschämter Kerl!« kreischte sie.

Meine Frau erschien in der Tür, wo sie in hochmütigem Stolz stehenblieb und mich mitleidig ansah. María tat so, als ob sie sich die Bluse in Ordnung brachte, und verließ schnell das Behandlungszimmer.

Noch in derselben Nacht ging ein Schiff. Meine Frau verbot mir, sie zum Kai zu begleiten. Wir verabschiedeten uns in der Tür. Ein Junge übernahm den Transport ihres Gepäcks. Sie gab mir einen sehr sanften Kuß.

»Leb wohl, Geliebter!«

Aufrechten Hauptes schritt die schlanke Gestalt die Straße hinunter bis zum Meer. Ich aber wußte, daß sie weinte, daß sie im Gehen weinte.

Don Ermín machte es sich im Sessel bequem, bewegte die Beine und strich kräftig mit der Hand über den Oberschenkel.

»Verfluchte Extremitäten! Sagte ich Ihnen nicht, daß sie nicht mein wären? Nun, sie gehören sehr wohl zu mir, zu meinem Körper, nur ... ich habe sie vergiftet. Diese Muskelkrämpfe stammen aus jener Zeit, als das Leben mich, wie so viele andere auch, abgrundtief sinken ließ. Ich spreche vom Alkohol.«

Er klatschte in die Hände.

Kurz darauf erschien María mit einem kleinen Tablett. Sie brachte uns Gläser mit Maulbeersaft. Dann überreichte sie Don Ermín eine rote Schachtel mit der Aufschrift »Gratismuster«.

»Es ist Zeit für Ihren Saft, mein Freund, und für meine Medizin.«

Er nahm die Pille mit einem Schluck Saft. Dann bedeutete er María, sie möge das Zimmer verlassen.

Forschend sah er mich an.

»Sicher wundern Sie sich, nach allem, was ich Ihnen erzählt habe, María hier zu sehen. Sie kommt her, um mir zu helfen. Um einem armen, längst unnützen Mann zu helfen. Sie ist mir für eine bestimmte Sache dankbar.«

»...?«

Don Ermín lächelte.

In einem langen Leben macht man viele Umwege. Wie ich Ihnen schon sagte, nach jener Nacht wurde ich zum Trinker. Nun gut, in Wirklichkeit waren es die Umstände, die mich dazu brachten. Wenige Stunden nach der Abreise meiner Frau, als ich allein zu Hause war, hatte ich die Empfindung, in schwindelerregendem Fall in den tiefsten Tiefen meiner Einsamkeit zu versinken. Ich weiß nicht mehr, wie oder wo es begann, aber in wenigen Tagen wußte ich den Rum besser zu unterscheiden als Marcial. Ich aß kaum noch etwas und wurde immer schwächer. Ich begann meinen Beruf zu hassen, denn ich bekam zitterige Hände, und ich weigerte mich, auch nur die einfachste Nagelbettentzündung zu behandeln. Die Leute kehrten mir den Rükken, aber mir lag herzlich wenig an ihrer Freundschaft, ihrem Geld oder ihrer Gesundheit. Nachts begab ich mich zu einsamen Stränden, und um mit dem letzten mir noch verbliebenen Rest von Vernunft zu brechen, hielt ich meine Nerven nicht mehr in Schach, sondern sang endlose baskische Lieder oder stieß frenetische Schreie aus, wenn über mir die Schwärme der Sturmtaucher hinzogen und mit ihrem schrillen Wahnsinnsgeschrei meine Nerven aufpeitschten ... Ich wurde zum eifrigen Besucher aller Tavernen, und als mir die Kleider vom Leibe fielen und mir der Bart wüst wurde, fing man an, von mir als dem »Doktor« zu sprechen, Zeichen eines zweifelhaften Ruhms. Eines Nachts zog man mich mit Gewalt aus einer schmutzigen Kaschemme, einer Bar der übelsten Art, die aber den attraktiven Namen »Bar Exklusiv« trug. Ich sagte, daß sie mich dort herauszogen, denn zwei riesige, starke Hände packten mich an den Schultern und beförderten mich in die feucht-kühle Nachtluft.

»Sie kommen sofort mit mir, oder Sie fliegen ins Wasser, damit die Fische sich einen Rausch antrinken können!«

Der Mann hatte sich vor mir aufgepflanzt. Er trug einen schwarzen Rollkragenpullover, und alles, einschließlich des Teergeruchs, den er verbreitete, verriet, daß er Seemann war. Die Arme in die Hüften gestemmt, wartete er auf Antwort.

»Einverstanden, Amigo. Wo müssen wir hin?« fragte ich. »Es ist ganz in der Nähe, in der Hauptstraße. Bei Seña Frasca. Sie ist sehr krank.«

»Seña Frasca? Und Sie, wer sind Sie?« wollte ich wissen, bereits auf dem Weg.

»Ich bin der Mann ihrer Schwester.«

»Der aus Mácher?«

»Ja, eben der«, antwortete er ärgerlich.

In der Tür erwartete mich eine kleine, dickliche Frau. Als sie mich sah, brachte sie ihr Kopftuch in Ordnung.

»Ach, Doktor! Meiner Schwester geht es sehr schlecht. Heute morgen ist sie bei uns in Mácher krank geworden und bat uns, daß wir sie hierhin, in ihr Haus, brächten, damit Sie ihr helfen. Sie hat viel Vertrauen zu Ihnen, Don Fermín.«

Seña Frasca war etwas erhöht in ihrem Bett gelagert, mit dicken Kissen gestützt. Ihr Gesicht war blau, die Lider geschwollen; sie atmete nicht gleichmäßig, sondern stoßweise und abgehackt. Ich wußte, daß ihr Herz nicht mehr lange schlagen würde. Um etwas zu tun, fühlte ich ihr den Puls.

»Machen Sie Ihren Frieden mit Gott«, sagte ich mit lauter Stimme, »denn der Teufel war mit am Werk!«

Der beleibte Seemann schob das Kinn vor und hob einen Finger, um mich zur Ordnung zu rufen.

»Das ist nicht die richtige Art zu heilen!« protestierte er.

»Dann suchen Sie sich eine andere«, erwiderte ich.

Ich ließ das Handgelenk los, und der Arm fiel auf das Bett, schon Augenblicke vorher ohne Puls.

Ich ging auf die Straße und trank weiter. Gegen Morgen wollte ich ins Bett gehen. Ich war sehr betrunken und angeschlagen. Ich machte einen langen Umweg, füllte mir die Taschen mit Steinen und begab mich zu Seña Frascas Haus. Die Tür war angelehnt, und ich tauchte ein in den Duft von Kerzen und Minze. Vier Frauen umgaben den Leichnam. Ich betete ein Credo, vielleicht war es ja zu etwas nütze. Ich trat auf die Straße hinaus und schleuderte Steine auf das Schild, auf dem geschrieben stand: »Fermín López, Arzt«.

Don Ermín unterbrach seine Erzählung. Er nahm einen Schluck von seinem Saft und sagte heftig: »Was tut man nicht alles! Meinen Sie nicht auch, daß der Mensch ein lächerliches Wesen ist?«

»...?«

»Das Leben ist Chaos, Unordnung. Ich meine, das wirklich gelebte, wirklich erlebte Leben. Dornen, Erschöpfung, Enttäuschung, Lügen, Gewalt, Überraschungen, Freuden, Schiffbruch, lichte Augenblicke, Schmerzen, Schönes, Unumgängliches, Blut, Lachen, Launen, Tod, Wasser, Feuer, Asche ... Und einiges mehr.«

Er schweifte ab.

»Sie haben mir noch nicht erklärt, wieso María hier ist«, sagte ich, um ihm den Fortgang seiner Geschichte zu entlocken.

Ach ja, Sie haben recht! ... María entschwand aus meinem Blickfeld. Sie ging fort, und ich wußte nicht, wohin. Aber wenige Monate später, ungefähr zwei oder drei, hörte ich von ihr. Eines Morgens, »wohl um die Morgenröte« –

Don Ermín lächelte wegen des klassischen Zitats – klopfte es ziemlich heftig an meiner Tür. Als ich öffnete, stand ich einem Priester gegenüber.

»Sie sind der Arzt?« fragte er mit ernster Miene.

Bevor ich antworten konnte, stand er schon im Wartezimmer.

»Ich komme, um Sie zu holen. Es ist ernst«, fuhr er fort, noch ehe ich den Mund öffnen konnte. »Ich komme von María.« Und er fügte hinzu: »Der aus Femés.«

Er blickte mich forschend an. Er trug einen Verband um den Kopf und hatte einen Bluterguß auf der linken Wange. Das war mir ein schön aussehender Pfarrer!

»Sagten Sie, daß es sich um etwas Ernstes handelt?«

»Vor einer Stunde, in der Kirchentür, fing sie Feuer.«

»Sie fing Feuer?«

»Sie hat sich selbst angezündet.«

»Wo?«

»In San Cristobalón. Wir hatten gerade Fiesta.«

Ich eilte in den Behandlungsraum und füllte mein Köfferchen mit dem Nötigsten. Als ich in das Wartezimmer zurückkam, entspannten sich die Züge des Priesters, und er lächelte mir zu.

»Ich heiße Abel«, sagte er und reichte mir die Hand.

Draußen wartete Pedro mit seinem Lastauto auf uns.

Während der Fahrt wechselten wir kein Wort. Im Licht des anbrechenden Tages leuchteten die Augen des Priesters wie kleine Kugeln aus Stahl. Sein hervorspringendes Kinn verriet Entschlossenheit und Willensstärke. Aber dieses Gesicht hatte noch etwas anderes, das mich ahnen ließ, daß dieser Mann auch zur Welt der Alkoholiker gehörte.

Ich stellte ihn mir vor, wie er an meiner Seite über die einsamen Strände lief und schrie und tobte und gegen die

Möwen ankreischte, damit sie verstehen und doch nicht verstehen, während er alles daran setzte, den Menschen zu retten, etwas mehr als nur den Menschen, nämlich seinen inneren Kern ...

Don Ermín war in Erregung geraten. Er nahm einen weiteren Schluck von seinem Getränk und, ruhiger geworden, fuhr er fort: »Ich wurde ein echter Freund von Don Abel. Ich bin es noch. Er ist in gewisser Weise immer noch ein Trinker.« Er sah mich an, um abzuschätzen, ob ich das Wort richtig verstand. »Natürlich befindet sich sein Alkohol nicht in der Flasche! Vielleicht nicht einmal auf dieser Welt ...«

Don Ermín sah auf, und eine Weile folgte sein Blick den ziehenden Wolken. Er hob die Hand, wie um etwas zu sagen, bereute es aber schon.

»Und María? War es schlimm?« fragte ich ihn.

»Ziemlich. Verbrennungen zweiten Grades am ganzen Körper. Aber das war nicht das Schlimmste. Als ich im Haus des Pfarrers in San Cristobalón eintraf, sah ich, daß ihre Haut stark gerötet war, mit großen Brandblasen. Sie zitterte vor Kälte. Don Abel hatte sie schon mit Öl beträufelt. Wegen der Ausdehnung der Verbrennungen glaubte ich nicht, daß sie durchkäme. Daneben gab es noch etwas anderes ... Am nächsten Tag hatte sie eine Fehlgeburt, eine Kreatur von drei Monaten. Sie war wie eine kleine Ratte, sonst nichts. Sie lag auf meiner Hand. Fermín López junior, dachte ich. Arzt. Diesmal schwarze Lettern auf weißem Grund ... Ich zerdrückte ihn zwischen meinen Fingern.«

18. Kapitel

In alle Ewigkeit wird der Wind von Afrika her wehen. Amen. So sei es, denn der Wind bringt den Sand, und der Sand vereint seine Quarzkristalle und bildet eine große Linse, dank derer der Satan seine Macht noch vermehrt. Der Satan ist natürlich die Sonne, und der Mensch gewöhnt sich daran, mit ihr zu kämpfen und sie zu besiegen, manchmal. Auch die Frauen haben sich daran gewöhnt. Sie verteidigen ihren Körper, indem sie ihn mit dunklem Stoff verhängen, mit langen Röcken und großen Hüten aus Palmstroh. Die Frauen verhüllen ihr Gesicht vor dem Sand, dem Wind und dem Teufel. Die Augen lassen sie frei; das wohl, denn sie dienen dazu, das Feuer zu löschen oder es zu entzünden, damit die Seele wie eine Taube ein- und ausfliegen kann.

Die Insel ist wie eine Frau. Sie ist fruchtbar, und diese Fruchtbarkeit muß sie gegen den Teufel verteidigen. Zu diesem Zwecke bedeckt man ihren Körper mit Vulkanasche, mit bereits verbranntem Stein, gegen den das Feuer nicht ankommt.

Zuweilen steckt die Sonne voller Zorn, den sie dann an Unschuldigen ausläßt. Das bekam Pedro El Geito zu spüren, als ihm sein Lastwagen auf der Fahrbahn stehenblieb.

»Verfluchtes Feuer des Dämons!« rief er und stieg aus.

Auch Antonio, die Bohnenstange, stieg aus.

»Heute passiert uns das zum drittenmal«, sagte er. »Wenn wir doch nur ein anderes hätten! Ein neues. Eins von den großen, einen Dodge. Die alte Kiste hier taugt nichts mehr, Vater.«

El Geito schlug heftig mit der Faust auf die Motorhaube.

»Du hältst den Mund!«

Der Junge ging an den Wegrand und setzte sich auf einen Lavastein.

Pedro betrachtete mit verschränkten Armen den Plunder aus vergammeltem Holz und rostigem Metall, bedeckt vom Staub der Felder, dem Ende nahe. Ein paar Augenblicke sah er das Vehikel vor sich, fabrikneu, rot lackiert, mit goldenen Scheinwerfern und schwarzen, glänzenden Schutzblechen. »Lauf, Pferdchen«, sagte er leise. Tränen traten ihm in die Augen.

Die Mitfahrenden auf dem Auto verharrten in resigniertem Schweigen. In Gedanken versunken hingen sie an anderen Dingen, bewegten sich in anderen Zeiten. Don Fermín dachte an Gauguin, an »Das Mädchen mit den Mangofrüchten«. Das Mädchen trug jetzt die Züge Marías. Er versuchte, dieses Bild im Gedächtnis festzuhalten. Der Pfarrer Don Abel saß da mit geschlossenen Augen. Er sah, wie ihm der Teufel freundlich zulächelte. Heftig preßte er die Zähne zusammen. Dann öffnete er die Augen und sah auf die schwarze Ebene der Lavafelder. Am Himmel schwirrten kleine Schwärme von Wanderheuschrecken. Ihre durchsichtigen, rosafarbenen Flügel schimmerten in der Sonne. »Wie fliegende, kleine Hände, wie Händchen des Dämons«, dachte er. Dann schloß er wieder die Augen, und der Teufel hörte nicht auf, ihm zuzulächeln.

Pedro gab seinem Sohn einen Wink.

»Los!« befahl er. »Inzwischen wird er wohl ein bißchen abgekühlt sein.«

Antonio kurbelte den Motor an, der Laster lief stotternd. Pedro streichelte das Lenkrad, und sie erreichten die Kreuzung von Femés.

»Vorne gehen zwei Mädchen«, warnte Antonio.

»Hab ich schon längst gesehen!«

Pedro schlug heftig auf die Karosserie, und die Mädchen drückten sich an den Straßenrand. Wenige Meter weiter kam der Laster wieder zum Stehen. Aber diesmal stieg niemand aus, auch hörte man keine zornigen Schreie. Pedro entschuldigte sein Fahrzeug.

»Es ist halt in die Jahre gekommen.«

Und ruhig zündete er sich eine Zigarette an. Er blies den Rauch gegen die Sonne und räkelte sich entspannt auf seinem Sitz.

Die Mädchen gingen langsam an ihnen vorbei; sie hielten sich an der Hand und betrachteten mit weit aufgerissenen Augen das Lastauto. Sie bekreuzigten sich und entfernten sich in Richtung Dorf.

Ab und zu drehten sie sich um.

Um Ausschau zu halten, machten sich drei Frauen auf den Weg. Sie stiegen bergan in die Flanke des Atalaya.

Die Hände zum Schutz über die Augen haltend, suchten sie die Ferne ab. Eine folgte mit dem Blick der Spur des Lastwagens.

»Sie kommen! Da hinten sind sie schon!« rief sie.

»Wo?« fragten die andern.

»Da unten, nahe bei der Kreuzung.«

Die Älteste sagte: »Ja, ich sehe sie.«

Aber sie sah nichts.

Die Jüngste der Frauen zeigte auf einen Lichtreflex wie von Metall oder Glas, weit weg, unten auf der Straße.

Isidro erschien in der Tür seiner Schenke. Er betrachtete den Himmel und dann die Erde. Er sah, wie sich der steinige Vulkanboden rot verfärbte. Der langgedehnte Schatten einer Palme stieg den Hang des Berges Tinazor hoch. »Sechs Uhr«, sagte er zu sich. »Sie sind spät dran.« Er stellte sich Pedros Laster mit einem platten Reifen vor. Auch dachte er an einen Haufen Schrott, von Sand und Steinen zugeweht. Er begann sich Sorgen zu machen.

Schwitzend und aufgeregt näherte sich Marcial dem Haus von Señor Alfonso. Der Briefträger war dabei, sich ein schwarzes Jackett anzuziehen, das ihm in den Schultern zu eng und an den Armen zu kurz war.

»Kommen sie?« fragte er, als er den Buckligen sah.

»Nein, sie sind noch nicht zu sehen.«

»Die Nacht wird sie überraschen.«

Marcial ging auf Alfonso zu.

»Schenk mir einen Hut!« bat er ihn.

»Wozu willst du einen Hut?«

»Schenk mir einen Hut!« wiederholte der Bucklige.

»Ich hab nur diesen«, sagte Alfonso und zeigte auf den Hut, der auf einem Stuhl lag.

Enttäuscht sah Marcial auf die Kopfbedeckung. Er ging fort, ohne sich zu verabschieden, und begab sich zum Haus von Señor Sebastián.

Der Bürgermeister war im Patio. Er hatte sich ein weißes, sehr sauberes Hemd angezogen. Er betrachtete sich in einem kleinen Spiegel. Der kleine Spiegel stand auf der Mauer und lehnte an einem Topf mit Geranien. Der Bürgermeister versuchte, sich die Krawatte zu binden.

Marcial war außer Atem, als er ankam. Verwundert schaute er auf Señor Sebastián, auf sein makelloses Hemd, den kleinen Spiegel und die blühenden Geranien.

Der Bürgermeister von Femés wandte sich dem Buckligen zu.

»Ist was?« fragte er.

»Nein«, antwortete Marcial. »Es ist nichts. Ich sah nur die Geranienblüten.«

Marcial dachte über das Hemd seines Freunds Sebastián nach. »Ein richtiges Bürgermeisterhemd«, sagte er zu sich. »Für die Präsidentschaft wird es sein.« Er kam auf das zurück, was er suchte.

»Schenk mir einen Hut!« bettelte er.

»Du hast doch einen«, sagte der Bürgermeister, indem er auf Marcials Kopf blickte.

»Noch einen, einen alten.«

»Was willst du denn damit?«

»Wirst du ihn mir schenken?«

Señor Sebastián zuckte mit den Achseln.

»Drinnen in der Küche hängt einer. Nimm ihn dir!«

Der Bürgermeister war mit dem Binden seines Krawattenknotens fertig. Dann nahm er den kleinen Spiegel und betrachtete seine Zähne. Ein Backenzahn beschäftigte ihn schon geraume Zeit.

Marcial verließ das Haus, den alten Hut in der Hand. Zufrieden betrachtete er ihn. Der Hut war alt, kaputt, voller Flecken. Er ging auf Isidros Schenke zu.

In der Tür stehend, sah Isidro Marcial herankommen; dieser zupfte am dunklen Band des alten Huts, um es zu lösen.

Isidro fragte sich, wozu in aller Welt er das tat.

»Was machst du da, Marcial?«

Marcial warf den Filzhut auf den Platz.

»Mach mir das hier am Ärmel fest!« sagte er und hielt ihm das schwarze Band hin.

»Wozu legst du dir das an?«

»Egal wozu. Einfach so.«

Isidro befestigte ihm das Ding mit ein paar Nadeln. Stolz betrachtete Marcial seinen Arm.

»Ich meine, sie brauchen viel Zeit bis hier«, sagte der Wirt, indem er die Zeit am Schatten ablas, den die Palme auf den Berg Tinazor warf. »Es ist halb sieben.«

»Ich geh sie suchen«, beschloß Marcial. »Vielleicht sind sie abgestürzt.«

Sie waren nicht abgestürzt. Das Lastauto war wieder zu Atem gekommen, und wie durch ein Wunder fuhr es mit Vollgas den Hang von Femés hinauf.

»Vater, da hinten kommt der Bucklige«, sagte Antonio. »Er rennt.«

»Ich seh ihn schon. Schnapp ihn im Fahren, denn wenn ich anhalte, bleiben wir auf der Strecke, für immer!«

Marcial blieb am Wegrand stehen. Er schwenkte die Arme und schätzte die Geschwindigkeit des Lasters ab. Antonio reckte sich, bereit, ihn aufzufangen.

»Spring auf, Mann!« schrie er ihm im Fahren zu.

Die Luft hing voller feiner Sandteilchen, die die Karosserie des Lasters schmirgelten. Man hörte, wie es schmirgelte. Pedro, Antonio und Marcial, der vorn saß, fühlten ihre Gesichter brennen.

Marcial wehte der Wind ins Hemd, und es sah aus, als ob er ihm den Buckel aufblähte.

»Jetzt kommt eine Kurve nach links, Vater. Sie fahren sehr schnell.«

»Ich weiß, was ich tue. Ich kenne den Weg. Ich kenne ihn gut. Sogar mit geschlossenen Augen würde ich hinkommen!« Und er fügte hinzu: »Wenn der Laster durchhält.« Antonio lächelte: »Er wird durchhalten, Vater!«

Als die Frauen die Schreie der Kinder hörten, kamen sie aus der Kirche. Die Kinder schrien: »Ein Flugzeug! Ein Flugzeug!« und liefen neben dem Lastwagen her, und einige zerrten an dem Buckligen, um ihn zu Fall zu bringen. Die Frauen bekreuzigten sich, als das Auto an der Kirche vorüberfuhr. Das Auto blieb vor dem Friedhof stehen, und dort stiegen alle aus. Die Leute drängten sich herbei, um die schwarze Kiste anzusehen, die da stand, wo sich sonst die Ladung befand, auf ein paar Fässern.

Isidro begab sich zur Gruppe der Männer. Er trug einen dunkelblauen Anzug, dessen Farbe verblichen war. »Ich zieh den Anzug für besondere Gelegenheiten an«, hatte er wenige Augenblicke vorher gedacht. In Femés gab es deren nur noch wenige. Er stellte sich neben Don Ermín, den Arzt von Velitas.

»Wie ist es passiert?« fragte er.

Der Arzt zuckte mit den Achseln, als ob die Sache nicht die geringste Bedeutung für ihn hätte.

»Sie ist gestern nachmittag gestorben. Kinder aus Uga haben sie gefunden, als sie Eidechsen jagten. Sie lag zwischen den Weinstöcken.«

»Das Herz, nicht wahr?« sagte der Bürgermeister und sah den Arzt an.

»Ja.«

»Heute morgen, als wir es erfuhren«, berichtete Señor Sebastián, »hat Marcial ihr sofort das Grab ausgehoben.«

Marcial lächelte zum Bürgermeister hinüber. »Die Gemeinde tut ihre Pflicht«, dachte er. »Und ihre Angestellten auch.« Er verschränkte die Arme, damit man den Trauerflor sah.

Da der Laster jetzt stand und der Bucklige in der Erde beschäftigt war, hatten die Jungen nichts mehr zu tun.

Die Frauen verscheuchten sie wie Fliegen. Die Jungen zogen zur Kirche. In der Kirche stieß der Wind auf die Wände und bildete Wirbel, die aufwärts stiegen. Suchend durchstreiften die Jungen die Felder; sie suchten trockene Disteln und spielten mit den Köpfen, worauf die »Hexchen« ausschwärmten. Die »Hexchen« befördern die Samen der Disteln. Eigentlich sind es geflügelte Samen, die wie Federn aussehen.

Die Kinder bliesen die Backen auf, um die Federhexchen in der Luft zu halten. Sie bliesen und lachten. Pustend bliesen sie sie bis zur Kirchenmauer. Dort überließen sie die Federn der aufsteigenden Luft, und die Luft sorgte dafür, daß sie bis zum Himmel wehten.

Die Mädchen sahen dem Spiel der Jungen zu.

»Fliegen Hexen wirklich?« fragte eines von ihnen.

»Natürlich!« rief ein anderes. »Deshalb sind sie doch Hexen!«

»Und tote Hexen?«

»Das weiß ich nicht.«

»Ich möchte eine Hexe sein und immer fliegen, lebendig und tot.«

Die andern Mädchen lachten und zeigten mit dem Finger auf sie.

»Auch du heißt María.«

»Ja«, sagte das Mädchen, ohne zu merken, was die andern wollten.

Darauf bildeten alle einen Kreis, nahmen das Hexenmädchen in die Mitte und begannen zu singen. Sie hatten das Lied, das sie sonst sangen, ein wenig abgeändert.

»Mararía, flieg mit dem Wind!
Die Dunkelheit, sie kommt geschwind!«

Das Hexenmädchen brach in Tränen aus. Es hatte das Gefühl, als wäre es schon tot und flöge zwischen den Federsamen, die dicht an dicht über den Himmel von Femés zogen.

»Gehen wir! Wir müssen sie tragen!«

»Ich bin aber sehr klein«, wandte der Bucklige ein.

Die andern Männer begaben sich zum Lastauto, hoben den Sarg heraus und setzten ihn auf den Boden. Keuchend erschien die Bürgermeisterin. Sie trug ein paar Geranienblüten in der Hand.

»Auch wenn ...«, sagte sie. »Es sind die einzigen Blumen im Dorf.«

Sie legte sie auf den Sarg. Dann lief sie auf die Flanke des Vulkans zu, zum Hang des Atalaya, wo sich die Frauen wie in einem Amphitheater niedergelassen hatten, um dem Begräbnis von oben zuzuschauen.

Pedro und sein Sohn schulterten den Sarg. Sie gingen voran. Señor Alfonso und Isidro folgten. Sie trugen den Sarg stark geneigt, und Antonio, die Bohnenstange, mußte die ganze Strecke in gebeugter Haltung zurücklegen, wie eine plumpe Imitation von Marcial. Marcial dagegen bemühte sich, seinen Körper zu straffen und sich den Umständen gewachsen zu zeigen, denn er hatte seinen Platz zwischen dem Arzt und dem Bürgermeister eingenommen, als ob auch er eine Respektsperson wäre. Hinter dem Sarg schritt Don Abel, der Pfarrer, mit seinem großen Hut aus Palmstroh und der säuberlich geflickten Soutane. Er schien versunken in die Betrachtung des Lichts.

Das Licht leuchtete rot hinter dem Atalaya auf und entflammte die Wolken, die wie im Widerschein des Feuers über die Insel zogen. Vielleicht trugen die leuchtend roten Wolken die Schuld daran, daß die Hunde erschraken. Die Hunde heulten anhaltend, und die Frauen erschauderten.

So erging es auch den Männern von Femés, als Marcial nach ihrer Ankunft auf dem Friedhof den Sarg öffnete und sie María sahen, ohne Kopftuch, unverhüllt das Gesicht, allein die Augen, denn ...

»Ich tat, was ich konnte«, stammelte Don Fermín López Aguirre, Arzt aus Velitas.

Er kniete sich auf den Boden und brach über dem Sarg in Tränen aus. Dort auf dem Friedhof, vor aller Augen.

Don Abel, der Pfarrer, legte eine Hand auf die Schulter des Doktors.

»Es war ein Sieg«, sagte er, »ein Sieg für alle.«

Er hob den Kopf und lächelte dem Teufel zu. Dann schickte er sich an, die gewundene Lava der Insel zu segnen.

Aufgeschreckte Vögel kreisten am Himmel und krächzten zornig. Große Vögel, die sich in den Hörnern der Sonne verfingen. Schwarze Vögel.

Glossar

bandurria	Lautenähnliches Saiteninstrument mit zwölf Saiten
habanera	Ursprünglich kubanischer Tanz; auf den Kanaren meist als Liedform verbreitet
malagueña	Ursprünglich andalusischer Tanz
malpaís	Wörtlich: schlechtes Land; auf den Kanaren Bezeichnung für noch kaum erodierte, aus schwarzer Schlacke bestehende Lavafelder
muleta	Begriff aus dem Bereich des Stierkampfes; ein rotes, an einem Stock befestigtes Tuch, mit dem der Stierkämpfer den Stier dahin lenkt, wo er ihn haben will, um ihn zu töten
patrón	Chef
sorondongo	Typischer Tanz aus Lanzarote
tajaraste	Stark rhythmischer Volkstanz aus Gomera
timple	Kleine Gitarre, in der Regel mit fünf Saiten bespannt; typisches kanarisches Musikinstrument
turrón	Süßigkeit aus Zucker, Mandeln, Nüssen; auch Nougat
ukelele	Ukulele, gitarrenähnliches Musikinstrument mit vier Saiten; gelangte von Madeira in die Südsee und nach Hawaii

Nachwort

Der Roman *Mararía* des 1923 geborenen kanarischen Dichters und Erzählers hat eine außergewöhnliche Entstehungsgeschichte. Die Arbeit an dem Buch reicht in die vierziger Jahre zurück, die erste Veröffentlichung erfolgte 1973, und die deutsche Übersetzung erscheint 1998.

Nach diesen langen Zeitspannen befragt, antwortete Rafael Arozarena in einem Brief an die Übersetzerin: »Die Anregung zu dieser Erzählung erhielt ich in den vierziger Jahren, als ich acht Monate in Femés auf Lanzarote als Fernmeldetechniker arbeitete. Dort beeindruckte mich neben der Gestalt der Protagonistin vor allem die magische und einsame Landschaft, in der das kleine Dorf und seine Bewohner angesiedelt sind. Die Geschichte habe ich fast so geschrieben, wie sie mir erzählt wurde. Aus literarischen Gründen hatte ich einige wenige Ergänzungen zu machen, die Personen jedoch sind real. Man erzählte mir Begebenheiten aus Mararías Leben, und ich machte Notizen in eine Kladde mit einem Umschlag aus Wachstuch ... Zu jener Zeit verstand ich mich eher als Lyriker denn als Erzähler. Obwohl ich einige Kurzgeschichten geschrieben hatte, war die Prosa nicht meine bevorzugte Ausdrucksform. So fiel nach meiner Rückkehr nach Teneriffa das Heft mit dem Umschlag aus Wachstuch der Vergessenheit anheim. Zehn Jahre später entdeckte ein Freund, ebenfalls Literat, meine Aufzeichnungen über Mararía unter meinen ›literarischen Abfällen‹ und ermunterte mich, einen Roman daraus zu machen. Das Schreiben des Buches nahm nicht viel Zeit in Anspruch, denn ich brauchte den Geschichten, die ich in Femés aus dem Munde alter Leute gehört hatte, nur ihre literarische Form zu geben und auf den Weg zu bringen …«

»Nur ihre literarische Form zu geben« – bescheidener kann man die künstlerische Genesis eines Meisterwerks kaum ausdrücken. Der Roman kam in die engere Auswahl für den spanischen Literaturpreis Premio Nadal und erschien 1973 im Verlag Noguer in Barcelona. Das Buch wurde beim Publikum wie auch bei der Kritik zu einem überragenden Erfolg. Eine umfangreiche Sekundärliteratur erschien in den nächsten Jahren, die dem vergleichsweise schmalen Werk einen wichtigen Platz in der spanischen Literaturgeschichte zuwies und seinen darüber hinaus gültigen Rang erkannte. So schrieb Manuel V. Perera in seinem Aufsatz *»Mararía«: El fervor de la novela:* »*Mararía* gehört zu den wenigen literarischen Werken, die nicht in ihrer Zeit verhaftet sind, die immer wieder neu entdeckt, die immer wieder neu geschaffen werden, die im Kopf der Leser ihre Zeit überleben.« (*Fetasianos*, hrsg. von Nilo Palenzuela Borges, Colección LC/Materiales de Cultura Canaria 3/4, 1982)

1988 wurde der Autor mit dem Literaturpreis Premio Canarias ausgezeichnet. Noch heute reist Arozarena über die Inseln, um in Vorträgen sein Werk zu erläutern. Der Roman wurde ins Englische, Rumänische, Griechische und Italienische übersetzt.

Unter den zahlreichen Gedichtbänden des Autors sind u. a. zu nennen *Aprisa cantan los gallos, Alto crecen los cardos, El ómnibus pintado con cerezas, Silbado de tinta amarilla.* Lange vor dem Roman schrieb Arozarena bereits eine Romanze mit dem Titel *María la de Femés* (1947). Dieser Text beschreibt in eindringlichen lyrischen Bildern die äußere Erscheinung der Protagonistin, deren seltsamer Name eine Synthese ist aus »Mara«, einer orientalischen Gottheit der Lust, und »María«.

Versteckt im Gang der Erzählung sind zahlreiche Symbole, heimliche Zitate und literarische Querverbindungen – über die im Text genannten spanischen Schriftsteller Miguel de Unamuno und Pío Baroja sowie den französischen Dichter Paul Valéry (*Le cimetière marin*) hinaus –, so daß sich der neugierige Leser eingeladen fühlt zu einer Wanderung durch einen »Wald der Zeichen« (Perera, ebd.). So ist die Bezeichnung eines Kamelskeletts als »surrealistisches Sofa« ein unübersehbarer Hinweis auf die Wahlverwandtschaft mit der Bilderwelt Salvador Dalís und anderer Surrealisten. Und ein Satz wie der des Priesters Don Abel: »Wir alle waren auf einmal Besiegte« ist eine der vielen subtilen Anspielungen auf den Spanischen Bürgerkrieg, über den sich Schriftsteller in dem tief gespaltenen Land der Franco-Ära nur chiffriert äußern konnten.

Mararía bewegt auch heute noch – ein Vierteljahrhundert nach der Erstveröffentlichung – die Phantasie: 1997 wurde der Stoff verfilmt, im Herbst desselben Jahres gab sich eine politisch engagierte Frauengruppe in Arrecife den Namen »Mararía«. Nach wie vor ist die Erzählung von solcher Faszination, daß auf Lanzarote die Augen zu leuchten beginnen, wenn man den Namen nur ausspricht. Auch daß der Roman auf den Kanaren längst Schullektüre geworden ist, hat den Mythos Mararía nicht zu zerstören vermocht.

Worin besteht diese Faszination? Sind es die »Dinge aus dem Leben«, um es mit den Worten Isidros zu sagen, der Herr auf der Finca La Cantarrana geworden wäre, wenn er Mararía nicht, wie so viele seinesgleichen, verraten hätte? Oder ist es der Nimbus der suggestiv beschriebenen Vulkanlandschaft, »die glücklich ist, wenn ihr Disteln, Gräser und Dornbüsche sprießen«? Oder sind es die Menschen, die schon morgens ins »Kasino« müssen, um die nächtlichen Ängste hinunterzuspülen, die Bitterkeit jener Nächte, in denen »die Sterne immer enger zusammenrücken und der Himmel phosphoresziert«?

Vielleicht findet der reisende Leser oder der lesende Reisende die Antwort, wenn er, das Buch in der Hand, feststellt: Mararía und Lanzarote sind eins.

Gerta Neuroth